현대문학연구총서 46

신경림 시의 연희성 연구

현대문학
연구총서
46

신경림
시의 연희성 연구

이 경 아

A Study on the Performance Nature of
Shin, Kyung Lim's Poetry

푸른사상
PRUNSASANG

신경림 시의 다양한 연희적 속성

이 책은 신경림의 시 세계를 연희성의 관점에서 파악해본 결과물이다. 이 책이 나오기까지는 문예창작학과 박사과정에서 신경림 시인의 시를 읽기 시작하며 쓰기 시작한 소논문, 해외 학술 탐방으로 다녀온 아일랜드의 시골 마을에서 느낀 신화적·제의적 요소와의 비교를 시도했던 논문들, 그리고 강연 형식의 모임에서 신경림 시인을 처음 뵌 것을 인연으로 하여 시인과 직접 나눈 대화 등의 과정들이 쌓여 있다.

마침내 한 권의 책으로 묶어 내게 되어 새로운 마음으로 교정본을 살펴보며 시인의 시를 다시 읽으니, 연구하고 집필하던 당시에는 보이지 않았던 것들, 더 깊이 공부하고 싶은 것들이 새록새록 튀어나왔다. 한국어의 말 맛이 살아 있고 어쩌면 사라질지 모를 정서가 묻어 있음이 그랬다. 시의 연희성 연구는 시가 연희되는 존재이자 연희되기 위한 존재임을 전제로 한 연구이다. 이러한 새로운 공부의 영역이 연희의 현장에서 구체화되고 습득되길 바라는 마음이다.

이 책의 주제 부분이라 할 수 있는 1부에서는 신경림 시의 연희성을 신화적·제의적·유희적 연희성으로 분류하여 연구하였다. 시의 시간적 원형성은 신화적 연희성으로, 죽음 앞의 신명을 다루는 내용은 제의적 연희성으로, 시의 놀이적 다성적 공간성은 유희적 연희성으로 대별할 수 있다. 연희성은 연극, 음악, 무용 등 공연으로서의 지평을 여는 성격을 가졌을 뿐 아니라 시 안에서 연극적·음악적·무용적인 요소를 읽어내는 것이기도 하다. 시의 연희성 연구는 시 창작 과정과 수용 과정에 대한 연구에서 더 나아가 시의 매체 전환 가능성에 대한 연구로 이어질 것이다. 연희성으로 읽은 시 연구가 시의 매체 전환에 대해서도 유연하게 접근할 수 있는 이론적 토대가 됨은 시 안의 다양한 연희적 속성을 읽는 것으로부터 시작하기 때문이다.

2부는 따지고 보면 1부의 주제를 탐구하게 된 계기라고 할 수 있다. 특히 2부 마지막 장의 '경계'를 넘는 시인의 '낙타'의 보행과 '고장난 사진기'의 시선과 '늙은 악사'로서의 자기 의식에 대한 이해가 이 책의 출발점이 되었다. 이는 다시 신경림 시의 비교문학적 지평을 여는 두 개의 소논문으로 발전하였다. 이러한 것들을 묶어 2부로 구성하면서, 1장에서는 민중서사의 시적 변용을 통해 지상의 고통을 설화에서 위로받고 또한 삶의 변형이 이야기가 된 점을 신경림의 『남한강』과 예이츠의 설화시 『어쉰의 방랑』과 비교하여 살펴보았다. 2장에서는 언어의 춤이란 측면에서 우리와 역사와 정서가 닮은 아일랜드의 상황과 시인 예이츠를 비교하며 신명과 춤이 시의 주요한 정서임을 알아보았다.

이 책을 읽다 보면 시뿐 아니라 연극, 음악 등 공연 전반의 담론과 만나게 될 것이다. 따라서 이 책은 시뿐 아니라 연극 관련 연구자나 그 경계 어딘가에 관심을 둔 분들이 보면 좋을 것이다. 비록 학술서이지만 신경림 시가 갖는 신명으로 인해 독자들에게 신명이 연희되는 체험과 함께 즐겁게 읽혀지길 바라는 마음이다.

덧붙이자면 문예창작학과를 전공하기 전에 나는 영화 시나리오를 전공했고, 공연예술을 전공하면서 뮤지컬과 연극 대본을 쓰고 연출하기도 했다. 그러한 경험을 가지고 문예창작 박사과정에 들어간 터라, 박사 논문의 주제를 시로 할지, 연극으로 할지, 그 사이 무엇으로 할지 고민이 되었다. 아니, 정확하게 말하면 논문을 세상에 내놓을 때 혹은 시와 연극의 어느 지점에서 시작할 것인가를 두고 고심했다고 해야 할 것이다.

어차피 이야기가 옆으로 가고 있으니 조금 더 옆으로 가보자면, 논문을 쓰기 시작하면서 지금까지 신경림 시인을 가까이에서 몇 번 뵈었다. 멋진 곳이라며 알려주신 가을날 야외 카페테리아에서 손주와 잘 가신다는 피자집 등에서였다. 신경림 시인의 시가 1970년대나 1980년대에, 그리고 농촌이나 변두리 어딘가에 머물러 있기보다는 이젠 어디고 똑같아진 세상일지라도 어디나 찾아가는 언제나 늙지 않는 '늙은 악사'로 장터 한가운데에 서 있는 것 같았다.

힘들 때 곁에서 도움 주신 분들만큼 고마운 이는 없을 것이다. 박사과정 동안 지켜봐주신 지도교수이신 김수복 교수님은 논문을 완성하기까지 길을 잃지 않게 이끌어주셨다. 신경림 시인을 만나게 되어 감사하며, 조용히 큰 힘 되어주신 이시영 교수님께 감사드린다. 심사를 맡아주신 박덕규 교수님, 강상대 교수님의 엄격한 평가와 최동호, 유성호 교수님의 자상한 조언에 또한 감사드린다. 석사과정을 지도해주신 김윤태 교수님과 소논문을 쓸 때 조언해주시던 김주성 교수님의 후의도 고마움과 함께 기억하고 있다. 여러 글을 한 권의 책으로 엮는 일이 간단하지 않음에도 저자 이상의 애정으로 출판해주신 푸른사상사에 감사 드린다. 끝으로 책 발간을 누구보다 기뻐하실 부모님과 형제들 그리고 권태민 선생님에게도 사랑과 감사를 전한다. 그리고 지환과 함께 나의 오랜 친구들의 사랑에 감사하다.

2016년 가을을 보내며
이경아

제2부　신경림 시의 비교문학적 지평

제1장　영웅서사의 시적 변용

신경림의 『남한강』과 예이츠의 『어쉰의 방랑』의 비교

신경림 시의 연희성 연구

차례

제1부

신경림 시의 연희성

제1장

신경림 시의 연희성 연구

1. 신경림 시의 연희성에 주목해야 하는 이유

신경림의 시는 공동체적 서사와 친숙한 삶의 일상을 다루고 있어 대중들이 편하게 읽고 공감해왔다. 신경림의 시에 대한 독자의 이러한 공감대 형성에는 그것이 지닌 연희성이 기여하는 바 크다. 이때의 연희성은 크게 두 가지 형태로 발현된다.

첫째, 시인 스스로 연희성을 발생시키는 대상을 즐겨 다룬다는 점이다. 그가 다루는 공간과 풍속, 인물을 살펴보면, 공통적으로 반복되는 어떤 특징을 파악할 수 있다. 또한 풍속으로는 세시(歲時)에 행해지는 놀이와 특별한 날 함께 하는 축제, 그리고 일상적으로 민중이 주체가 되어 구전되어온 농악과 민요 등의 전통연희 그리고 원시적 본능에서부터 양식화된 의례에서 행해지는 것에서 나타난다. 인물은 역사 속에서 사라진 이름 없는 인물, 그러나 민중의 입에서 입으로 전해진 구비전설 속의 인물을 바탕으로 한 원형적 인간형, 그리고 장터의 장돌뱅이와 하층민들, 그리도 농촌의 농민들, 도시의 빈민 등이다.

둘째, 창작된 시가 독자에게 수용되면서 독자가 느끼게 되는 연희성이다. 그것은 대체로 이야기성의 면과 형식 면으로 나누어볼 수 있다. 이야기성은 극적 요소를 가진 장시에서뿐만 아니라 일상을 다룬 이야기들에서도 시 안의 인물이 사건을 체험하거나 목격하고 동참하면서 생기는 익숙한 삶의 이야기로 이루어진 공동체적 드라마가 형성되어 있음을 뜻한다. 또한 형식 면으로는 그러한 이야기가 서사시라는 틀 속에 갇혀 있지 않고 민요를 도입한 점과 산문처럼 쉽게 읽히면서도 묘한 운율감으로 입에 붙고 정서적으로 오래 기억되는 특징을 갖고 있다는 점이다. 신경림의 시 중 여러 편은 노래로 만들어지기도 하고 연극으로도 상연된 바 있는데, 이 점은 그만큼 신경림의 시가 내포하고 있는 연희성으로 인해 매체 전환을 통해 새로운 형식의 연희를 창출할 수 있는 원재료로서의 가치 또한 크다는 점을 짐작하게 한다. 그러나 그동안 신경림 시에 대한 연구에는 이러한 논의가 부족했다.

신경림의 시에는 독자가 읽는 순간 연희적 상상력이 작동하여 관객이 된 듯, 다양한 목소리가 들리게 만드는 힘이 있다. 이것은 연극, 뮤지컬 혹은 시극이나 스펙터클 버라이어티, 축제 등 어떠한 형태로든 공연화될 요소를 갖추고 있다는 특징이 될 수 있다. 본 연구의 목적은 또한 현대에 와서 사라져가는 공동체와 공동체가 함께 즐길 수 있는 방식으로서의 다양한 공연 형식으로 재구현하는 형태를 발견하기 위한 이론적 모색이라고 할 수 있다. 그리하여 이후 제2창작물로의 접근과 창작의 방향을 잡을 수 있는 기반이 되고자 한다.

많은 공연물이 이야기를 찾아 소설이나 정전(正典)인 연극 텍스트를 가지고 각색 변용되었지만, 시를 극화하거나 공연화하는 것은 흔치 않다. 시가 서사보다는 서정에 맞는 장르여서일 수 있겠지만 그보다 극화 혹은 공연화에 있어 서구식 고전적 연극이론에 입각한 서사의 관점 때문이기도 하다. 신경림 시의 연희성에는 시 자체의 특징과 매력을 견지하면서 음악과 율동으로 재현할 수 있는 요소가 많다. 이런 요소에 대한 관심은 시의 '대중적 읽기'뿐 아니라, 문학작품의 공연화라는 창작적 결과를 새롭게 도출하는 길을 마련하는 일이 된다. 뮤지컬이나 오페라가 외국의 텍스트에 의존하거나, 창작 뮤지컬에서도 대중성과 상업성에 구속받는 현실에서 나아가 시와 공연의 만남이 문학성을 겸비한 제반 상업적 공연 혹은 창의적 공연 형태에 이론적 기반이 될 것으로 본다.

　시인의 시 창작 방법 과정과 시사의 역사는 시대를 살면서 변모해왔고, 변모할 수밖에 없었겠지만, 본 연구는 오히려 그의 시사에 걸친 공통적인 맥락으로서의 연희성을 탐구하고자 하는 것이다. 그것은 시인 스스로 인식하지 않았거나 독자 역시 크게 주목하지 않았던 것이라 하더라도 시의 가장 본질적인 특색이었던 점을 집중 연구하려는 것이기도 하다. 이는 본 연구의 과정에서 시인과의 인터뷰를 통해 연구의 주제를 더욱 명확히 재구성하였던 점도 아울러 밝힌다. 인터뷰의 분석을 통해 연구 방향을 더욱 굳힌 것인데, 신경림 시가 갖는 서정과 그 근원이 되는 성격을 '연희성'이라는 특색으로 연구해보고자 한 것이다. 따라서 본고는 우리 문학에서 말과 동작으로 사람 앞에서 연희되는 것을 총칭하여 불렀던 연희문학으로서의 시에 대한 접근과 이후 변용 가능한 요소를 찾아볼 것이다. 이는 신경림의 시를 연희성으로 다시 읽기를 하는 과정과 분석이 될 것이며, 그 결과 연희적 요소를 변용하여 타 매체로의 전환이 가능한 지점과 시적 효과를 최대화하는 창작을 위한 이론으로도 기여하고자 한다.

2. 신경림 시에 대한 지금까지의 접근법들

신경림에 대한 기존의 연구들을 크게 두 가지로 나누어 검토하였다. 우선 문단사적 자리매김으로서의 문단 내의 비평과 평가이다. 다음으로는 학위논문 및 학술지에 게재된 논문 등의 학술적 연구 성과이다.

문단 내의 신경림 문학의 연구와 비평은 구중서 · 백낙청 · 염무웅 등이 엮은『신경림 문학의 세계』에 집약되어 있는 편이다. 학술적 연구 성과로는 신경림 시를 대상으로 한 박사학위 논문과 여러 학술지의 게재된 논문을 검토하였다. 문단의 비평과 학술적 연구 성과를 종합하여 다시 주제별로 살펴보면 세 가지로 요약할 수 있다.

첫째, 서사성 분석과 창작방법의 실제이다. 이는 신경림의 시에서 서사성이 서정시로서의 특징보다 우위에 있다고 파악하고 서사 분석과 서사에 입각한 창작 방법을 다룬 것이다. 장시『남한강』의 분석을 중심으로 하는 경우가 많고 플롯과 스토리텔링을 연구한다. 이 연구 분야가 가장 우위를 차지하고 있으며, 창작 방법의 실제도 서사성 분석을 토대로 하기 때문에 이에 포함된다고 보았다.

둘째, 농촌시 등의 로컬리티 연구를 포함한 민중성 연구이다. 신경림 시가 갖는 농촌시로서의 특징과 민중성을 농촌이나 도시 빈민가 등 구체적인 지역의 일상을 다루고 있다는 부분을 주목한 것이다. 이는 한국적 특징에 대한 분석과 세계문학과의 관계에 관한 연구로 발전되는 내용을 포함한다.

셋째, 신경림 시 세계의 변모이다. 데뷔부터 현재까지 내용과 형식에서 변화되어온 내용과 계기를 시대별, 연도별, 시집의 특성별 분류를 통해 분석하고 있는 최근의 연구들이다. 이러한 관점은 김정란이 "신경림은 한결같다. 농무에서 쓰러진 자의 꿈에 이르기까지 가난하고 소외된 이웃들, 전망 없는 삶, 그 곁을 배회한다"[1]며 '시장의 천사'라고 표현한 것에서부터 시작하였듯이 본고에서도 신경림 시의 연희성이 시 세계의 변화에도 불구하고 공통적으로 잠재되어 있거나 포함되어 있다고 가정하고 연구를 하면서 변모의 내용을 살피기보다는 그러한 관점만 참조, 수용하였다.

이상의 세 가지 분류를 다시 크게 두 가지로 요약하면 1) 민중성 연구, 2) 서사성 연구이다. 특히 이 두 가지 주제는 연희성에 대한 연구로 다시 읽을 수 있는 부분이며 연구 성과와 문단의 평가를 종합하여 발전시킬 수 있어 주목하였다.

먼저 연희성으로 발전시켜볼 수 있는 민중성에 대한 연구들을 본다면 『남한강』에 대한 최근의 연구를 주목할 수 있다. "얘기꾼과 노

19

---

1   김정란, 「연속성의 使徒-市場의 천사」, 구중서 · 백낙청 · 염무웅 편, 『신경림 문학의 세계』, 창작과비평사, 1995, 244쪽.

래꾼, 청중이 인물과 하나가 되는 방식"[2]에 대한 논의는 연희성 연구로 발전시킬 수 있는 주요한 모티프가 되기 때문이다. 시를 읽는 순간 연희적 방식으로 읽혀지는 것에 대한 논의의 출발점이다. 또한 시 창작의 체험으로부터의 연희성 연구들도 주목하여 보았다. "고통의 공간을 훈훈하게 그려내는 서정성은 삶과 밀착된 시인의 체험을 바탕으로 한다"[3]는 논의 등이다. 즉, 시인이 겪는 시대적 불안이 주막집 뒷방이라는 배경과 눈길이라는 시간적 체험 속에서 훈훈하게 전해지고 있다는 것이다.

1970~80년대의 민중시를 연구한 김란희[4]의 신경림에 대한 연구도 주목하여 보았다. 상징계와는 다른 기호계라는 명명으로 언어의 부정성을 강조한 크리스테바의 이론을 적용하여 신경림의 시를 분석한 이 논문은 연희성 연구로 이어질 부분을 갖고 있다. 다시 읽기는 다시 쓰기이며 그것은 무대를 공간으로 하는 '연극하기'라고 한 크리스테바의 이론은 시의 연희성 연구에도 주요 모티프가 될 수 있는 부분이다. 특히 주체의 충동을 언어 속에 자리 잡게 하는 것이란 분석은 신경림의 시를 서사로만 보지 않고 시적 주체의 심적 상태를 중요하게 본 것이다. 노동, 오락, 잔치의 결합물로서의 집단적 서정을 더욱

2 이병훈, 「민중성의 진화 : 신경림의 장시 『남한강』과 80년대 시집을 중심으로」, 『한국현대문학연구』 44집, 2014. 12.
3 조찬호, 「신경림 시 연구」, 우석대학교 박사학위 논문, 2008, 16쪽.
4 김란희, 「한국 민중시의 언어적 실천 연구 : 1970~80년대 민중시에 나타난 '부정성'의 의미화 양상을 중심으로」, 서강대학교 박사학위 논문, 2011, 74~103쪽 참조.

깊이 연구할 수 있는 토대가 된다고 보인다.

신경림 시와 카니발의 공간에 주목한 연구도 참조하였다. 공동체의 묘사와 그것을 지탱하는 놀이의 공간을 설명하는 논문들이다. "'묵내기 화투', 돼지를 잡는 '도로리' 등 떠돌이 노동자들이 하나가 되는 과정을 형상화"[5]했다는 분석은 유희적 연희성에 대한 탐구로 이어질 대목으로 보인다.

민중성으로서의 형식에 대한 논의도 연희성으로 그 주제를 심화시킬 부분이다. 구중서는 쉬움과 가락에 주목한다. "시는 원래 생명이 동요하는 리듬에서 시작되며, 시의 마지막 행이 끝나는 데까지 바닥에 깔려 있는 것이 리듬"[6]이라고 한다. 이시영은 「목계장터」를 읽어나가면서 민요 가락을 듣는 것과 같이 강한 전통적 리듬을 체험하게 되는 것은 우리의 운율적 질서와 가락을 되살렸다"[7]고 본다. 이 저자는 덧붙여 신경림의 시는 김수영이나 신동엽의 1960년대 민중시와 비교할 때, 활기와 왁자지껄함과 낙관적 정서가 있음을 강조하였다. "60년대 내내 김수영에 의해서 끈질기게 시도되었고, 신동엽에 의해 어느 정도 구체화되었던 시의 현실 참여가 신경림에 이르러서야 비

---

5   김미림, 「신경림 시와 민중제의의 공간」, 『한중인문학연구』 14권, 2005, 179쪽 이하 참조.

6   구중서, 「현실의 바닥에서 일어나는 노래 : 시집 농무론」, 구중서 · 백낙청 · 염무웅 편, 앞의 책, 166쪽.

7   이시영, 「목계장터의 음악적 구조」, 『곧 수풀은 베어지리라』, 한양출판, 1995, 162~163쪽 참조.

로소 한국시에서 진정한 실체를 확보하게 된 셈이다"[8]라는 평가에 따르면 1970년대의 시를 대표하는 현실(참여)적 민중적인 생동감을 갖고 있다는 점이 분명하다. 이는 신경림 시의 연희성과 민중 주체의 공동체성으로 발전시킬 부분에 주목하였다고 본다.

신경림의 고유성과 독자성을 강조한 비평에서는 서사와 서정의 독특한 결합에 성공한 장시 『남한강』을 분석함에 있어 서사보다는 정서의 양식화에 더욱 목적이 있었다고 본다. "시의 화자가 객관적 정황이나 사건의 추이를 전달하는 역할을 담당하는 것이 아니라 화자의 정서 안으로 철저하게 그것들을 용해시켜 표현함으로써 서사는 서정의 계기로 진술될 뿐"[9]이라고 하였다. 이 역시 신경림의 장시를 서사시로만 보지 않고 그 안에 녹아 있는 서정의 양식화에 주목하였다는 점에서 연희성 연구와 관계가 있다.

그리고 '민중성'과 '민요정신'을 같은 것이라고 논의한 김윤태는 '질박함'이라는 말로 신경림의 시를 요약하면서 "질박함은 민중성, 생활에 기반하는 현실주의적 태도에 의해 획득될 수 있는 예술적 가치"[10]라고 하여 연희성 연구를 위한 논의에 가까운 주장이라고 보았다.

위와 같이 민중성에 대한 연구는 최근에 다시 새롭게 논의되고 강조되고 있는 반면, 서사성이라는 주제는 신경림의 장시 연구 및 익숙

8   위의 책, 192쪽.
9   유성호, 「신경림론 : 서사시적 상상력의 서정적 수용」, 『한국 현대시의 형상과 논리』, 국학자료원, 1997, 272쪽.
10 김윤태, 「민중성, 민요정신, 현실주의」, 구중서·백낙청·염무웅 편, 앞의 책, 293쪽.

한 일상의 반영으로서의 이야기에 대한 관심과 함께 지속적으로 다루어져왔다. 서사성 연구의 주요한 사례는 다음과 같다. 강정구는 "『남한강』이 4막 22장의 연극적 구조이며, 특히 「쇠무지벌」은 민중 다수가 각자 자신의 생각과 말을 직접 발화하는 다성적인 마당으로 연희성, 구연성, 구술성을 회복하고자 한 것"[11]이라 하였다.

또한 한만수는 장르 혼합적인 특성을 전제로 시적 서사화의 방법을 살펴보면서, 그 방법을 중구난방성이라고 했다. "민중의 말버릇과 생각버릇(중구난방성)에 붓만 빌려주는 식으로 조용히 쫓아다니"[12]는 방식으로 독자의 귓가에 소곤거리는 서정적 속삭임, 구수한 옛이야기, 포효하는 울부짖음 등의 방식으로 이야기를 전달하는 서정성에 대한 연구는 본 논문의 연희성과 통한다고 보아 검토해보았다.

서술 구조와 담론 방식을 연구하면서 특히 영화 서사물 같은 공간 이동적 특성과 공간 이미지와 이동을 강조한 논문을 주목하였다. "열려져 있는 공간을 담을 때, 리얼리티와 인물들의 역동성이 드러난다"[13]고 하여, 무대화, 장면화를 통한 현장성과 스펙터클을 분석하였다. 예를 들어, 「눈길」(『농무』, 21쪽)의 분위기와 주막의 아늑함이 주는 느낌과 죽은 남편의 사진이라는 무대 위 오브제가 결합한 장면이 주는 서사와 운동성에 대한 연구는 연희성의 무대 즉 장소에 대한 탐구에 주

23

---

11 강정구, 「신경림 시의 서사성연구」, 경희대학교 박사학위 논문, 2003.

12 한만수, 「서사성의 끝없는 확대」, 구중서·백낙청·염무웅 편, 앞의 책, 293쪽.

13 박혜숙, 「신경림 시의 구조와 담론 연구」, 『문학한글』 제13호, 한글학회, 1999, 147~170쪽.

된 모티프가 되었다. 공간에 대한 강조는 시의 재현적 방식이며, 무대나 장면을 연상시키는 한 편의 그림이나 그림 속 이야기로 읽힌다는 점을 더불어 주목하여 연구를 이어갈 수 있다고 보았기 때문이다.

그 외에도 서정성에 대한 연구는 연희성으로의 도출이 가능한 주제로 이루어져 있다. 박혜경은 신경림의 서정적 감정이입의 세계에 대해서 연구하였다. "다성화된 집단적 목소리들이 어우러져 하나의 서사적 세계를 일구어내는 방식"[14]에 대한 연구는 본서의 유희적 연희성 연구로 발전시킬 수 있다고 본다.

조태일은 신경림의 시에서 열린 공간, 움직이는 서정에 주목한다. "민중들의 서러운 마음과 맨살을 어루만지는 움직이는 서정을 아주 쉬운 언어로 이야기하듯 펼쳐 보여주었다"[15]며 '움직이는 정서'라고 표현한 것을 필자는 연극성의 한 요소로 보았다.

윤영천은 장시의 캐릭터를 분석한다. "돌배는 승천 못한 이무기로 그려진다. 전래의 「아기장수 전설」을 떠올리게 하는 장면인데, 주인공 돌배의 험난한 삶의 역정이 운명적으로 예고되고 있는 듯하다"[16]라고 분석한다. 이 부분이 영웅 모티프의 변용으로 읽기를 가능하게 하는 단초를 마련하였다고 보았다.

그동안의 연구사로부터 연희성을 도출할 수 있는 내용을 중심으로

14 박혜경, 「토종의 미학, 그 서정적 감정이입의 세계」, 구중서·백낙청·염무웅 엮음, 앞의 책, 121쪽.
15 조태일, 「열린 공간, 움직이는 서정, 친화력」, 위의 책, 141쪽.
16 윤영천, 「농민공동체 실현의 꿈과 좌절」, 위의 책, 175쪽.

필자의 연구를 확장시키기도 했지만, 나아가 비판적 문제의식을 피력한 부분들까지 필자의 연희성의 범주에서 해석할 여지가 있다고 보아 주목한 점도 있다. 예를 들어, 김종길의 한 좌담에서 "신경림의 시에는 픽션 속 '나'와 같은 성격을 띠는 '나'가 많이 등장하고, 무대를 가설해놓고 동원이 되어 구경을 가는 듯한 느낌"[17]이라고 지적한 대목이 있다. 이는 오히려 신경림의 시가 화자와 시인이 통일된 서정시가 아니라, 시인을 개방하지 않고 시를 연극의 무대처럼 보여주는 것을 도리어 잘 이해한 것이라고 볼 수 있다. 그것을 진정한 민중시로 보기에는 작위적인 면이 있다는 견해는 이점을 바로 연희성으로 해석하려는 필자의 연구 관점과 다르지만, 신경림 시의 무대적 특징에 주목했다는 점이 흥미로웠다.

다른 매체로의 전환을 꾀한 사례로는 신경림의 장시『남한강』을 영화로 각색한 것이다. 1990년 장선우의 시나리오선집[18]에 실린 시나리오를 살펴보면 연희적 요소를 살려내기보다는 영화의 특성상 서사에 집중한 것으로 보인다.

그동안의 성과를 바탕으로 새로운 관점을 제시할 때 신경림 시에 대한 연구는 다음과 같이 심화되고 확장될 수 있다. 신화성은 신화적 소망이 담긴 민중적 영웅의 탄생으로서의 캐릭터에 대한 연구로, 제의

---

17 백낙청 회화록 간행위원회, 「김우창 · 김종길 · 백낙청 좌담, 시집『농무』의 세계와 한국시의 방향」, 1973년 5월 25일, 『백낙청 회화록 1』, 창비, 2007, 83~91쪽 참조.
18 장선우, 『장선우시나리오선집』, 학민사, 1990.

성은 춤의 리듬으로 읽히며 매체 전환의 가능성을 담지한 시의 특성을 밝히는 연구로, 그리고 유희적 연희성은 장터 문화와 세속 놀이를 결합한 대화적 시로 연구하고자 한다. 결론적으로 신경림 시의 연희성 연구는 기존의 논의를 발전시켜 새로운 관점에 의해 읽고 쓰는 계기가 될 것이다.

3. 연구대상 및 연구방법

신경림 시의 연희성이라는 요소는 지금까지 주로 『농무』를 비롯한 '농민시'나 1970~80년대 민중시를 중심으로 이해되어왔지만 이는 실제로 신경림 시 전반에 걸쳐 나타나고 있는 현상이라 할 수 있다. 따라서 이 연구에서는 〈표 1〉로 정리되는 신경림 시 전반을 대상으로 논의를 진행한다. 분석 과정에서 인용되는 시는 시집의 쪽수를 기준으로 한다.

신경림의 시 세계는 초기 농촌의 현장에서 살아가는 농민들의 삶을 다룬 데서부터 그 이후 도시 주변에 살아가는 사람들의 옛것을 그리는 일상적 풍속을 다루는 데로 전이되어 왔다고 할 수 있다. 자기 성찰의 현재의 지점에 이르기까지의 시들까지 이런 환경적 변모 과정에서도 연희성이라는 특징은 일정한 흐름으로 되풀이 또는 중첩되어 나타나는바 그 내용은 주로 신화성, 제의성, 연희성으로 나뉘어 이해할 수 있다.

〈표 1〉 신경림 시집 목록

시집	출판사	년도	비고
『農舞』	창작과비평사	1975	『신경림 시전집 1』
『새재』	창작과비평사	1979	
『달넘세』	창작과비평사	1985	
『가난한 사랑노래』	실천문학사	1988	
『길』	창작과비평사	1990	
『쓰러진 자의 꿈』	창작과비평사	1993	『신경림 시전집 2』
『어머니와 할머니의 실루엣』	창작과비평사	1998	
『뿔』	창작과비평사	2002	
『南漢江』	창작과비평사	1987	
『낙타』	창작과비평사	2008	
『사진관집 이층』	창작과비평사	2014	

첫째, 신화적 연희성이다. 연희성에서 가장 중요한 것은 시적 상상력이다. 그것이 가능하려면 신화가 원형과 경계를 인식하는 데서 출발해야 할 것이다. 신화적 이미지를 우리 자신과 관련시켜 읽어내는 작업이다. 신화적 연희성은 시 안에서 신화를 읽는 것이자, 신화와 원형에 대한 이미지의 넓어진 시각으로 시를 읽는 것이다. 그리하여 원형적 캐릭터와 그들을 만나게 되는 소통의 공간으로서의 장소를 살펴본다. 민중의 갈망이 담겨 있는 영웅 모티프인 『남한강』의 강과 『어머니와 할머니의 실루엣』에서 '달', '나무', '불' 등의 상징, 그리고 「도화원기」 등 신화성이 묻은 삶의 공간을 그려내려는 『길』이 대표

적이다. 아울러 신화의 흔적을 그린 「봄날」과 「뿔」 등의 시가 수록된
『뿔』도 포함된다.

둘째, 제의적 연희성이다. 문학은 예술 가운데 언어로 이루어진 것
이라고 볼 때, 연극적 제의, 제의적 연극은 춤에서 노래, 그리고 노
래에서 시와 음악이 분류되기 전의 통합된 형태이다. 그중 춤은 모
든 것의 시작이자 언어로 분화되기 전의 최초의 것이라 보고, 신경림
시 안의 신명의 내용을 춤이라는 주제로 살펴본다. 신명은 과거의 시
간은 사라지고 현재는 갈 곳을 잃은 영혼의 몸짓인 춤으로 나타난다.
연극과 제의와의 관계는 집단을 둘러싼 세계와 연결시켜주는 것으로
자신들의 인생에 대해 숙고해보는 시간을 갖게 한다. 이것을 시의 내
적 역동적 과정으로서의 전이로 파악하고 그러한 시의 생산적 변용
을 연구하고자 한다. 이는 언어의 춤으로 감각의 엑스터시 및 깨달음
에 도달하는 과정에 대한 연구이다. 기존의 신경림의 장시 연구가 서
사성에 주목했다면, 이 연구에서는 오히려 서사보다는 충동, 언어 표
현보다는 비언어적 표현에 주목하는 이유이기도 하다. '언어가 표현
하지 못하는 영역을 춤은 신체언어를 통해 상징적으로 표현한다.'[19]
는 점에서 뮤지컬에서 많이 사용하는 스펙터클로서의 춤과 나아가
춤이 갖는 비언어적 표현력에 주목한 것이다. 「씻김굿」이 수록된 『달
넘세』, 억울하게 죽은 죽음들을 불러내는 형식으로 죽은 이를 위로하
고 살아 있는 자들에게도 새로운 삶으로 각성하는 시간과 이루지 못

---

19 조복행, 『뮤지컬의 상호매체성과 혼종의 미학』, 경인문화사, 2014, 232쪽.

한 꿈을 춤으로 신명으로 풀어내는 「황홀한 유폐」 등이 실린 『사진관 집 이층』이 있다.

　마지막 장은 유희적 연희성이다. 공동체의 놀이, 공동체 안에서 주체 된 자들의 주고받는 상호 대화성과 웃음을 연구한다. 이것은 바흐친의 카니발 이론으로 현장에서 청중과 화자로 만나는 경험을 시의 창작 과정과 읽기 과정 그리고 변용 과정의 결과인 공연물로서의 가능성을 연구하려 한다. 특히 청중과 화자를 중심으로 새로운 관계를 통해 시가 새롭게 부활함에 주목하고자 한다. 나아가 신경림의 시가 울음과 슬픔 그리고 죽음을 넘어 웃음으로 승화, 삶의 축제로 나아가는 점을 발견하고 분석한다. 신경림은 장돌뱅이와 떠돌이 문학으로서 민중의 노래에 흐르는 웃음을 견지한 시의 세계를 그려왔다. 그것은 바흐친이 말하는 장터 문화, 즉 카니발의 민중성과 유토피아, 그리고 웃음의 시학으로도 읽을 수 있다. 웃음은 청중과 그 반응을 전제로 하며 웃음을 내포한 시는 대화성을 기본으로 한다. 저자 한 사람의 단성적 목소리의 주입이 아닌, 시 안의 여러 주인공의 목소리가 함께 들리는 이유가 되는 것이다.

　공동체 안의 신명과 유희가 실린 『농무』, 그리고 자연과 일체감 속에서 관조와 웃음의 리듬을 성취한 「목계장터」 등이 실린 『새재』, 그리고 줄다리기 단오 등 풍속과 놀이가 고스란히 담겨 민중의 백과사전이라 불릴 만한 『남한강』, 그리고 「진도아리랑」, 「상암동의 쇠가락」 등 민중의 예술성과 주체적 향유에 대한 시가 실린 『가난한 사랑노래』가 있다.

　연희성의 세 가지 속성에 따른 분류 즉, 신화성, 제의성, 유희성에 따라 시집을 분류해보면 다음의 〈표 2〉로 정리된다. 신경림 시 전반에 흐르는 연희성을 살펴보는 것이므로 분류는 선험적인 전제이며 연구를 해나가는 과정에서 확인해볼 수 있을 것이다.

〈표 2〉 작품별 연희적 요소 분류

연희성	시집	대표 작품
신화성	『南漢江』	「새재」「南漢江」「쇠무지벌」
	『길』	「안의 장날」「桃花源記」「그림」 외
	『어머니와 할머니의 실루엣』	「어머니와 할머니의 실루엣」「더딘 느티나무」「달」 외
	『뿔』	「봄날」「사막」「뿔」 외
제의성	『달넘세』	「병신춤」「씻김굿」「늙은 악사」 외
	『쓰러진 자의 꿈』	「행인」「담장 밖」「廢驛」 외
	『낙타』	「너무 오래된 교실」「낙타」「그 집이 아름답다」 외
	『사진관집 이층』	「정릉동 동방주택에서 길음 시장까지」「역전 사집관집 이층」「황홀한 유폐」 외
유희성	『農舞』	「農舞」「눈길」「오늘」 외
	『새재』	「목계장터」, 장시「새재」 외
	『南漢江』	「새재」「南漢江」「쇠무지벌」
	『가난한 사랑노래』	「진도아리랑」「길음 시장」「상암동의 쇠가락」 외

필자는 신경림 시인과 본 연구를 위한 인터뷰를 하였다. 그 내용은 〈표 3〉과 같다.

〈표 3〉 연희성과 관련한 신경림 시인과의 인터뷰(2014.10.27, 인사동)

필자의 질문	신경림 시인의 답변	연희성 비고
1 『사진관집 이층』의 「시인의 말」에서 꿈의 재구성이라는 말을 하였다. 꿈이란 무엇인가?	이루지 못한 갈망이다.	제의적 연희성
2 여성으로 상징되는 강에 대한 비유가 많고, 특히 장터나 주막의 여인들에 주목한다. 이유는?	한국을 이만큼 이루어놓은 것은 여성이다. 어린 시절, 내가 살던 시골에는 남자는 놀고 여자는 일했다.	신화적 연희성
3 시의 연희에 대한 생각은 어떤가?	시는 언어의 놀이란 생각이다. 내 시를 연희한 것을 보았는데 충족하지는 못했다.	유희적 연희성
4 시인의 시에서 연희성을 느낀다. 장돌뱅이나 악사들의 이야기와 노래를 엮는 방식에 영향을 받았나?	어린 시절 마을 잔치 때마다 가설등 아래 선배 청년들이 연극을 하던 기억이 난다. 다른 마을에서 보고 온 연극이나 들은 연극의 내용을 자기 식대로 표출하는 방식이었다. 주로 유치진의 희곡으로 기억된다. 여러분의 당숙이 있었는데, 그중에는 마을에서 악기도 다루고 연극판도 벌이는 끼가 많은 분이 있었다.	유희적 연희성

필자의 질문	신경림 시인의 답변	연희성 비고
5 「농무」는 특히 춤으로 읽힌다. 그리고 「낙타」 등 시 전반에 춤의 리듬과 보행이 느껴진다. 춤으로 연구한다면 어떤가?	시는 신명이 나지 않으면 안 된다고 생각한다. 어린 시절 시골에서는 취기가 어리면 판은 모두 춤으로 끝났다. 누구나 추는 막춤이다. 마을 잔치의 놀이패와 따뜻한 국수가 끓는 장터에서 취하해 떨어지면 곧잘 춤을 추었다.	제의적 연희성
6 시인의 시는 연극을 보는 것 같기도 하고 영화를 보는 것 같기도 하다. 그림이 읽힌다. 그런가?	시는 그림이기도 하다. 화랑이나 전시회를 자주 찾는 것이 내 취미이다. 왕유를 좋아한다.	신화적 연희성
7 희곡도 쓴 적이 있나?	마을 잔치 때마다 벌어진 연극에서였다. 마을 사람들이 거의 문맹이었으나 근처 동네에서 보고 온 연극을 외워서 연습도 하고 제법 그럴싸하게 올렸던 기억이 난다. 나에게 대본을 요구하여 써보기도 했으나 오히려 연극을 본 마을 사람의 기억이 더 정확해서 대본은 별 소용이 없었다.	제의적 연희성

신경림 시인과의 인터뷰는 독자로서의 질문에서 시작하여 논문을 위한 연구자로서 맥락과 근거를 마련하는 사전 연구의 전제가 되어 주었다. 인터뷰는 신경림 시에 대한 키워드를 꿈, 여성, 연희성, 노래

와 이야기, 춤, 그림(영화), 연극 등으로 나누어 연구자가 질문하였던 것이다. 위의 인터뷰는 연희성 연구를 위한 주제 도출과 연희성의 특성을 세분화하여 연구하는 데 모티프를 주었음을 밝힌다.

제2장

신화적 연희성

1. 원형의 현존

1) 강과 대지

원형이 인류의 무의식 속에 남아 있는 보편적인 것이라면, 현존이
란 그 원형이 예술작품에서나 일상에서 어떻게 표출되고 지속되는지
를 살피는 내용이 될 것이다. 원형이란 것은 전형적, 반복적 이미지
로 우리의 경험을 통합한다. 즉, 누구나 알아듣기 쉽게 반복되어 하
나의 이미지로 읽히는 상징을 말한다. 그것은 문자 이전의 시대에 원
시 제의 형태에서도 쓰였다. 대부분이 문맹자이던 시대에는 많은 사
람 앞에서 비언어적 요소의 공연 형식이 더욱 오랫동안 발전할 수밖
에 없었다. 거기에는 비언어적 전형과 이미지가 공연에 다양하게 활
용되었을 것이다. 문자에 의한 소통이 차단된 상태에서 갈등의 표출
과 해결의 방식은 스펙터클의 방식에 의존할 수밖에 없기 때문이다.

같은 이유로 조형예술뿐 아니라, 시 낭송, 음악 연주, 무용, 연극과 같은 공연 형식을 향유한 것이다.

그러나 근대의 서구 연극의 창을 통해 바라볼 때, 비서구의 공연예술은 일종의 유사연극이나 미발달한 전(前)연극, 혹은 제의연극, 전통연극 등의 아류 연극으로 분류되어왔다. 서구의 연극과 친연성이 희박한 탈춤이나 판소리와 같은 한국의 전통 공연예술도 연극이라는 관점에서 접근하면 실제로 연극과 공유하는 요소를 부분적으로만 가지고 있어 그 미학적인 특징을 제대로 규명할 수 없게 된다. 즉, 연극의 개념으로 한국의 전통 공연예술을 접근하면 불완전하고 빈곤한 예술형태로 결론날 수밖에 없다.

신경림의 시에서 구비문학과 이야기적 요소가 풍부한 시는 우선 장시 『남한강』에서 살펴볼 수 있다. 연이의 이야기는 실제 충주 지역의 일화[1]를 소재로 하고 있다. 한 지역의 일화이지만 민중이 한 많은 세월을 살아온 곳이거나 민중으로 인하여 해방의 기원을 갖고 있는 고장에서 공통적으로 나타나기도 한다. '연이'는 고통의 삶을 살되, 고통에서 머물지 않는 원형적인 캐릭터이다.

1부는 캐릭터의 설정, 2부는 캐릭터의 갈등, 3부는 캐릭터의 갈등이 집단의 다성성으로의 전환하는 구성이다. 즉, 구성부터 주인공 한두 사람의 갈등과 해결이라는 단선적 구조라기보다는 공동체의 이야기와 제의와 풍속 등을 다양하게 펼쳐 보이는 구조로 되어 있다. 각

---

1   이정재 외, 『남한강과 문학』, 한국학술정보, 2007 참조

장별 인물과 사건을 중심인물 중심으로 요약해본 내용은 다음 〈표 4〉
와 같다.

〈표 4〉 『남한강』 구성

부	『남한강』	장	제목	주요인물	장소/시간	묘사/사건
1부	「새재」	1장	이무기			연이와 사랑하는
		2장	어기야디야	젊은 돌배,		돌배
		3장	황소떼	젊은 연이	남한강/봄	
		4장	빈 쇠전			종대에 잘린 목 걸림
2부	「남한강」	1장	단오			술청 차린 연이,
		2장	소나무			앵금 타는 사내
		3장	아기 늪에서	연이,		그리워함
		4장	꽃나무	앵금 타는	식민지/봄	
		5장	눈바람	사내		순사로 변장한 화적 소문과
		6장	다시 싸움			함께 사라짐
3부	「쇠무지벌」	1장	두레 풍장			
		2장	첫 장날			
		3장	열림굿			황밭을 두고
		4장	조리돌림	돌아온 무리	해방/	지주와 소작인
		5장	못자리 싸움		대보름	사이 갈등과
		6장	흙바람			싸움
		7장	횃불			

『남한강』은 3부로 구성되어 있고, 각 부는 정황 묘사와 인물, 그리

고 그들이 벌이는 사건으로 이루어지는 각 장으로 나누어진다. 특히, 『남한강』의 2부에서는 돌배의 참수된 모습을 보고 투신하려던 연이가 주인공으로 등장하며, 후반부에는 돌배의 분신으로서 앵금 타는 사내가 내적 주인공이 된다. 이후 앵금 타는 사내의 역할은 3부 「쇠무지벌」에서 민중의 집단의식과 공동체로 자연스럽게 놀이와 노래와 신명의 회복을 통해 전수된다.

2부는 목계장터에 술청을 차린 연이의 이야기이다. 돌배와의 사랑에 대한 기억 그리고 앵금 타는 사내와 사랑함으로 이어진다. 3부로 오면 연이의 사랑의 결실과 더불어 이야기는 공동체의 서사로 전환한다. 줄다리기 시합 중에 순사로 변장한 화적이 정참판 큰 손주를 구출하는 이야기에서 주인공의 이야기와 공동체의 이야기는 하나가 된다. 즉, 순사로 변장한 화적은 앵금 타는 사내가 될 수도 있으며, 나아가 돌배의 현현(顯現)으로도 읽을 수 있다. 정참판 댁에 대한 돌배의 증오와 위선에 대한 분노는 개인적 감정이 아니었으며, 그 손주를 구하는 이야기는 더 큰 해방을 위한 싸움에서 강하고 굵은 줄로 엮이고 결합된다. 이는 큰 흐름의 이야기로 흘러가게 하는 상징의 지점이다.

이러한 서사와 집단의 갈등이 표출되는 지점에 조용히 그러나 그들을 모두 안고 흐르는 강처럼 모두를 포괄하는 캐릭터 '연이'가 있다. 그녀는 남한강을 지켜온 생명력을 지닌 존재이다. 강한 생의 본능과 돌배를 향한 사랑의 그리움을 안고 살아간다. 지상의 고통에 맞서 살아나가면서 지상에 없는 자를 그리워한다. 그녀의 가슴에서 돌배는 영웅이며 삶의 의지와 희망이고 보이지 않는 사랑이다. 그러나 앵금 타는 사내의 등장은 이승을 사는 연이에게 저승을 향한 그리움과 만나는 순간이기도 하다. 마음의 소리로 듣고 과거와 시간, 꿈과 이곳의 경계가 열려 기억 속으로 가는 시간이다. 이런 자연적인 이끌림으로 돌배를 향하던 연이의 마음이 앵금 타는 사내의 음률로 인하여 현실은 물러나고 사랑의 새로운 순간을 열게 한다.

이렇게 신경림의 시는 장면의 스펙터클로 자연스럽게 이동하게 하지만, 그 몰입과 동기는 청각적이며 '소리'로 시작한다. 『남한강』의 연이는 어두운 역사의 깊은 어둠으로 묻혀가면서도 그 한의 소리를 품고 흘러가는 강이며, 그 소리를 안고 있는 민중의 '얼굴'이다. 현실을 살아가는 이름 없는 민중이지만 이승의 역사와 저승의 한을 안고 시대의 억압에서 죽지 않고 살아가는 집단의 목소리이자 공동체의 힘을 느끼게 하는 신화적 원형이 된다.

> 강은 가르지 않는다.
> 사람과 사람을 가르지 않고
> 마을과 마을을 가르지 않는다.
> 제 몸 위에 작은 나무토막이며
> 쪽배를 띄워 서로 뒤섞이게 하고,
> 도움을 주고 시련을 주면서
> 다른 마음 다른 말을 가지고도
> 어울려 사는 법을 가르친다.
> 건넛마을을 남의 나라
> 남의 땅이라고 생각하게
> 버려두지 않는다.
> 한 물을 마시고 한 물 속에 뒹굴어

이웃으로 살게 한다.

— 「강은 가르지 않고, 막지 않는다」 부분(『뿔』, 79쪽)

'어두웠던 지난 날들을/제 몸 속에 깊이 묻으면서' 연이는 과거를 묻고도 아름다운 강처럼 평화롭게 살아간다. 강의 비유는 그 무엇이든 포용하고 흘러가게 하며, 부딪힘 속에서도 생명이 길고 무한한 위대함을 드러낸다. 즉 '연이=대지=여신 같은 존재'의 이미지라고 할 수 있다. 「남한강」의 연이는 새로운 삶과 의지를 보여주고 그것을 구현한다. 연이는 조각배에 술동이를 싣고 인근 나루를 다니며 술장사를 하기 시작한다. 돌배를 그리워하며 아이를 길러내기 위해 삶을 모질게 살아내던 연이는 어느 날 나타난 앵금타는 사내에게 연정을 느끼자 꽃늪에서 정사를 치른다.

> 사랑은 단 하나 범 같은 내 사내.
> 한 손에 칼을 잡고
> 또 한 손에 재를 들고
> 험하고 매운 세상 독하게 헤쳤지만
> 나는 불처럼 뜨거운 여자
> 산꿀처럼 달콤한 여자.

— 「아기 늪에서」 부분(『남한강』, 79쪽)

'보름이 가까운 달'이 '문을 반만 비추'일 때, 연이는 저승의 돌배와 이승의 앵금 타는 사내와의 거리가 멀지 않음을 느낀다.

이러한 이야기 속 원형적 여인은 시의 형상화의 과정에서 어떻게

창조되었으며 재구성되었을지 그의 산문과 여러 시 안에서 발견할
수 있다. "난 그런 어머니가 자랑스럽기만 한걸요. 돈 벌어 독립자금
대고 독립운동을 하는 사람 밥 먹여 주고, 또 못 사는 사람들한테 얼
마나 돈을 나누어 주었다고요"[2] 하는 증언은 다음의 시에서 영상의
한 장면처럼 재현된다.

아흔의 어머니와 일흔의 딸이
늙은 소나무 아래서
빈대떡을 굽고 소주를 판다
잔을 들면 소주보다 먼저
벚꽃잎이 날아와 앉고
저녁놀 비낀 냇물에서 처녀들
벌겋게 단 볼을 식히고 있다
벚꽃무더기를 비집으며
늙은 소나무 가지 사이로
하얀 달이 뜨고
아흔의 어머니와 일흔의 딸이
빈대떡을 굽고 소주를 파는
삶의 마지막 고샅
북한산 어귀
온 산에 풋내 가득한 봄날
처녀들 웃음소리 가득한 봄날

— 「봄날」 전문(『쓰러진 자의 꿈』, 65쪽)

2　신경림, 『바람의 풍경』, 문이당, 2000, 196쪽.

아흔의 어머니와 일흔의 딸은 어쩌면 돌배의 어머니와 처녀 며느리 연이의 모습일 수도 있다. '어머니 불쌍한 우리 어머니/이틀장 닷새장/개피떡 파는 어머니'를 회상하며 '모내기 전에 돌아오리라' 함은 죽음을 목도하면서도 살아 있을 어머니를 희망하며 돌아가고자 하는 마음이다. 또한 처녀 연이는 어떻게 되었을까 하는 상상력은 죽음을 안고 가되 생명의 소리로 흐르는 강을 떠올리게 한다. 때로는 사공어머니와 딸로, 혹은 강가 장터의 떡파는 시어머니와 며느리로 반복 등장하면서 신경림 시의 여성 원형을 파악할 수 있다. 시 전반에 여성으로 상징되는 강이나 달에 대한 정서가 많고, 대체로 여성이 자주 등장한다. 주막의 과부, 장터나 시계전(곡물시장)의 행상들, 국밥집의 여주인들을 비롯하여 아내에 대한 애달픔이나 이름 모를 기억의 여인들에 대한 그리움 등이다. 시를 통한 시인의 답변을 가늠하더라도 시인은 여성을 나약한 존재로 그리기보다는 세상이 존재하고 흘러가게 되는 데에 주체로 파악한다. 그것은 실재의 모습에서 나아가 삶의 원형이자 그 원형이 다시 현존하는 데에서 발견하게 되는 순간을 그리는 것이다. 즉, 원형의 여인의 현존을 그리는 것이다.

아름다움을 간직하면서 현재를 살아가는 것은 어떤 모습일까. '영원'을 간직할 수 있는 것은 그것이 '물'의 소리로 역사를 담지하고 흘러와 이어지고 있기 때문이다. 이렇게 어머니와 딸, 할머니와 어머니 등 세월만 흘렀을 뿐 흘러가는 시간 속에서 생명과 기억의 중심에 선 여성의 모습은 반복된다.

금간 거울 속에 빛바랜 사진관 간판이 기우뚱 걸려 있다.

어머니와 딸이 삐걱거리며 층계를 오른다.
이 마을에 제일 먼저
도시의 유행을 전해주던
그 늙은 사진사는 여전히 다리를 전다.
거울 속에서 고르지 못한 발자국소리

이윽고 어머니가 삼십년 전의 딸이 되어
쿵쿵거리며 층계를 내려오고
금간 거울 속에
세월의 빛바랜 사진이 되어 걸려 있다.

— 「시골 이발소에서」 전문(『달 넘세』, 92쪽)

여성의 원형은 나약한 존재가 아닌 힘을 가지고 세상을 흐르게 하는 존재, 그리고 외롭고 쓸쓸할 때 시장을 돌아다닌다는 시인의 말과 같이 힘을 얻고 싶을 때 보이는 존재이다. 외로울 때는 갯비린내 묻어오는 협궤열차를 생각하고, 답답할 때는 늙은 역장의 발차 신호의 기가 흔들리는 것을 생각한다. 하지만 외로움과 답답함보다 더한 고통에서 생각하는 것은 여인네들이다. '괴로울 때는 여인네들을 생각한다/아직도 살아서 뛰는/광주리 속의 물고기 같은/장바닥 여인네들의 새벽 싸움질을//밀려가는 썰물도 잡고 안 놓을/그 억센 여인네들의 손아귀를.'(「외로울 때」, 『달 넘세』, 84~85쪽)

'나이 들어 눈 어두우니 별이 보인다'(「별」)는 것은 소리로만 듣던 이미지를 눈으로 보게 된 깨달음이다. 발길 닿는 곳에서 보던 지상의 재회만이 아니다. 일상의 평범함에서 눈을 들어 그녀의 삶이 역사가 되고 별이 되고 이야기가 되어 시 안에 존재함을 알게 되는 것이다. 그들은 사라져가지 않는다. 별이 되어 가슴으로 들어온다. 나이 들어 보이는 것은 삶에서 만난 사람들의 모습으로 나타난다. 특히 연이의 성격은 『남한강』에서 직접 묘사되지만, 그 성격의 원형은 이후 수많은 '연이'의 분신들로 나타난다. 예를 들어 장터에서 국수를 삶으며 살았던 시인의 실제 할머니와 시인의 아내처럼 열심히 살던 촌부에서 시작하여 시 속의 여성들이 삶의 흔적을 가지고 살고 있는 모습, 즉 지금은 어머니나 할머니이지만 언젠가 삶의 열정과 아픔을 몸소 받은 자의 형상화이다. 『남한강』의 주인공 '연이'와 같은 인물은 실제 거리와 장터에서 만난 일상을 사는 평범한 삶의 주인공인 노인이었듯이 말이다.

　시 속의 인물들은 배우의 행위에 견줄 때 원형적 삶을 자신 안에 수용한 작중인물이자 현실을 살아가는 현존으로 존재하는 것이다. "신의 내림을 받아 자신 속에 수용한 신격으로 신을 연출하는 것을 작중인물의 인격을 자신 속에 수용하여 그것을 육체화하는 배우의 행위"[3]에 견줄 수 있을 것이다. '시계전에서 쉰 해째 술장사를 하는/김막내 할머니'의 이야기는 시인이 행인이 되어 적극적인 연극성을 실현하는 모습을 보여준다. 연이가 창조된 연극성의 주인공이라면 김막내 할머니는 일상에 존재하는 모습 그대로이다. 그러나 이 관계는 밀접하게 연결되는데, 관객으로서의 저자가 독자에게 똑같이 적극적 연극

3　최윤영, 「진오기굿과 잔혹연극에 나타난 제의적 연극성 비교 연구」, 『사회과학연구』 제18호, 2010, 21쪽.

화를 가능하도록 그리고 있다.

청춘에 혼자되어 아이 하나 기르면서
멀쩡하던 사내 하룻밤 새 송장 되는
차마 못 견딜 험한 꼴도 보고
죽자 사자던 뜨내기 해우채 되챙겨
줄행랑 놓았을 때는 하늘이 온통 노랬지만
전쟁 통에는 너른 치마폭에 싸잡아
살린 남정네만도 여럿, 지내놓고 나니
세상은 서럽기만 한 것도 아니더란다.
어차피 한세상 눈물은 동무에 사는 것
마음은 약하고 몸은 헤펐지만
때로는 한숨보다 더 단 노래도 없더란다
이제 대신 술청을 드나드는 며느리한테
그녀는 아무 할 말이 없다
돈 못 번다고 게으름 핀다고 아들 닦달하고
외상값 안 갚는다고 손님한테 포악 떨어도
손녀가 캐온 철이른 씀바귀 다듬으며
그녀는 한숨처럼 눈물처럼 중얼거린다.
세상은 그렇게 얕은 것도 아니라고
세상은 또 그렇게 깊은 것도 아니라고

— 「김막내 할머니」 전문(『길』, 90~91쪽)

김막내 할머니와 같은 여인은 다른 시에서도 또 다른 이야기를 갖고 등장한다. 길 가던 여행객이 보는 시점으로 행인의 목소리로 이야기되는 '할머니들'은 『남한강』의 연이와 같은 원형이다. 이는 읽는 독자의 적극적 창조력과 영상력과 연극성의 힘에서 파악 가능할 것이다.

자신의 삶을 대물림하여 술청을 드나드는 며느리에게 아무 할 말이 없는 그녀(들)는 신경림의 시에 원형으로 존재한다. '산나물을 한 소쿠리 다 팔고/비누와 미원을 사 든 할머니가/늙은 마병장수와 장국밥을 먹고 있다/한낮이 지나면 이내 파장이 오고'(「안의 장날」, 『길』, 58쪽)처럼 시장에서 보는 할머니에게도 사연은 많다. 젊은 시절부터 살아온 이야기들이 연이의 삶에 녹아 있다. '이 아이 누구의 피냐고 묻지를 말라', '아아 그러나 나는/피가 뜨거운 여자', '짝 찾는 암늑대의 멀고 슬픈 울음소리', '나는 불처럼 뜨거운 여자/산꿀처럼 달콤한 여자' 등이다. 이것은 신화에서 등장하는 원형이기도 하지만, 일상을 살아온 평범한 민중들의 모습 안의 억눌린 정체성이다.

강변에서 똥밭에서 어두운 메밀밭에서
헐떡이며 뒹굴며 살아온
칠백년이라 노비의 딸.
뻗쳐오르는 힘 솟구치는 기운을
날더러 어쩌란다냐.
오뉴월 짧은 밤이
왜 이리 내겐 길다냐.
문 열어 내다보면
희뿌연 물안개.

— 「아기 늪에서」 부분(『남한강』, 78쪽)

그녀는 사랑하는 대상에 대해서는 욕망을 솔직하게 표현한다. 사랑하는 대상은 수많은 행인들 중의 하나일 수도 있으나, 그녀가 유일하게 사랑하는 돌배와 짝을 이룬 사랑, 즉 사랑하는 대상의 다른 편의 모습이다. 이때 나타난 앵금 타는 사내는 그녀에게 새로운 만남, 돌배를 만나는 체험, 그리고 자신도 연이로 돌아가는 체험을 하게 한다. 연이는 돌배를 그리워하는 한 여자이기 이전에 자신의 본질적 성격을 깨닫게 되는 사랑과의 만남에 몸을 던지는 새로운 체험을 한다. 죽은 돌배가 보고 있을지도 모른다는 이중 체험도 갖고 있으니 이미 그녀는 지상과 초월의 세상과 소통하며 안팎을 넘는 경계의 존재로 변화한 것이다. 처음에 연이는 자신에게 다가온 타자를 자신 속 타자인 돌배라고 믿으며 연희의 상황을 스스로 연출하고 연기한다. '당신에게 그의 혼이 씌웠구료/목 잃고 저승길 못 찾은 원혼/구천계곡 헤매다가/앵금소리 구성진 가락 타고/당신에게 씌웠구료'라고 하는 연이의 사랑은 분열적이며 또한 통합적이다. 존재론적으로 볼 때 이원론적 분리의 세계가 아닌 통합적인 사랑 안에 놓여 있다. 눈조차 까마귀에게 쪼아 먹힌 돌배의 죽음을 목도하고 꿈에서도 돌배를 그린다. 그럼에도 불구하고 앵금 타는 사내를 만나 곧 하나가 된다. '연이의 몸에 그의 손닿으면/온몸에 불꽃이 일어'서이다. 하지만 연이는 그것을 원혼이 앵금소리 구성진 가락에 씌웠다고 생각한다. 연이는 지상을 떠도는 초월적 존재로서의 돌배를 갈구하지만, 결국 지상에 갇혀 사는 육체로 사랑의 모습을 비춘다.

앵금 타는 사내는 모진 고통을 겪고 목도하면서 지상을 살아가야 하는 자이다. 삶의 이야기를 전해 들으며 그 이야기를 전하는 시인의 모습과 닮아 있다. 가객, 음유시인 등 원형적 캐릭터로 읽힌다. 그렇다면 의지적 실천의 영웅이 된 돌배의 영혼이 현실의 고통을 겪으며 육체적 한계를 입고 그 안에서 살며 위로하는 사랑이자 노래(시)로 나타난 것이라고도 볼 수 있다. 연이에게는 '시시덕거리고 웃으며 나지막이 엎드려 있고/또 어떤 산은 험하고 가파른 산자락에서/슬그머니 빠져 동네까지 내려와/부러운 듯 사람 사는 꼴을 구경하고 섰다/그리고는 높은 산을 오르는 사람들에게 순하디 순한 길이 되어 주기도 하는 작은 산'(「산에 대하여」, 『가난한 사랑노래』, 58~59쪽) 같은 존재로 위로가 되기도 한다. 비록 돌배처럼 '용이 된 이무기' 형상의 큰 이미지는 아니어도 장터의 이름 없이 떠도는 악사처럼 조용한 형상으로 체험된다.

2) 영웅의 현현(顯現)

평범한 뱃사공이 도적이 되고, 이무기에 불과한 청년이 용이 되어 그 마을을 지켜주지만 지금은 무덤으로만 남은 고장, 그곳의 사람들은 무엇을 바라고 무엇을 기다리는가. 신경림의 시에 수없이 등장하는 '이름 없는' 죽음은 '젊은이'에서 '도적'이라는 이름을 얻는다. 그리고 그는 주검조차 온전히 찾을 수 없이 이승에 남아 원혼으로 맴돈다.

> 1913년 새재에서 싸우다가
> 원통하게 목 잘려
> 원귀로 객지를 떠돈 지 그 몇 해

이제사 고향땅에 돌아와

잠들다, 병진년에

　　　　　　　　　　—「새재」 부분(『새재』, 74쪽)

　연이나 돌배를 혹은 돌배의 화신으로서 앵금 타는 사내까지도 포함
해서 민중의 영웅으로 볼 것인가 하는 부분에 대해서는 신경림의 산
문을 참조해보아야 한다. "어려서 들은 평민 의병장군 원장군의 이야
기에서 실마리를 잡았다. 그는 목계나루에서 양반네 곳간을 털어 산
속에서 의병노릇을 하다 목이 잘렸다. 목 잘린 시체를 그의 처녀처가
찾아다 묻고 돌을 쌓았다는 돌무덤이 있었다."[4] 이는 민중의 염원이
만들어낸 영웅 모티브로 창작된 것을 알게 된다.

　지역에서 평범하게 살던 '이무기'가 '용'이 되고, 그러나 적에게 참
수당해 '목'만 남은 자, 돌배는 의병 대장이자 장군으로 영웅이 되어
전설로 전해져 내려온다. 민중에서 영웅이 된 이야기는 신화가 되
어 자리 잡는다. 그러나 이는 이무기가 용이 된 것이 아니라, 용이었
던 자신의 본질을 찾아가는 과정이 되는 것이다. 우리가 신의 본질,
신화의 본질로 돌아가서 갇힌 자신을 열 때, 신화와 신화로서의 시
와 만나게 된다. 이름 모를 정체불명의 앵금 타는 사내가 변장에 능
한 화적이었다는 것이 밝혀지는 점에서 영웅의 지상의 실현이 이루
어진다고 해석할 수 있다. 아일랜드에서는 "춤을 추지 못하는 사람에

4　신경림, 앞의 책, 187~188쪽.

게 절대로 칼을 주지 마라"는 말이 있다. 즉 전사는 시인이기도 하여야 한다는 뜻이다. 즉, 돌배와 앵금 타는 사내는 전사와 시인으로 일체화되어 바라보기가 가능하다. 이것이 바로 독자가 관객이 되어 적극적인 상상력이 작용하여 시인의 창작 과정의 의도를 읽어낼 때 수행되는 작용인 것이다.

줄다리기를 하는 동안 앵금 타는 이는 순사로 변장하고 화적이 되었을지도 모른다는 암시를 보여준다. 순사로 변장한 화적들은 정참판 댁 손주를 구출하고 새 희망을 노래하며 나아간다.

앵금 타는 이의 변신과 떠남은 고요한 배경 묘사로부터 시작된다. 줄다리기를 위해 텅 빈 동네, 고드름이 열린 겨울이다. 앵금 타는 이로 보이는 순사가 등장한다. 순사 차림이라 그가 앵금 타는 사내인지 처음에는 알 수 없을 수도 있지만, 점점 그가 순사가 아니라 순사로 변장한 앵금 타는 사내이고, 그가 알고 보니 화적이고 사람들과 임무를 마치고 새 세상으로 넘어가는 집단의 일원이자 하나의 영웅이었음을 알게 된다. 즉, 말없이 노래하는 악사가 아니고 사랑을 나누는 데 어색하기도 했던 순수한 영혼의 사내만이 아니고, 힘차게 삶의 목적을 끌고 나가며 살아가던 사람임을 알게 되는 순간이다. 앵금 타는 사내는 장터에서 혼자 노래하거나 연이의 주막에서 앵금을 타던 말 없는 모습이었다. 그러나 그의 노래는 이제 집단 합창이 되고 그는 연이의 시야에서는 사라진다. 그러나 앵금 타는 사내와의 이별은 돌배를 잃었던 때처럼 아픔으로 다가오지 않고 역사의 길로 떠나간 힘찬 존재로 기억될 것이다.

'올라가세 올라가세 산길 따라 올라가세' 집단 합창으로 노래를 부르는 사이 마치 해설자의 해설이 이어지듯, 연이에 대한 앵금 타는 사내의 안타까움을 말해주고, 그 뒤 합창 안에서 노래하는 앵금 타는 사내의 독창과 그리고 그 독창이 안타까운 고함이 될 때, 온 고을의 줄다리기 함성과 춤으로 이어지며 그들의 이별이 아프거나 슬프지 않고 집단의 힘으로 결합된다. 이는 구비되어온 영웅 모티프의 무용담으로서 확대되었을지라도 실제 자신들의 현실을 바꾸려고 희생한 사람들에게 용기를 갖고 힘을 모으는 것이다.

> 아아, 연이가 어이 알랴.
> 애타게 기다리는 그이
> 앵금밖에 모르는 그이
> 앵금 걸머메고 황새걸음
> 산길 따라 오르고 있는 것을
> 월악산 저 험한 골짜기를
> 오르고 있는 것을.
>
> 네 오려무나 네가 오려무나
> 날 보려거든 네가 오려무나
> 가시넝쿨 돌 바위에 다홍치마 찢긴대도
> 두렵지 않거들랑 네가 오려무나.
>
> 온 고을이 둘로 갈려
> 줄 싸움 벌이는 오늘은 정월이라 대보름
> 솔바람 소리에도 절로 흥이 나서
> 팔만 걸리면 춤이 되네.
>
> ─「다시 싸움」 부분(『남한강』, 116~117쪽)

산에 오르는 사람들과 마을에서 줄다리기 하는 사람, 그리고 일상을 살다가 줄다리기에 참여할는지도 모를 연이, 이 모두가 한 무대를 구성한다. 노래도 독창과 합창이 어우러질 뿐 아니라, 용기백배하여 산을 오르는 화적들의 발걸음과 줄다리기의 함성이 하나의 춤이 되어 흐른다. 그렇게 앵금밖에 모르는 그이는 사라지고, 연이 역시 사라진다. 사랑하는 사람의 이야기와 노래가 현재의 가슴에 안겨와 위로를 경험하면서 이제는 고통보다는 만남을 그리워하고 희망을 믿으며 살아갈 수 있는 힘을 갖게 된 것이다.

지상은 초월의 세상과 연결된다. 연이는 배에서 내려 남한강을 향해 걷고 어느 그늘에 정착해서 일상을 살아가는 노파가 되었을지 모르는 것처럼 말이다. 남한강 가의 작은 돌멩이와 들풀이 밀려나 어디선가 다시 바람과 강의 젖을 먹으며 뿌리내리고 있는 것처럼 낮고 보이지 않는 자리에 살아가고 있는 것이다. 돌배가 이곳을 다시 찾는다면 작은 풀잎의 내음에서 연이를 느끼고 다시 눈물지을 것이다. 그것이 돌배의 이야기, 신화가 되어버린 영웅을 가슴에 새긴 앵금 타는 사내일 수도 있다. 돌배의 서술이 연이의 서술로 바뀌어 2부가 시작되었다면 이제 민중들의 서술로 변화하면서 다음 장으로 이어진다. 이때 도깨비들의 노래는 다음 장을 예고한다.

싸락눈 깔린 강변에
도깨비들이 모였네.
외눈박이 세눈박이 곰배팔이에 언청이,
고구렷적 활 도깨비 백제의 질 옹기 도깨비
고려 노비의 빗자루 도깨비

임진왜란 때 화승총 도깨비

— 「눈바람」 부분(『남한강』, 97쪽)

도깨비의 등장은 이승과 저승이 혼재된 제의 연극에서 느끼는 엑스터시 상태로 진입함을 말한다. 개인적인 상태에서 집단과의 소통을 목표로 나아감은 마치 연극에서 연기하는 배우와 배우가 연기할 인물 간의 상태나 경계의 지점을 사는 일이다. 이성적으로 통일된 한 장소를 고집하는 갇힘이 아니라 자신에게 다가와 자신이 바라보는 경계의 풍경으로 들어가는 작업이다. "가상과 현실이 구분되지 않고, 인간과 귀신이 구분되지 않는 원초적 상상력 속에서 한국인 특유의 진취적 역동성"[5]은 도깨비적 상상력으로 신경림의 시는 토착적 서정주의로 분석되어 오기도 했다.

이렇듯, 연극은 무대와 자신이 자리한 공간에 대한 열린 상상력이 필요하다. 연극에서의 연기기술을 적용할 때, 사람은 자신의 정체성을 도그마로 확정지을 수 없다. 차라리 자신의 열린 감각 전체로, 새로운 공간에서 새로운 가면을 쓰게 된다. "영적 교섭을 이루기 위해 스스로를 흥분시킴으로서 자신의 외부로 걸어 나가"[6] 역할을 연기한다. 그러나 이것은 자신이 아닌 전혀 다른 타자가 아니다. 자신의 깊은 곳에서 억압되어 있던 민중에게 자신의 삶만이 아닌 타자를 향한

53

---

5   최동호, 『디지털코드와 극서정시』, 서정시학, 2012, 168쪽.

6   헬렌 길버트·조앤 톰킨스, 『포스트 콜로니얼 드라마』, 문경연 역, 소명출판, 2006, 99쪽.

시선과 소통, 그리고 함께하고자 하는 욕망으로 경계 지점에 서게 되는 예이다. 이것이 시이며 신화이고 연희적 장소를 탄생하게 하는 상상력의 공간이다. 연이에게는 사랑의 행위이다. '내 방문 열지 마오/내 사랑은 오직 돌배뿐'이라던 연이는 '그의 손닿으면/온몸에 불꽃이 일어' 상상력의 공간과 시간 안으로 들어가고 펼친 세계로 또한 타자를 끌고 간다.

> 들려주오 더 구성진 가락
> 뼛속 깊이 맺힌 원한.
> 당신의 피를 타고
> 내 몸에 스미는구료.
>
> 절터에 곳집에
> 도깨비가 나온다는 소문.
> 삼회장저고리 남빛 끝동에
> 강 건너 핫어미를 닮았더라고.
> 허물어진 향교에도
> 도깨비가 나온다는 소문.
> 장바닥의 키가 큰
> 떠돌이를 닮았더라고.

—「꽃나루」부분(『남한강』, 89쪽)

'허물어진 향교에도/도깨비가 나온다는 소문/장바닥의 키가 큰/떠돌이를 닮았더라고' 하는 부분에서는 죽은 자 돌배와 산 자 앵금 타는 사내가 겹친다. 돌배가 전설이 되었듯, 그는 노래가 된다. 그리하여 돌배는 죽은 자와 돌아온 자의 통곡과 노래로 하나가 된다. 돌배와 연이가 사랑하는 순간에도, 앵금 타는 사내마저 사라져 연이가 혼자가 된 뒤에도 연이는 그들과 함께한다. 다시 떠날 수밖에 없는 신세의 모호함 역시 돌배의 울음과 연이의 통곡 소리로 다시 역사의 아픔과 사랑을 전한다. 이제 연이를 스쳐간 사람들을 연이는 다 기억하지 못할 수도 있다. 그러나 이제는 사라지고 기억의 존재가 되어버린 그들은 하늘의 별처럼 늘 이름 없이 아름다운 기억으로 존재할 것이다. 사랑의 기억들은 희생을 통해 자신을 새롭게 태어나게 한 별과 같은 존재이다.

> 이곳은 세상에서 제일 높은 곳
> 쫓기고 떠밀려 더 갈 데가 없어
> 바위너설에 까치집 같은 누게막을 쳤다
> 진종일 벌이 찾아 장거리 헤매다가
> 밤이면 기어 올라오지만 그래도 되놀이로
> 남도 북도 서로 동무삼아
> 깊고 깊은 어둠 속에 불을 켠다
> 그 불 찬란한 별자리를 이루며
> 온 장안에 밝고 환한 빛을 내뿜다가
> 마침내 만 사람의 가슴에 가서
> 작은 별들이 되어 박힌다.
>
> —「별의 노래」 전문(『가난한 사랑노래』, 39쪽)

이름 없는 별이 시인의 마음으로 들어오면, 이름을 잊은 기억들은 이제 자신을 충만하게 하는 기쁨이 된다. 시는 다른 예술보다 신화에 가깝다. 예술 전반에 시적이고 신화적인 것이 충만하기는 마찬가지이다. 노래가 사라지지 않듯이 예술 전반에 시적인 정서는 사라지지 않는다. 시는 별이 되어 마음에 박히는 체험이다. 이름은 모르지만 별이 되어 가슴에 박힌 이름, 그리하여 그것은 실재에 존재했던 사건이기도 하고, 인류의 원형이 축적하여온 원형으로서의 큰 자아일 수도 있던 이야기가 자신을 확장해준 사건으로 존재하게 된다. 몇 됫박씩 낟알을 모아 떡 따위를 해먹으며, 온 동네 사람들이 한집에 모여 노래며 춤으로 즐기는 '되놀이'를 하면서 모두가 하나의 마음이 된다.

한편, 빈 쇠전 높이 걸린 돌배의 피 묻은 머리는 축제의 가면과 같이 그 마을의 수호신처럼 작용한다. 즉, 돌배는 자신을 희생하여 마을의 안녕을 지켜주는 평안의 존재가 된다. 마을 사람들이 더 이상 패배감에 머물지 않도록 하는 용기를 주는 존재로 전설처럼 원형으로 존재하게 되는 것이다. 여기서 '참수된 머리'는 더 이상 현실의 돌배가 아닌 이승을 지키는 새로운 원형으로서 존재하게 된다. 돌배는 죽어 그 이름도 전설 속에 묻힐지 모른다. 그러나 오랜 세월이 흘러도 별이 되어 지켜주는 존재가 되는 것이다.

돌배의 참수된 머리가 마을을 지켜준다는 것은 마을의 장승 같은 존재의 의미도 가지고 있다. 즉, 원형의 가면을 쓴 존재가 되는 것이다. 이것을 연극의 기원과도 연관하여 살펴볼 수 있을 것이다. 그리스극에서는 배우들이 항상 가면을 착용하였다. 합창단도 가면을 사용하였는데, 모든 단원들이 한 사람의 역할을 했기 때문이라고 한다. 그는 이 순간 마치 민중의 마음에 전해져 내려온 영웅의 가면을 쓴 배우가 주는 분위기를 갖게 된 것이다. 그의 울부짖음은 그 마을 사람들을 더 이상 공포에 떨게 하지 않으며 신화처럼 악의 세력과 맞설 용기를 부여한다. 마치 집단의 수호신이자 영웅의 가면 같은 역할을 하고 있는 것이다.

"강노인은 새벽에 일어나 피리를 불었다. 젊어서는 쌀 한 짝을 한 손으로 치켜들고 운동장을 돌았다는 강노인의 피리 소리에서 나는 문득 원장군의 이미지를 느꼈다"[7]는 시인의 말은 매우 중요한 이야기 전사로서 연이가 앵금 타는 사내의 앵금 소리에 돌배의 혼이 씌웠다고 생각하는 마음이나, 앵금 타는 사내가 사라지고 난 뒤, 그가 독립군 의병이었다는 것이 밝혀지는 것의 근거가 된다. 특히, 저승의 영웅은 민중의 신화이다. 일상에서 그것을 실현하는 것은 '가면'을 쓰고 사람들을 위로하는 광대이다. 이 행위와 민중의 유토피아를 실현하는 영웅은 겹쳐지고 포개져서 민중의 큰 줄기가 된다. 시는 민중 속에서 노래되고 민중은 시를 통해 위로된다. 시인은 내적인 힘의 확장이다. 즉, 민중의 영웅인 돌배는 시인의 반대편에 있는 가장 고귀한 모습이며 반대 이미지이자 대응물이라고 할 것이다.

"문학이라는 게 가장 잘난 사람, 모든 조건이 충족되고 잘생기고 돈 많고 그런 사람보다는 뭔가 그런 삶에서 조금 비켜 있는 사람들이 하는 것이 아니냐. 또 그런 사람들을 위한 것이 문학이 아니냐는 생각이 들었습니다"[8]라는 시인의 말처럼 시인이란 죽은 혼을 위한 노래이기도 하지만, 산 자의 이승의 삶을 위로하고 현재를 살게 하는 위로

57

---

7   신경림, 앞의 책, 192쪽.
8   정희성 · 최원식, 「신경림 시인과의 대화」, 구중서 · 백낙청 · 염무웅 편, 앞의 책, 34쪽.

의 노래를 부르는 사람일 것이다.

　　　내 앵금 영 넘어가는 산새소리
　　　내 젓대 가시나무 사이 바람소리

　　　내 피리 밤새워 우는 산골 물소리

　　　무서리 깔린 과일전
　　　가마니 속 철늦은 침시

　　　푸른 달빛에 뒤척이던 풋장군도
　　　이른 새벽 눈 비비고 나앉아

　　　골목 끝의 한뎃가마에
　　　시래깃국은 끓고

　　　무서리 마르기 전 봇짐 챙겨
　　　돌아가리라 새파란 하늘
　　　잔풀 깔린 성벽을 타고

　　　여기 한 개 그림자만 남겼네

　　　내 앵금 이승 떠나는 울음소리

　　　내 젓대 동무해가는 가는 벌레소리
　　　내 피리 나를 보내는 노랫소리

　　　　　　　　　　─「가객」 전문(『달 넘세』, 42~43쪽)

시인이 자기 삶의 방법으로 시를 쓰듯, 가객은 바로 억울하게 죽은 민중의 이승 떠나는 노래를 전이하여 부르는 앵금 타는 사내 같은 사람이다. 돌배만이 아닌, 사랑을 전한 앵금 타는 사내도, 그리고 사랑 앞에서만 자신을 열고 삶에 진실하게 대응한 연이도 자신이 모르는 영웅으로 변모하게 된다. 영웅은 희생과 함께 변모의 메시지를 전한다. 즉, 영웅의 길은 새로운 존재의 길이다. 그들은 모험을 떠났으나 돌아오지 못한 존재, 신화가 된 존재가 되어 민중의 노래가 된다. 그리고 그 노래는 깨어 부르며 일상에 항거하는 시인이 존재하는 것이다.

> 모내기 전에 돌아가야지
> 황새떼 오기 전에 돌아가야지.
> 정참판네 하인들 눈 뒤집고
> 우릴 찾는다 해도,
> 헌병보조원 몰려와
> 어머니 불쌍한 어머니 닦달한다 해도,
>
> 찔레꽃이 지기 전에 돌아가야지
> 새우젓배 오기 전에 돌아가야지
> 물난리 전에 돌아가야지,
>
> —「새재」 부분(『새재』, 104쪽)

이 부분은 바로 신경림 시인도 관여한 민요연구회에서 창작되고 불린 노래 '돌아가리라'(문홍주 곡)의 가사로 사용되기도 하였다. '모내기 전에 돌아가리라 황새떼 오기 전에 돌아가리라/정참판네 하인들 눈 뒤집고 우릴 찾는다 해도/두 팔을 들어 어깨를 끼고 열이 아니다 스물이 아니다/빼앗긴 땅 되찾으려다 쫓겨난 우리는 모두 형제들이다/찔레꽃이 지기 전에 돌아가리라 새우젓 배 오기 전에 돌아가리라/그 어느 한 곳 찾아 목숨 걸 건가 이 억센 주먹을 불끈 쥔 채/돌아가리라 돌아가리라 두 팔 들어 어깨를 끼고/돌아가리라 돌아가리라 이 억센 주먹을 불끈 쥔 채//이 억센 가슴 어디에 쓰랴 더딘 봄날 푸진 햇살만/등줄기는 따스운데 잠 덜 깬 연이는 나를 수줍게 웃네/이 억센 다릴 어디에 쓰랴 그의 몸에선 비린 물내음/그의 몸에서는 신살구 내음 취할듯 진한 살구꽃 내음/이 억센 주먹을 어디에 쓰랴 부엉이가 울고 여울이 울고/여울 속에서 이무기 울고 새벽하늘 성근 별 헛헛한 가슴/돌아가리라 돌아가리라 두 팔 들어 어깨를 걸고/돌아가리라 돌아가리라 이 억센 주먹 불끈 쥔 채'라는 가사로 1980년대의 민주화운동 현장에서 친근하게 불린 이유는 어디에 있을까. 그것은 돌배의 의지에 찬 결의가 당대 정치적 갈등과 현실 속에서 집단에게 힘이 되어주는 신화적 효과가 있었기 때문이다. 고통의 상황에서 낙천적이고 주체적인 희망을 다지며 '빼앗긴 땅 되찾으려다 쫓겨난/우리는 모두 형제들이다'라고 노래하는 돌배의 외침은 민중의 외침이고 시대를 초월해서 주체적인 삶의 주인공으로 나서는 집단의 목소리가 된 것이다.

2. 경계의 장소

1) 익숙한 이역(異域)

공연의 특징 중 하나는 관객들이 같은 공간을 체험한다는 점이다. 신경림의 시에서는 주막이 주요하게 나타나는데 장터, 광산촌인 그의 고향에서 흔히 볼 수 있는 장꾼들이 묵어 가기 쉬운 곳이었다. 광산촌의 광부들에게도 일을 쉬거나 노는 장소로 좋은 곳이었다. 외딴곳, 국밥, 아궁이, 아랫목의 사랑방을 떠올리게 하는 주막에는 우리의 정서가 묻어 있다. "일본이나 중국의 여관이나 식당과 달리 개인보다는 나그네끼리 소식을 전하며 도착순으로 아랫목을 차지하는 함께 하는 인정(人情)의 공간"[9]이었던 주막은 안정된 기반을 잃은 떠돌이와 나그네의 안식처가 되는 장소이며 경계의 장소이다. 나그네에게 그러한 길은 쉼과 안식의 장소이며 삶과 죽음의 경계가 된다. 주막이란 동네에서도 변방이고 길의 접점이어서 누구나 거쳐 가는 곳이지 안주할 곳은 아니다. 그것은 이승과 저승의 경계로의 의미로도 확장된다. 그리고 그 경계에서 펼쳐지는 삶의 행위인 연극, 연극이기도 한 삶을 보는 것이다. 본다는 것은 대상에 유혹됨을 말한다. 이역에서 무엇을 본다는 것도 자신이 그리워하던 것, 뭔가 익숙해서 다가서는 것을 말할지도 모른다.

---

9   배도식, 「옛주점의 민속적 고찰」, 『한국민속학』 15, 한국민속학회, 1982, 81쪽.

갑자기 나는 사방이 낯설어졌다
늘 보던 창이 없고 창에 비치던 낯익은 얼굴이 없다
산과 집, 나무와 꽃이 눈에 설고 스치는 얼굴이 하나같이 멀다
저잣거리를 걸어도 뜻 모를 말만 들려오고
찻집에 앉아 있어도 알아들을 수 없는 말뿐이다
한동안 나는 당황하지만 웬일일까 이윽고 눈앞이 훤해지니
귓속도 밝아지면서

죽어서나 빠져나갈 황량하고 삭막한 사막에 나를 가두었던 것이
눈에 익은 얼굴과 귀에 밴 말들이었던가
아는 얼굴이 없고 남이 하는 말을 듣지 못해
비로소 얻게 되는 이 자유와 해방감

눈앞에 펼쳐지는 것이
또 다른 사막임을 내 왜 모르랴만

— 「사막」 전문(『뿔』, 20~21쪽)

떠돌이는 일상을 떠난 자이다. 그리고 그가 당도하는 곳은 마지막엔
사막이다. 그럼에도 떠돌이가 마지막인 사막에서 찾는 것은 그리운 얼
굴이며 공간에 대한 익숙함을 발견하는 길이다. 이승에서 저승을 보며,
지역에서 우주를 노래하는 일은 신경림의 후기 시에 오면 더욱 분명히
확인하게 된다. 신경림은 후기 시 「낙타」에서 "별과 달과 해와 모래밖에
본 일이 없는 낙타를 타고" 저승길로 가고자 노래한다.[10] 즉, 주체는 더

---

10   신경림, 『낙타』, 창비, 2008, 10쪽.

이상 자아에서 머물지 않고, 주체가 세계의 광경 속으로 들어가며, 타자들에 의해 유혹되어 누가 보는지 보이는지 역전된다는 것이다.

　여기에서 타자와 연합하게 되는 것으로 '책임'을 강조한 레비나스를 주목하지 않을 수 없다. 레비나스에 따르면 나의 책임은 "내가 모르는 곳"으로부터 비롯한다. "있다"의 세계는 의심의 진리를 통해 나를 고통스럽게 한다. 절대적인 그를 향하는 것은 흔적 속에 있는 타자를 지향하는 것이다. 시인이 시인으로서 시를 계속 쓰는 이유는 궁극의 시간을 기억하기 때문일 것이다. 그곳은 '저 너머'로 늘 경계에서 떠돌았던 이유이기도 하다. 그런데, 그는 그 낯선 곳에서 낯설지 않은 사람을 만난다. 그러나 먼 길을 돌아오지 않았다면, 낯선 곳에 도착하지 않았다면, 그는 낯익다는 체험도 하지 못했을 것이다.

저 굵은 주름투성이 늙은이는 필시 내 이웃이었을 게다.
눈에 웃음을 단 아낙은 내가 한번 안아본 여인인지도 모르고,
햇살 환한 골목은 한철 내가 정들어 살던 곳이 아니었을까.
문앞 화분의 팬지도 벽 타고 올라간 나팔꽃도 낯설지 않아.

조그많게 엎드려 사는 사람들은 말씨도 몸짓도 엇비슷해.
너무 익숙해서 그들 손에 묻은 흙먼지까지 익숙해서.
어쩌면 나 전생에 눈이 파란 이방인이었는지도 모르지.
다음엔 그들 조랑말로 이 세상에 다시 오는지도 몰라.

너무 익숙해서 그들 눈에 어린 눈물까지 익숙해서, 마지막
내가 정착할 땅에 가서 어울릴 사람들만큼이나 익숙해서.

　　　　　　　　　　　— 「이역(異域)」 전문(『낙타』, 11쪽)

자신과 전혀 상관없는 제3의 지역에서 마치 자신의 고향집에 온 느낌, 지금은 존재하지 않는 가족들과 시골의 소읍을 본 느낌을 받았다면 이제 어디로 가야 하는가. 즉 멀리 떠나왔으니 이제 돌아갈 곳이 어디인지 모르는 것이다. 왜냐하면 고향은 이미 자신이 그 안으로 들어가지 못한 사이에 고향으로서의 풍경을 잃어버리고 있기 때문이다. 어머니가 다니시던 골목은 이미 내가 아침마다 나가보는 풍경과는 달라져 있다. 어머니가 보시던 곳을 이제 와서 찾으려 해도 찾기 힘들다. 하루가 저물도록 다니시던 '정릉동 동방주택에서 길음시장까지'는 어머니의 삶의 공간이자 경계 안의 것이었다. 그것과 자신의 삶을 비교해본다.

> 그 길보다 백배 천배는 더 먼,
> 어머니는 돌아가셔서, 그 고향 뒷산에 가서 묻혔다.
> 집에서 언덕 밭까지 다니던 길이 내려다보이는 곳,
> 마을길을 지나 신작로를 질러 개울을 건너 언덕밭까지,
> 꽃도 구경하고 새소리도 듣고 물고기도 들여다보면서
> 고향 살이 서른해 동안 어머니는 오직 이 길만을 오갔다.
> 등 너머 사는 동생한테서
> 놀러 오라고 간곡한 기별이 와도 가지 않았다.
> 이 길만 오가면서도 어머니는 아름다운 것,
> 신기한 것 지천으로 보았을 게다.
>
> ― 「정릉동 동방주택에서 길음 시장까지」 부분
> (『사진관집 이층』, 8~9쪽)

어머니는 그 길만으로도 누구보다 이 세상에서 봐야 할 것을 더 많

이 보셨는지도 모른다. 먼 곳으로 늘 떠나기만 하고 떠나서 무엇인가를 찾으려 했던 나그네에게는 언젠가 떠나온 길이지만 다시 돌아오기 위한 길이 된다. 혹은 무엇인가 두고 온 것이 있을 것 같다는 생각에 자꾸만 그려보는 기억이다. 집 앞의 느티나무가 그렇고, 내가 보지 못한 것을 어머니는 보았을 것 같은 풍경에 대한 그리움 때문이다. 낯선 곳으로 떠나서 그 길을 헤맬 때 고향의 길을 생각하는 것은 자신이 돌아갈 길에 대한 물음이자 자신이 눈을 떠서 보아야 할 것에 대한 알아차림에 대한 반성이다. 익숙한 곳, 작은 길에서 자신이 보지 못한 것이 있었다면 자신의 삶의 출발부터 잘못된 것일 수 있다. 어머니는 작은 골목 그곳에 계셨지만 화자는 어머니가 돌아다니던 그 작은 골목에도 있지 않고 이 낯선 거리에도 있지 않다. 이러한 깨달음에서 화자는 오히려 자신의 존재함, 즉 '현존'을 깨닫는 것이다.

새벽안개에 떠밀려서 봄바람에 취해서
갈 곳도 없이 버스를 타고 가다가
불현듯 내리니 이곳은 소읍, 짙은 복사꽃 내음.
언제 한번 살았던 곳일까.
눈에 익은 골목, 소음들도 낯설지 않고,
무엇이었을까, 내가 찾아 헤매던 것이.
낯익은 얼굴들은 내가 불러도
내 목소리를 듣지 못하고,
복사꽃 내음 짙은 이곳은 소읍,
먼 나라에서 온 외톨이가 되어
거리를 휘청대다가

봄 햇살에 취해서 새싹 향기에 들떠서
다시 버스에 올라, 잊어버리고,
내가 무엇을 찾아 헤맸는가를.
쥐어보면 빈 손, 잊어버리고, 내가
어디로 가고 있는지 어디서 내릴지도.

—「봄날」 전문(『뿔』, 14쪽)

　　낯선 길은 세상의 안으로 들어가는, 즉 세상과 소통하는 체험인 것
이다. "변신(metamorphosis)할 수 있을 때, 변화 생동하는 삶에 가장
생생하게 가까이 다가갈 수 있"[11]듯이, 브레히트의 '낯설게 하기'는 익
숙한 것을 낯설게 함으로써 깨달음을 가져오는 것이다. 신경림의 시
는 이 '낯설게 하기'가 실현되고 있는 현실을 '낯설게' 보되, '이역(異
域)'이라는 상상의 공간에서는 익숙함을 찾고 편안해진다. 이역에 가
서 본 고향의 기억, 그것은 자신이 고향으로 되돌아가고 싶은 그리움
을 깨닫게 해준다. 고향을 떠나온 여행, 나그네는 자신이 선 지점을
인식할 때, 자신의 주체와 자아를 찾는 내부로의 길을 떠나게 된다.
이제 길을 찾아 떠나는 것이 아닌, 길을 잃는 것으로 나타난다. '길이
밖으로가 아니라 안으로 나 있다는 것'을 아는 사람에게만 길은 '길을
드리워 사람들이 땀을 식히게 한다.'(「길」, 『쓰러진 자의 꿈』, 8~9쪽)

　　이쯤에서 길을 잃어야겠다.

11　최진석, 「생성, 또는 인간을 넘어선 민중―미하일 바흐친의 비인간주의 존재
　　론」, 『러시아연구』 제24권 제2호, 2014, 53쪽.

신경림 시의 영화성 연구

돌아갈 길 단념하고 낯선 처마 밑에 쪼그려 앉자
들리는 말 뜻 몰라 얼마나 자유스러우냐
지나는 행인에게 두 손 벌려 구걸도 하마
동전 몇 닢 떨어질 검은 손바닥

그 손바닥에 그어진 굵은 손금
그 뜻을 모른들 무슨 상관이랴

— 「내가 살고 싶은 땅에 가서」 전문(『뿔』, 24쪽)

　찾던 곳은 폐허가 되고, 고향은 이미 고향이 아니다. 반면에 이역은
낯설고 상관없는 타자의 집단이다. 그럼에도 불구하고, 그곳에서 맥
주라도 얻어 마시고 화투라도 치면서 시간을 보냈던 여전히 현존하
는 슬픔의 취기와 냄새를 느낀다. 따뜻한 여자의 품에서 잠들던 풍경
으로 돌아가게 한다. 그리고 그것은 담장 안이라기보다는 시인에게
는 담장 밖이다. 즉 경계의 지점이다. '나는 어디에 있는가'라고 자문
하게 된 어느 날 던져진 장소, 그가 목격한 신화의 공간이다. 이 공간
을 체험하고 인식한다는 것은 아마도 이 지상에서는 경계의 밖 혹은
경계에 선 나그네들이다. 그들은 다시 이승과 일상으로 돌아오지만
애잔한 아련함을 느끼게 되는 이유이다.

번듯한 나무 잘난 꽃들은 다들 정원에 들어가 서고
억센 풀과 자잘한 꽃마리만 깔린 담장 밖 돌밭
구멍가게에서 소주병 들고 와 앉아보니 이곳이
내가 서른에 더 몇 해 빠대고 다닌 바로 그곳이다.
허망할 것 없어 서러울 것은 더욱 없어

담에 없는 양말 벗어 널고 윗도리 베고 누우니
보이누나 하늘에 허옇게 버려진 빛바랜 별들이
희미하게 들판에 찍힌 우리들 어지러운 발자국 너머.
가죽나무에 엉기는 새소리 어찌 콧노래로 받으랴
굽는 나무 시든 꽃들만 달린 담장 밖 돌밭에서
어느새 나도 버려진

— 「담장 밖」 부분(『쓰러진 자의 꿈』, 25쪽)

정원이 아닌 담장 밖에서 쓰러진 자의 꿈을 본다. 번듯한 나무에 대
한 열망의 시선이 아닌, 억센 풀과 자잘한 꽃마리들에게 연민이 간다.
번듯한 정원에 들어서지 못한 것은 힘이 없고 못나서였거나 그런 자
리를 피해 떠나 자리를 잡은 것인지도 모른다. 그러한 대상에 대한 연
민은 인생에 대한 긍정과 사랑으로 전환된다. 허망할 것도 서러울 것
도 없이 그 자리에 눕는 마음을 먹는 그에게는 별이 보인다. 자신을
찾는 순간에 보이는 별과 달, 바람 등 자연물은 친근함으로 다가온다.
특히 달, 귀뚜라미 등은 이역이나 고향에서나 늘 만나는 익숙함일 것
이다. 그러나 그 익숙함이 처음 보는 것처럼 설레고 수줍어서 더욱 아
름답다. 특히 '달'은 여성과 고향을 상징하는 그리움의 대상이다.

달이 시원스레 옷을 벗었다 첨벙청벙 수로 속에 들어간다 희
뿌연 젖가슴을 드러낸 채 멱을 감는다 가없는 옥수수 밭에 바람
이 인다

수로에서 나왔지만 옷이 없다 내놓을 수 없는 곳만 손으로 가
리고 초가집을 찾아 들어가 숨는다

달이 초가집 속에 갇혔다 초가집이 환하게 밝다

　　　　　　　　—「달」전문(『어머니와 할머니의 실루엣』, 78쪽)

　신화의 풍유적인 해석이 시처럼 아름답듯 시인은 그의 전통적인 이야기를 상상적으로 신뢰할 수 있도록 만들려 애쓰고, 또한 그것을 흔히 있는 것으로 해석한다. 그러나 그의 일차적인 임무는 해석이 아니라 재현하는 것이다. 우리는 또한 제의가 일반적으로 백과사전적이 되려는 경향이 있다는 것을 주목해야 한다. 제의는 자연에서의 모든 주요한 반복들, 즉 하루, 달의 여러 모양, 계절과 절기, 탄생에서 죽음에 이르기까지 존재의 여러 위기들과 밀착되어 있다. 신화적 연희성은 자연과의 합일, 천지로 향한 길로 통하는 제의적 연희성, 즉 다음 장에서의 내용과 통하기도 한다. 특히 그것이 인간과 자연, 사람과 동물이 하나의 생명으로 통하는 신화적 환상에서 가장 그렇다. 연이와 앵금 타는 사내 사내와의 정사 장면은 자연의 아름다움으로 표현된다.

　새벽 별빛에
　메밀꽃이 허옇게 떠 있었네
　물새들 잠 깨어 도망치고
　풀벌레 울음 멈추고 귀를 세웠네.

　모래밭을 지나면
　꽃늪이 나왔지.
　당버들 두어 그루.

별빛 가린 아기늪.

연이는 웃으며 옷고름을 풀었네.
비녀를 뽑고 옥양목치마 벗었지.
말없던 사내 지껄이고 지껄이고 또 지껄이고
연이는 그냥 웃고.

하늘에서는 별들이 서로
어지러이 칼질을 하고
땅에서는 호마 내달리는
거친 울음.
사내는 지껄이고 연이는 그냥 웃고.

멀리서 닭이 따라 울고
개가 짖어대고 풀벌레 악을 쓰고

— 「아기 늪에서」 부분(『남한강』, 80~81쪽)

'닭과 개, 풀벌레만이 아니라 이제 '키 작은 나무들이/서로 목을 휘
어 감고/여울물 재미있다 깔깔깔 웃고'라는 신화적인 장면은 연이와
앵금 타는 사내의 에로스적 장면에 신화성과 낭만성이 풍부하게 담
긴 모습이다. 거기에 이들과 한편인 민중들의 이야기도 소리 없는 합
창으로 춤을 춘다. 즉, 이들의 결합은 개인의 결합이 아닌 역사와 자
연이 함께 하는 신화적인 장면이 되어가는 것이다. '고구려 옛 병사들
춤을 추겠지/고리백정 조상님네도 맴을 돌겠지/덩더꿍 덩더꿍에 쫓
겨 가는 군졸춤/중모리 중중모리에 곰배팔이 노비춤' 앞에서는 동물

과 자연의 소리의 작고 아름다운 효과가, 여기서는 힘센 역사의 이야
기가 춤으로 형상화되어 스펙터클을 만든다. 그리하여 장면을 절정
으로 향한다.

> 치솟는 힘 하늘 끝에 뻗치고
> 넘치는 기운 깊이 땅을 뚫네.
> 숨 막혀 숨 막혀서
> 뽕나무 왜닥나무도 땀 흘리고
> 힘겨워 힘겨워서
> 물총새 할미새도 헐떡이면
>
> 뿌우연 물안개가
> 꽃늪을 덮고
> 연이는 몸에 붙은 금모래 털고
> 쪽 고쳐 찌고 오두잠 새로 꽂고
> 외면한 채 웃고
> 무릎까지 함빡 이슬에 젖으면서
> 돌아오는 길에서
> 사내는 말을 잃었네.
>
> ― 「아기 늪에서」 부분(『남한강』, 82쪽)

  절정의 장면은 땅을 뚫을 정도의 신화적 힘과 뽕나무와 물총새가
땀 흘리고 헐떡인다는 판타지를 보여준다. 그리고 이어지는 절정의
끝은 다시 일상으로 돌아오는 연이의 모습이다. 물안개에서 다시 쪽
고쳐 찌는 연이와 외면한 채 웃는 사내는 이슬에 젖으면서 돌아온다.
  일상으로 돌아오는 그들에게, 특히 연이의 모습에서는 함께했던 자

연과 하나인 모습이 된 자가 갖는 신화적인 힘을 느낀다. '뱀아이'가 친구 원효를 불러 자신의 어머니를 장사지낸 삼국유사 사복(蛇福)설화의 마지막 장면처럼 이승과 저승의 경계는 멀지 않다. 사복은 어머니를 장사지내기 위해 땅의 풀을 잡고 아래로 내려가니 극락이었다. "말을 마치고 띠풀의 줄기를 뽑으니, 아래에 밝고 청허한 세계가 있었는데, 칠보난간에 누각이 장엄하여 아마도 인간세상이 아니었다"[12]는 사복설화처럼 신화적인 영역을 보지 못하지만 이승보다 깊은 곳에 영원의 세계가 숨어 있다고 생각하게 하는 상상력의 공간, 라캉이 말하는 실재의 세계이다. "행위의 주체가 존재한다면, 행위를 상징적 통합의 우주 속으로 통합하고 인정하는 것이다"[13] 사복이 말을 못 하는 것은 말이 필요치 않음이며 상징계의 질서를 위반하는 행위이다. 그렇듯이 신경림 시의 연희성에서 신화적인 세계는 행위가 주체가 되는 실재의 세계이며, 우주 속으로 통합되는 행위 속에서 자신의 주체를 자유롭게 여는 길이다.

2) 낯선 고향

신경림 시인은 『민요기행』에서 "중농 이상에 속하는 계층의 사람

---

12 일연, 『삼국유사』, 김원중 역, 민음사, 2008, 468쪽.

13 홍준기, 「슬라보이 지젝의 포스트모던 문화 분석—문화적·정치적 무의식과 행위(환상을 통과하기)」, 『철학과 현상학 연구』 22권, 한국현상학회, 2004, 220쪽.

들은 우리 사회의 전통적 향학열에 따라 상당한 학력을 지니게 되는데, 일단 그렇게 된 이들은 출세와 더 좋은 조건이 보장된 도시를 찾아 농촌을 떠난다"[14]며 농민 이기주의와 출세 이농 이후 고향은 산업 공해와 행락 공해에 시달리게 되었다고 한다. 이제 더 이상 소읍에서 고향을 찾기는 어렵게 된 것이다.

익숙한 이역은 낯선 고향이기도 하다. 소풍을 간 곳에서 시인이 발견하려 한 것은 이역의 낯섦이 아니라 고향일 것이다. 고향은 그러나 점점 낯선 곳이 되어 있기도 했다. 시인의 발걸음이 장터거리에서 장국밥으로 요기를 하고 세상 돌아가는 얘기를 하다가 돌아오는 이유는 사람살이를 듣고 싶어서이다. 시인이 찾아 헤매는 곳, 더 듣고 싶은 이야기는 큰 산에 있지 않다. 오히려 이름 없는 작은 산을 다시 헤매는 것은 아직 듣지 못한 이야기를 그것이 해주리라고 믿기 때문이다. 서울과 다른 시간인 과거에 놓인 것 같은 공간에서 그가 찾는 것은 '두메 양귀비'이다. '백두산 밤하늘의 별들한테 듣지 못한 얘기들'을 듣고 싶은 그는 환각에 빠질 것 같은 풍경과 만난다. 하지만 안내하는 처녀는 왠지 어디선가 본 듯한 익숙하고 평범한 모습이다.

> 백두산을 내려와 연변으로 이동하는 버스 안에서 처녀 가이드는 외할머니가 고국을 떠나면서 외할아버지를 잃고 다른 외할아버지를 만나고 정착하는 사연을 옛말 하듯 들려준다. 개방 후 외할머니가 옛 형제들을 만나는 재회와 갈등의 사연도 눈물겹다.

---

14 신경림, 『민요기행』, 한길사, 1985, 47쪽.

그녀의 얘기를 들으면서 나는 자꾸만 두메 양귀비를 생각했다.
어쩌면 그곳은 힘겹게 백두대간을 타고 올라와 이곳에 피면서,
늘 남쪽으로 머리를 두고 울고 있을 것 같았다.

— 「두메 양귀비」 부분(『사진관집 이층』, 55쪽)

'별들이 다닥다닥 붙은 백두산의 하늘은 끝내 펼쳐지지 않고 대신
떴다 감았다 하는 눈앞에 수천수만 송이의 녹황색 두메양귀비만 어
른거린다는 그의 여행기에는 기이한 곳을 보러 간 관광이 아닌, 일상
의 삶에서 소중하게 눈여겨보고 귀 기울여 소리를 듣지 못한 그것을
이역에서 오히려 발견하는 길이 나타나 있다.

대부분의 관객들은 연극이 어떤 면에서 삶의 경험과 관계되기를 기
대한다. 즉 그들은 낯설거나 기괴한 것이 아닌 친숙한 것을 기대한
다. 그리고 하나의 집단 안에서 일종의 정서적 경험에 참여하기를 기
대한다. 다른 한편, 모든 위대한 예술 형식들처럼 예술은 우리에게
사람과 자기 인식에 대한 고양된 느낌을 준다. 또한 위대한 연극은
새로운 가능성의 느낌을 준다. 우리는 연극을 보고 우리 삶의 사회,
우주에 대해 더 완전히 그리고 깊이 이해한다. 이에 만족한다면 우리
는 더 이상 익숙한 것만을 요구하지 않을 것이고 또한 익숙한 것만을
보고자 하는 욕망에 매달리지도 않는다. 느릿느릿 걸어가다 먼 도시
에 닿으면 쉬어 가며 열린 문 안을 들여다도 보고 마주치는 사람들과
웃음도 주고받는 것이 이역이라서 더욱 자유로운 심경이다.

양지쪽에서는 짐짓 벽에 기대어 다리도 쉬고

신경림 시의 연극성 연구

열려 있는 문 있으면 기웃기웃 들여다도 보면서
마주치는 눈과는 웃음도 주고받고

해 저물면 낯선 사람들 사이에 섞여
왁자지껄 생맥주로 목을 축이고
허름한 여관을 찾아들면 창에 달빛이 가득하겠지
나는 꿈을 꿀 거야 예까지 걸어온 먼 길을 되돌아가는

내가 걸어온 길이 다 아름답게 보일 거야 꿈속에서
서두를 것도 바쁠 것도 없이 걸어가면서 보면

— 「乞人行 3 – 꿈」 전문(『뿔』, 46쪽)

"긴 능선 검은 하늘에 박힌 별 보며/길 잘못 든 나그네 되어 떠나려네"(『달 넘세』, 76~77쪽)처럼 가는 그곳은 홀로 떠나는 미지의 곳일지도 모른다. 혼자만 갈 수 있는 곳일지도 모른다. 사람이 좋아 나선 길이고, 사람의 이야기 듣기를 좋아하고 거기서 '우리'가 쉽게 되기도 하지만 '달빛'과 '귀뚜리'는 또다시 가야 할 길을 알려준다.

그곳은 다시 넓고 빛나는 세상이라기보다는 '어머니와 할머니의 실루엣'으로 떠오르는 평화의 근원인 고향이다. '램프불', '칸델라불', '전등불', '가설극장의 화려한 간판', '가겟방의 휘황한 불빛' 등은 문명의 빛으로 세상이 넓고 강함을 보여주는 소재이다. 그것은 어린 사춘기 시절에서 청년시절의 모험을 위한 길을 향한 유혹이 된다. 그러나 그가 장년이 되어 기억에 남는 이미지는 무엇일까. 결코 넓은 세상에서 본 화려하고 큰 것이 아니다.

나는 대처로 나왔다.
이곳저곳 떠도는 즐거움도 알았다.
바다를 건너 먼 세상으로 날아도 갔다,
많은 것을 보고 많은 것을 들었다.
하지만 멀리 다닐수록, 많이 보고 들을수록
이상하게도 내 시야는 차츰 좁아져
내 망막에는 마침내
재봉틀을 돌리는 젊은 어머니와
실을 감는 주름진 할머니의
실루엣만 남았다.

　　　　　　　　　　　— 「어머니와 할머니의 실루엣」 부분
　　　　　　　　　　　(『어머니와 할머니의 실루엣』, 24~25쪽)

　'내게는 다시 이것이/세상의 전부가 되었다'는 것은 유년기의 기억이자 미래, 즉 아직 가보지 않은 곳에 대한 기억을 안고 있는 상황에 대한 설명이다. '강 건너' '저편'에 대한 그리움과 갈망이 되어버린 과거는 소박하던 시절에 대한 회고이다. 돌고 돌아 집으로 오게 되는 것은 실루엣만 보이는 칸델라 불빛이지만 그것은 어머니와 할머니의 실루엣이고 집을 지탱해온 램프 같은 것이다. 세상을 향해 나아갔지만 점점 소외될 수밖에 없는 주체가 되어 돌아온 것이다. 거기에는 늘 적당한 불빛으로 나를 감싸 안는 존재로서의 불빛이 존재하는 것이다. 그것은 문명이 아니라 문명이 파괴하지 못한 그리움이다. 그리고 집과 자연을 향한 연대감이고 우정이다.

　그러한 따뜻함과 온화함은 문명화되고 개별화된 것에 있지 않다. '새벽 장바닥에 화톳불이 탄다/누더기가 타고 운동화가 탄다/구두닦

신경림 시의 연희성 연구

이와 우유배달이 서서 불을 쬔다/매운 바람은 불꽃을 날리고/널조각이 탄다 삭정이가 탄다/가겟문 여는 소리 가래 뱉는 소리/이른 장바닥에 눈발이 날린다/부드럽고 가는 눈발이 날린다' 그리고 사람들이 등장한다. 사람들의 등장도 눈발이 날리는 겨울이지만 따뜻함이 전해진다.

> 밝아오는 장바닥에 화톳불이 탄다
> 화톳불 위에 눈발이 날린다
> 눈발 속에서 해장국이 끓는다
> 삐걱대는 걸상에 엉덩이를 붙이고
> 뜨거운 국물들을 훌훌 마신다
> 언청이도 마시고 곰배팔이도 마신다
> 낚시꾼도 마시고 장꾼도 마신다
> 들이치는 눈발 머리칼에 맞으며
> 더러는 언 어깨들을 기댄다
> 새봄 이른 새벽 화톳불이 탄다
> 지난 겨울의 쓰레기들이 타고
> 너절한 것들 더러운 것들이 탄다
> 부끄러운 것들이 탄다 잊고 싶었던 것
> 버리고 싶었던 것들이 탄다
> 화톳불 위에 눈발이 날리고
> 눈발 속에서 해장국이 끓는다.
>
> ― 「화톳불, 눈발, 해장국」 부분(『쓰러진 자의 꿈』, 72~73쪽)

고독의 침잠으로의 길이기도 한 이 시간은 태초의 시간을 경험하게 해주는 것이기도 하다. 그러나 죽음에 대한 문제는 일상에서 억압하는 법인데, 태초의 시간처럼 종말의 시간에 대한 시인의 상상력은 질문으로 확장해간다. 길에서 집으로 돌아가듯, 아버지가 가신 그 집을 기억한다. 미래에 대한 기억은 그리움이기도 하다. 아버지가 가신 곳은 자신이 헤매고 있는 길이 아닌, 모두가 모여서 다시 살고 있는 집, 정착한 곳이라고 생각함이다.

> 형수가 차려주는 밥 아니면 먹지 못해 오밤중에라도 꼭 저녁 밥 찾아먹고 가던 삼촌이 반가워합디까?
>
> 며느리 바깥에 내보내지 않겠다고 극성스럽게 도랑물을 집안으로 끌어들여 올갱이도 주워다 깔고 미꾸리도 기르던 할아버지는 무얼로 소일합디까?
>
> 아버지는 거기서도 술 마시고 마작을 하던가요? 친구들 떼로 몰고 와 술상 차리라고 떼쓰는 버릇도 여전하던가요?
>
> 툭하면 됫박 들고 와서 보리쌀 꾸어가며 눈물을 찔끔거리던 서당숙모, 마차집 아들과 배가 맞아 줄행랑을 놓았다가 돌아와 아들 하나 데리고 큰 당숙 눈칫밥 먹고 사는 당고모, 친정 출입 다시는 않겠다고 일 년이면 열두 번 맹세하면서도 친정집 가게 뒷방을 좀체 떠나지 못하던 석유가겟집 재당고모……. 모두들 모였을 테니 꽤나 소란스럽지요?
>
> — 「편지」 부분(『뿔』, 52~53쪽)

'이승에서 밤낮 얼굴 맞대고 떠들고 위해주고 다투던 사람들 거기 가서 다 만났을 테니/이승에서 띄우는 내 편지 어머닌 펴볼 겨를도 없을 게'라고 말하면서 이승과 저승의 경계를 허문다. 그리움과 그리움의 상상력이 경계를 넘어 망자와 대화하게 하고 망자가 사는 공간을 익숙하게 그려보는 것이다. 그러한 상상력은 소통을 위한 시도이지만 시는 소통과 함께 고독으로 돌아오게 한다. 공동체적 자아는 다시 개인의 고독에서 확장된다. 공동체는 주체가 포함할 수 없는 존재의 외부가 펼쳐지는 공간이고 이것은 죽음과 불가능성의 공간이다. 그곳은 "미지의 존재로서의 나를 발견하는 공간"[15], 즉 고독의 공간이다.

떠났다 돌아온 모두를 자신의 뿌리에 묻고 꿈들의 시간이 더해져서 느티나무는 가장 오래 천천히 더디게 자라는 것이다. 모두의 체험을 안고 자라므로 더 높이 하늘로 뻗고 땅으로 뿌리 내리는 존재는 자신이 잊었던 머물러 있는 것에 대한 다시 보기와 새로운 인식으로 향한다. 나무줄기는 하늘로 향하고 땅으로 뻗으면서 세상의 시작과 비상을 이야기한다. 깊이 보는 것은 쉼이고 멈춤이며 성장은 그때 이루어지는 것인지도 모른다.

그것은 시간을 기억하는 것이다. "미지의, 낯선, 점거되지 않은 곳을 점거하고 정주함으로써 인간은 우주 창조의 제의적 반복"[16]을 실현하듯, 사라진 세계에 정주하기 위해 시인은 세계를 상상력을 통하여 먼저 창조한다.

폐허가 되었기에 다시 창조된 그 공간에서 그는 '나'를 기다리고 있

15   고재정, 「모리스 블랑쇼와 공동체의 사유」, 『한국프랑스학논집』 제49집, 2005, 181~200쪽 참조.
16   멀치아 엘리아데, 『성과 속』, 이동하 역, 학민사, 1983, 28~29쪽.

다. '저분이 선생님이시다'라는 삼촌의 소개로 그분을 만난 집은 집터도 남아 있지 않으며 '모란과 작약이 있던 마당에 칙칙한 개망초가 어지럽게 피어 스산'하다. 폐허가 된 곳에서 '그분'을 만나고 오지만, '그집'은 시인의 상상력 안에서 재생된다. 그것이 가능한 이유는 집이 있어서가 아니라 그분이 계시기 때문이다. 그분이 계신 이유는 그분이 살아오신 삶이 쓸모없으나 가치 있음을 발견하기 때문이다. 그분은 생생히 선생님으로 살아나게 되고, 선생님이 사는 집도 상상력과 이루어지지 않은 꿈으로서 재생된다. 그리고 그 무대는 관객이 함께 체험하게 되는 빛이 켜진 무대처럼 환하게 밝혀진다.

돌아오는 차 속에서 그 집은 재생된다.
사랑방과 대문 안으로 들여다보이던 우물과 그 앞이 살구나무
가 되살아나고, 집 뒤로 늘어섰던 대추나무들이 되살아난다.
그는 모시중의 차림이다.
개망초와 젊은 넋들이 묵밭을 허옇게 덮고 있지만,

그 집이 아름답다, 그가 이룬 것이 없어 아름답고 그의 꿈이
이루어질 수 없는 것이어서 더욱 아름답다.
아무것도 남아 있지 않아 아름답고 아무것도 남길 것이 없어
아름답다.
그 집이 아름답다, 구름처럼 가벼워서 아름답다.
내 젊은 날의 꿈처럼 허망해서 아름답다.
— 「그 집이 아름답다」 부분(『낙타』, 33쪽)

그 기다림은 타자의 현현(顯現)이다. 그것은 나와 타자 사이에 무한

신경림 시의 연희성 연구

의 거리를 만든다. 즉 궁극적으로는 낯선 자이다. 낯선 존재와 부딪히는 시간은 시적 에피파니로 돌아오는 길에 '아무 것도 이룬 것이 없어 아름답다'는 것을 깨닫는 순간이다.

에피파니(epiphany)는 신의 임재가 드러난다는 뜻으로 제임스 조이스가 사용한 기법이다. 돌연한 순간, 모든 것이 보이는 것이다. 마치 신의 계시처럼 세계가 열리고 죽음에서 깨어나는 각성의 순간이기도 하다. 제임스 조이스의『더블린 사람들』중 가장 마지막 단편「죽은 사람들」은 시적인 단편으로도 유명하다. '눈이 내리기 시작했다. 온 땅 위로. 살아 있는 죽은 사람들 위로……' 이렇게 주인공이 눈이 내리는 창밖 풍경을 통해 자신의 죽어 있는 인생을 새삼 깨닫게 되는 것처럼 그것은 시적 각성이다. 눈이 덮는 풍경 그 위로 세상은 더 빛남 속에 밝혀지고, 자신의 인생도 환하게 드러나게 되는 것이다. 돌아오는 차 속에서 그 집은 재생되는데, 그 이유가 '꿈이 이루어질 수 없는 것'이어서라는 것을 깨닫기 때문이다. 그것은 그 집이 재생되는 순간의 현현으로 알게 된 것이다. 집이 남아 있지 않듯, 그가 기억하는 '그분' 역시 존재하지 않는지도 모른다. 묻고 답하며 삼촌으로 인해 알게 된 그 지혜로운 스승을 그려본다. 그는 아무것도 이루지 않아 아름답다고 한다. 꿈이 이루어지지 않아 아름답다는 것은 상상력으로 그를 불러낼 수 있기 때문이다.

릴케는 "시적 몽상은 영혼을 깨운다"[17]고 하였다. 그 깨움으로 세계

17 이영남,「릴케의 공간의 시학」,『외국문학연구』제47호, 한국외국어대학교 외국문학연구소, 2012, 227쪽.

가 열리는 것이다. 시는 상상력이고, 상상력은 예술의 과제이다. 그것
은 집만이 아니라 우주와 연결된 생명으로서의 사람에 대한 상상력과
그 힘으로 얻은 그 삶의 가치와 흔적들도 재생해내는 힘이 된다.

> 완강히 거부하다가 너는 마침내 눈을 벌리고 나는
> 그 눈을 통해 너의 내부 깊숙이 들어간다
>
> 그리고는 너의 과거 속을 유유히 헤엄친다
> 환한 보름달빛이 드러내는 끈끈한 정사도 엿보고
> 푸른 이슬에 함빡 젖은 이별도 구경한다
>
> 뜨겁고 치열했던 장바닥에서의 삶도 따라가 보고
> 갑자기 닥친 나락으로의 추락도 함께 경험한다
>
> 그만 밖으로 나갈 때가 되었다 더듬어 문을 찾지만
> 눈은 철문처럼 닫혀 있구나 네가 죽었으므로
> 손으로 두드리고 발로 찾도 감긴 눈은 꼼짝 않는다
> 나는 단념하고 너의 내부에서 살아갈 궁리를 하지만
>
> 이 안타까운 구걸의 소리는 아직도 너의 것이리
> 한 장의 구겨진 지폐를 위해 내밀어진
> 꼬질꼬질 때 묻은 손도 너의 것이리.

—「乞人行 1」전문(『뿔』, 44쪽)

"상상력은 굴뚝과 거기서 흘러나오는 연기들이 하늘로 이르는 미지
의 길들로 연장될 수 있음을 환기시키"[18]듯 신경림의 시 역시 상상력

으로 세계를 확인하며 그것을 공간으로 표현해내는 것이다. 상상력 속에서 존재하는 실재를 함께 상상하고 읽으며, 공간으로 외현할 수 있다. 그것은 독자의 마음속에서, 디자인되는 무대 공간이 된다. 외부에 생기는 공간이자 내부로 들어가 바라보는 공간이다. 그것은 상상력으로 탄생된 공간이지만 본질적인 존재함을 발견하는 길이기도 하다. 즉, 위의 인용처럼 집은 하늘로 이르는 미지의 길로 통하며 우주로 향하는 길이고, 이미 우주 안에 존재했던 것이다. 그러므로 그 집이 아름다운 이유는 우주로 향하는 본원적 특징을 잃지 않음을 말하는 것이다.

> 길 잃고 헤매다가 강마을 찾아드니
> 황토흙 새로 깐 마당가에서
> 늙은 두 양주 감자 눈을 도려내고 있다
> 울타리 옆으론 복사꽃나무 댓 그루
> 잔뜩 부푼 꽃망울들은
> 마지막 옷을 안 벗겠다고 앙탈을 하고
> 봄바람은 벗으라고 벗으라고 졸라댄다.
> 집 앞 도랑에서 눈석임물에
> 달래 씻어 들어오는 아낙네
> 문득 부끄러워 숨길래 동네 이름 물으니
> 여기가 바로 도화원이란다.
>
> —「桃花源記 1」 전문(『길』, 71쪽)

---

18 이찬규, 앞의 글, 5쪽.

'도화원'이란 공간이 고향을 닮은 이역의 여행의 체험에서 '도화원기'라는 상상력의 공간으로 재탄생한다. 이곳은 수몰되기 전, 충주호반에 붙은 작은 마을로 가까이에 무릉이란 지명도 있다고 한다. "학정에 시달린 민중들의 꿈"[19]이 반영되어 있다고 볼 수 있는 '도화원'이라는 공간은 수몰되어 이제 보이지 않는 고향이 되었다. 하지만 그 낙원의 소망이 담긴 고향을 닮은 이제는 사라진 풍경이 친근한 이역(연희성의 장소)에서 확인하게 된다.

오랜 고향의 꿈이 이루어진 듯한 풍경이 시의 전경인 것이다. 침묵에서 깬 상상력 속에서 볼 수 있는 공간이다. 그러나 상상력이 디자인한 스펙터클 안에서 아주 몰입되기보다는 이것이 상상이라는 것을 멈추지 않는 낯설면서 익숙하고 익숙하면서 낯선 공간이다. 이것은 복원되는 집처럼 보이지 않는 인간의 뿌리에 대한 상상력일 뿐의 공간일 수도 있다. 집이 그렇다면 '길'은 어떤가. 시인에게 길도 목적지가 분명한 현세의 어느 것이 아닐 수도 있다.

산벚꽃이 하얀 길을 보며 내 꿈은 자랐다
언젠가는 저 길을 걸어 넓은 세상으로 나가
많은 것을 얻고 많은 것을 가지리라.
착해서 못난 이웃들이 죽도록 미워서,
고샅의 두엄더미 냄새가 꿈에도 싫어서.

그리고는 뉘우쳤다 바깥으로 나와서는.

---

19   염무웅, 「민중의 삶, 민족의 노래」, 구중서 · 백낙청 · 염무웅 편, 앞의 책, 101쪽.

갈대가 우거진 고갯길을 떠올리며 다짐했다.
이제 거꾸로 저 길로 해서 돌아가리라.
도시의 잡담에 눈을 감고서.
잘난 사람들의 고함소리에 귀를 막고서.

그러다가 내 눈에서 지워버리지만.
벚꽃이 하얀 길을, 갈대가 우거진 그 고갯길을.
내 손이 비었다는 것을 깨달으면서.
내 마음은 더 가난하다는 것을 비로소 알면서.
거리를 날아다니는 비닐봉지가 되어서
잊어버리지만. 이윽고 내 눈앞에 되살아나는

그 길은 아름답다. 넓은 세상으로 나가는
길이 아니어서, 내 고장으로 가는 길이 아니어서
아름답다. 길 따라 가면 새도 꽃도 없는
황량한 땅에 이를 것만 같아서,
길 끝에서 험준한 벼랑이 날 기다릴 것만 같아서.
내 눈앞에 되살아나는 그 길은 아름답다.

　　　　　　　　　— 「그 길은 아름답다」 전문(『뿔』, 12~13쪽)

'내 고장으로 가는 길이 아니어서 아름답다'라는 것은 이승의 경계
를 말하기도 하지만, 이승과 저승을 포함하여 볼 수 있는 시력(視力)
이며 길이 가리키는 내면을 향한 성찰이다. "동양예술은 인간과 자연
사이의 친화력을 표현하는 데 미적 가치를 두었다."[20] 그리고 그것은

20　윤재근, 『동양의 본래미학』, 나들목, 2006, 66쪽.

시가(詩歌)에서 출발하고 수렴됨을 알 수 있다. 신경림의 시는 세계의 허위를 드러내는 방법으로 민중의 일상을 그대로 고발하거나 초월적인 보편 너머의 세계만을 그려내지 않는다. 민중들의 구술과 노래를 시에 담되, 그 전형을 통해 깊은 삶의 진리를 깨달아가는 방법으로의 시작(詩作)을 보여준다. 이것은 1970년대의 농촌시로부터 최근의 시집까지 전체적으로 나타난다. 신화적 연희성은 현실을 딛고 이겨내야 하는 사람들에게 마음의 염원이자 집단이 함께 공유하는 이야기와 노래가 된다. 신화의 이야기가 현존하는 삶에서 살아 있다고 믿는 데서 깨어남이 시작된다. 이제 신경림의 시는 그러한 깨어남에서 죽음의 경계로 더욱 나아간다. 제의적 연희성은 더욱 상상력의 공간으로 이동하게 되며, 삶과 정신의 세계를 엿볼 수 있게 된다. 그것은 일상적 삶 속에서 신화적 원형을 재현하는 행위로 나타난다.

제의적 연희성

1. '꿈'의 재구성

1) '꿈'의 기억

신경림은 2014년 발간된 시집인 『사진관집 이층』의 시인의 말에서 시를 쓰는 이유에 대해 다음과 같이 말하고 있다.

> 늙은 지금도 나는 젊은 때나 마찬가지로 많은 꿈을 꾼다. 얼마 남지 않은 내일에 대한 꿈도 꾸고 내가 사라지고 없을 세상에 대한 꿈도 꾼다. 때로는 그 꿈이 허망하게도 내 지난날에 대한 재구성으로 나타나기도 한다. 꿈은 내게 큰 축복이다. 시도 내게 이와 같은 것일까?[1]

---

1 신경림, 『사진관집 이층』, 창비, 2014, 119쪽.

꿈이란 형식과 내용의 경계를 넘어서는 제3의 공간이다. 그리고 그 것은 자기 본능적이고 주관적이며 무의식적인 체험의 확인이다. 그 렇게 꿈은 춤이 되어간다. 인간은 춤을 통해 슬픔과 불안, 외로움과 어두움 등의 감정들을 억누르고 조정하며 마음의 정화를 경험한다. 이것은 치유의 경지가 되기도 한다. '꿈'에 대한 시인의 생각과 시를 쓰는 이유가 '꿈의 재구성'이라면 시인에게 꿈이란 '이루지 못한 갈망' 이다. 이루지 못한 갈망이란, 큰 욕심을 부리지 않고 살고자 했던 평 범한 사람들의 이름 모를 죽음처럼 삶의 기쁨과 반대에 자리 잡은 슬 픈 기억이 된다. 슬픈 기억을 기쁜 정서로 옮겨가기 위해서는 어떤 과정이 필요할까? 현실로 다시 불러내어 아름다운 기억은 기억하게 하고, 슬픈 체험은 기억에서 날려버리게 하는 과정을 통해서일 것이 다. 그것이 제의이고, 고정 불변된 과거를 불꽃처럼 되살려서 연기처 럼 사라지게 하는 과정이며, 신체를 통해 부딪친 과거를 신체를 통해 해소해내는 춤의 모습으로 나타난다.

꿈에서 춤으로의 이행을 발견할 수 있는 시편들은 적지 않다. 고장 난 사진기여서 오히려 안심하는 심리에서 시인의 꿈을 읽을 수 있다. 언제나 희미하고 낡았지만, 어린 시절의 혹은 이젠 사라진 신비한 기 억으로의 사진관의 재현을 위한 새로운 상상이다. 고향의 사진관은 이역의 꿈을 꾸게 하고, 접하게 한 곳이었다. 고장 난 사진기는 보는 이의 마음, 주관적인 감각이며 혹은 마술이 되기도 한다. 즉, 아픈 것 도 웃음으로, 잃어버린 기억도 꿈처럼 찬란하게 펼쳐낸다. 바로 시는 '고장 난 사진기'이며, 이 사진기로 재현하고 싶은 것은 이제는 사라 진 사진관집 이층의 꿈들이다.

사진관집 이층에 하숙을 하고 싶었다.
한밤에도 덜커덩덜커덩 기차가 지나가는 사진관에서
낙타와 고래를 동무로 사진을 찍고 싶었다.
아무 때나 나와 기차를 타고 사막도 바다도 갈 수 있는,
어렸을 때 나는 역전 그 이층에 하숙을 하고 싶었다.

이제는 꿈이 이루어져 비행기를 타고
사막도 바다도 다녀봤지만, 나는 지금 다시
그 삐걱대는 다락방에 가 머물고 싶다.
아주 먼 데서 찾아왔을 그 사람과 함께 누워서
덜컹대는 기차 소리를 듣고 싶다.
양철지붕을 두드리는 소낙비 소리를 듣고 싶다.
낙타와 고래를 배경으로 사진을 찍고 싶다.

다락방을 나와 함께 기차를 타고 싶다.

그 사람의 지난 세월 속에 들어가
젖은 머리칼에 어른대는 달빛을 보고 싶다
살아보지 못한 새로운 세상으로 가는 첫날을
다시 그 삐걱대는 사진관집 이층에 가 머물고 싶다.

　　　　—「역전 사진관집 이층」 전문(『사진관집 이층』, 36~37쪽)

　예술은 절망의 극복에서 시작된다. 소망하는 것이 이루어지지 않고
부족한 자신을 확장하려고 할 때 예술은 시작된다. 시인에게서 예술
의 시작은 탈출하고자 했던 고향, 그리고 아버지였다. 그는 아버지를
닮지 않으려고 필사적으로 노력했다. 아버지는 언제나 활동사진의

한가운데에 힘차게 존재한다. 하지만 객기에 넘쳐 실속 없고 시적 화자의 눈엔 떳떳하지 않은 모습이었다.

'툭하면 오밤중에/취해서 널브러진 색시를 업고 들어'오는 아버지, '품삯을 못 받은 광부들한테 멱살을 잡히기도 하고/그들과 어울려 핫바지 춤을 추기도' 했던 아버지를 반면교사로 살았지만, 이제 나 자신에게서 아버지를 발견한다.

> 나는 내가 잘못했다고 생각한 일이 없다.
> 일생을 아들의 반면교사로 산 아버지를
> 가엾다고 생각한 일도 없다. 그래서
> 나는 늘 당당하고 떳떳했는데 문득
> 거울을 보다가 놀란다. 나는 간 곳이 없고
> 나약하고 소심해진 아버지만이 있어서.
> 취한 색시를 안고 대낮에 거리를 활보하고,
> 호기 있게 광산에서 돈을 뿌리던 아버진 대신,
> 그 거울 속에는 인사동에서도 종로에서도
> 제대로 기 한번 못 펴고 큰소리 한번 못 치는
> 늙고 초라한 아버지만이 있다.
>
> ── 「아버지의 그늘」 부분
> (『어머니와 할머니의 실루엣』, 29쪽)

꿈속의 아버지가 어느새 흔들리며 하늘로 날아오르듯 꿈의 기억이 사라지는 동안 현실에서 보이는 나 역시 아버지가 되어 보인다. 나에게서 찾는 아버지의 기억은 그렇게 꿈속 역할이 나에게 전이되어 이제는 내가 그 역할을 하는 배우가 되는 모습과 닮아 있다.

이것은 고향과 이역이 이제는 세계화로 인해 나그네의 눈에도 새롭지 않고 오히려 이역에 와서 고향을 생각하는 희극적 시 한 편에서도 그대로 나타난다. 보르도에 온 시적 화자는 그 명칭이 시골이라는 뜻의 술집에 와 있다. '보르도'라는 어감은 이제 이역의 것만이 아닌 시골의 어느 다방의 이름일 수도 있을 법하여서인지 주막에 있는 아버지가 떠오른다. 이역을 찾아온 나의 모습이나 다르지 않아 시간과 장소를 넘어서 대화를 시도한다. 전통 포도주는 '뉘여서 3년, 앉혀서 3년, 다시 거꾸로 세워 3년'을 묵혔다는 설명을 듣는다. 그러나 눈은 창밖의 섹스용품점을 바라보다 문득 시가 펼쳐주는 보지 못했던 과거의 아름다움과 만난다.

> 아버지가 가끔 업고 다니던 그
> 아편쟁이의 속옷 색깔은 어떠했을까.
> 세계화에 등 떠밀려 여기까지 와서
> 가까이 전차 지나가는 소리를 듣는
> 내 머릿속에 갑자기
> 아버지가 떠오르는 까닭을 나는 모르겠다.
> 아버지는 길가 주막에 앉아
> 지나가는 나그네 잡고 말붙이는 것이 낙이었다.
> 그 나그넬 따라 멀리 떠나는 것이 꿈이었으리.
> 문득 여기 앉아 포도주를 마시는 것이 아버지고
> 주막집 마루에 앉아 있는 것이 나라는 생각을 한다.
> 아버지 멀리 떠나오니 행복하세요?
> 아니다, 이제 나는 그 주막집 마루로 돌아가고 싶다
> 그 가난하던 마을로 되돌아가고 싶다.

그렇게 대답하는 것은 나인가, 아버지인가!

— 「세계화는 나를 가난하게 만들고」 부분

(『낙타』, 108~109쪽)

무대 위 배우에 따라 풍경이 교차하며 연출이 재밌게 될 수 있는 연극의 한 장면이다. 두 사람의 배우나 아니면 한 사람의 배우로도 모두 가능하다. '시골'이란 뜻의 '보르도'와 '섹스용품점'과 '아편쟁이의 속옷 색깔'의 연관은 고향과 이역의 오버랩과 교차를 통해 하나의 상상력 안에서 아버지와 나의 거리감을 좁힌다. 아버지를 자신의 자리에 앉히고, 자신이 아버지가 앉았던 가난한 마을의 주막집 마루로 걸어간다. 몇 가지 상징 언어를 무대에서 기표화했을 때 시는 더욱 재미있는 예술 행위로 재탄생되는 장면이 아닐 수 없다.

할아버지, 할머니 등 기억 속 무대의 인물들을 떠올리게 하는 오브제로서 무대 위 느티나무도 연극적 상징이다. 지금 이 자리에 남은 나의 기억의 오랜 증거물이다. 혹은 나를 꿈으로부터 탈출하지 못하게 하고, 꿈을 다시 그리게 하는, 꿈속 무대에 존재하는 상징이다. 멈추기를 요구하는 '느티나무'의 모습을 그린 것 역시 인생의 무대에 상징적으로 서 있는 꿈의 기억이다. 어쩌면 하늘로 향하되 땅으로 뿌리내린 춤의 기본 동작이 바로 이 느티나무의 멈춤에서 시작하는 것일 수 있다. 한국적 춤은 하늘을 향한 도약이라기보다 땅으로 되돌아옴에 더욱 가깝기 때문이다. 팔도를 도는 것이 꿈이었던 아버지도 느티나무에 묻히고 할머니 할아버지도 대처에 나가고자 했지만 느티나무에 묻혔다.

아버지는 큰돈을 잡겠다며 늘 허황했다
광산으로 험한 장사로 노다지를 찾아 허둥댄 끝에
안양 비산리 산비알집에 중풍으로 쓰러져 앓다가
터덜대는 장의차에 실려 할아버지 발치에 가 누웠다
그 사이 느티나무는 겨우 또 다섯 자가 자랐다
내 꿈은 좁아빠진 느티나무 그늘에서 벗어나는 것이었다
그래서 강을 건너 산을 넘어 한껏 내달려 스스로
할아버지와 할머니와 아버지와 다른 사람이 되었다
나는 그런 자신이 늘 대견하고 흐뭇했다
하지만 나도 마침내 산을 넘어 강을 건너 하릴없이
할아버지와 할머니와 아버지 발치에 가 묻힐 때가 되었다
나는 그것이 싫어 들입다 내달리지만
느티나무는 참 더디게도 자란다.

—「더딘 느티나무」 부분

(『어머니와 할머니의 실루엣』, 26~27쪽)

'더딘 느티나무'는 천천히 자랐지만, 이제는 그 무엇보다 중심을 지탱하며 마을을 지키고 나의 기억의 중심이 된다. 시각적 이미지로 형상화된 오브제 하나가 상상력의 장소의 분위기를 형성한다. 시가 한 편의 그림이 되는 데 역할을 한다.

기억은 그곳에서 출발하여 다시 춤추듯 이동한다. 그것은 내 안에서 불러 나오는 소리라기보다는 외부의 효과, 즉 무대 음향처럼 들려와 장면을 이동하게 하는 효과적 시청각 몽타주처럼 장면은 소리를 따라 꿈처럼 이동한다. 소리를 통해 이동하는 곳에는 사람이 있으며 그들의 움직임과 행위가 춤추듯 보인다. 외부의 효과에 의해

내부의 소리는 사라지고, 꿈의 배역을 맡은 인물들이 배우처럼 소리 없는 연기를 하듯 유인하며 자신을 불러들인다. 그는 꿈 안으로 들어가고 꿈 안에서 춤을 추듯 이끌리어 이동한다. '찌르찌르찌르르 귀뚜리가 나를 끌고 간다'로 시작한 시는 시간을 따라 회상의 장면으로 이동한다.

> 찌르찌르찌르르 귀뚜리가 나를 끌고 간다
> 이곳은 서대문구 홍은동 산 일번지
> 좁은 방안 가득 모여 앉은 동네 아낙네들
> 남정네를 꺼리지 않는 농익은 음담 속에서
> 아내의 여윈 손이 가발을 손질한다.
> 찌르찌르찌르르 귀뚜리가 나를 닦달한다.
> 이번에는 충주시 역진동 사칠칠의 오번지
> 실공장에 다니는 그 애한테서 나는 고치냄새
> 사과꽃 위에 하얗게 달빛이 쏟아지는
> 그 애와 하룻밤을 보낸 호수 앞 여인숙
> 찌르찌르찌르르 귀뚜리가 나를 앞장세운다.
> 저곳은 홍천읍 북면 복대리 오팔구번지
> 강물을 따라가는 숲길이 십리
> 부끄럼도 없는 내 거짓 맹세는
> 불행한 여자에게 불행 하나 더 보태고
> 찌르찌르찌르르 귀뚜리가 나를 끌고 간다.
> 뉘우칠 줄도 모르는 나를 밤새도록 끌고 간다.

—「귀뚜리가 나를 끌고 간다」 전문
(『어머니와 할머니의 실루엣』, 30쪽)

그리고 이러한 꿈의 재구성은 춤의 리듬처럼 장면 전환을 가져온다. 즉 스펙터클은 청각적 요소로 인해 시각적 재현으로의 상상을 가능하게 하고, 풍경 속의 인물들은 새롭게 살아난다. "유목민은 물을 얻을 수 있는 지점에 도달한 다음에는 이를 버리고 곧장 다른 곳으로 떠나야 한다. 모든 지점은 중계점으로서밖에 존재하지 않는다"[2]와 같이 귀뚜라미를 따라 이동하는 상상력적 기억과 꿈의 재현은 정주하지 못하는 유목민의 마음으로 난 길도 보여준다. 이러한 춤의 장면화는 자연적인 소리와 원초적인 생명력과 함께하며 꿈이 춤이 되고 춤이 신명으로 전이되는 전 단계를 밟게 된다. 『農舞』에서 시작한 시인의 음악적 리듬과 무용적 표현, 그리고 스펙터클적인 풍경의 전개의 역동적 융합의 장면은 『남한강』의 '아기 늪에서' 벌어지는 신비스런 장면들에서도 더욱 확장되어 나타난다.

　　'새벽 별빛에/메밀꽃이 허옇게 떠 있'는 공간에 소리가 들리고 멎는다. '물새들 잠 깨어 도망치고/풀벌레 울음 멈추'어 집중하게 되는 순간이다. 그리고 다시 장면 전환이 자연스럽게 이어진다. '모래밭은 지나면/꽃늪이 나왔지/당버들 두어 그루/별빛 가린 아기늪.' 즉, 장면의 전개와 전환은 시선을 따라가게 하며, 시선을 멎게 하고, 가까운 것을 바라보게 하며, 장면의 중심을 보여준다. 그리고 이것이 신비스러운 아우라를 내뿜으며 이야기를 전개한다.

　　그것은 인물의 행위이며 춤과 같이 소리 없는 리듬으로 전개된다.

2　질 들뢰즈 · 펠릭스 가타리, 『천개의 고원』, 김재인 역, 새물결, 2001, 729쪽.

연이와 사내의 만남은 하늘의 별들에 대한 묘사와 함께 시작하여 멀리서 닭이 우는 묘사로 전개된다. 풀벌레 악을 쓴다는 표현으로 그들의 사랑이 전해진다. 장난질치는 모습과 아이들처럼 '팽개쳐진 고무신' 등이 자유로운 놀이를 읽게 한다. 자유로운 순간에는 억압이 존재하지 않던 역사와 시간으로 돌아가게 한다. 연이가 두 겹 속옷마저 벗은 자유로운 시간에 춤이 함께한다.

고구려 옛 병사들 춤을 추겠지
고리백정 조상님네도 맴을 돌겠지
늪 위에 버들처럼 맨발로 떠서
덩더꿍 덩더꿍에 쫓겨 가는 군졸춤
중모리 중중모리에 곰배팔이 노비춤.

치솟는 힘 하늘 끝에 뻗치고
넘치는 기운 깊이 땅을 뚫네.
숨 막혀 숨 막혀서
뽕나무 왜닥나무도 땀 흘리고
힘겨워 힘겨워서
물총새 할미새도 헐떡이면

뿌우면 물안개가
꽃늪을 덮고
연이는 몸에 붙은 금모래 털고
쪽 고쳐 찌고 오두잠 새로 꽂고
외면한 채 웃고
무릎까지 함빡 이슬에 젖으면서

돌아오는 길에서
사내는 말을 잃었네.

　　　　　　　　　─「아기 늪에서」 부분(『남한강』, 81~82쪽)

'깔깔 웃고' '춤을 추고' '맴을 돌고' '땀을 흘리고' 놀다 돌아오며 말을 잃을 정도로 즐거운 순간이다. 그러나 이 놀이의 기쁨을 주는 시학은 기억의 즐거움과 관계한다. 공연에서도 우리는 공연과 관계된 과거의 기억에 대해 인식하게 된다. 그러나 이러한 기억은 고통스럽지만은 않다. "기억의 즐거움은 능동적인 즐거움이다. 반복과 차이는 관객에게 기시감과 새로운 것의 유희로 작용"[3]하기 때문이다.

　　윤민구 : 50년 가을 아버지를 따라 월북, 그 뒤 소식 없음.
　　유호영 : 50년 여름 인민의용군에 지원 입대, 북쪽 어딘가에 살아 있으면서 남쪽의 가족을 찾는다는 소식.
　　김만근 : 51년 입대. 그해 동부전선에서 전사.
　　신만석 : 52년 입대. 팔 하나를 잃고 돌아와 주정과 행패로 세월을 보내다가 읍내에서 횡사.
　　홍정화 : 50년 가을 행방불명. 그 뒤 월악산에서 시체로 발견됨.
　　이성욱 : 제대 후 객지를 떠돌다가 서울 근교의 공사장에서 사고사. 그리고 이름이 떠오르지 않는 얼굴들이 네댓…

　　　　　　　　　─「너무 오래된 교실」 부분(『낙타』, 42쪽)

3　윤재근, 『동양의 본래미학』, 나들목, 2006, 458쪽.

어릴 적 빈 교실에 우연히 가게 된 시인은 빈 책상에서 사람들을 호명하는 놀이를 한다. 그리고 그가 몇 년생인지는 모르지만, 죽음의 해를 기억하고 죽음의 원인을 기억하며 그들이 자고 있다가 깨어나듯 불러낸다. 이름을 불러내는 유년기의 놀이를 닮은 시는 이름도 이야기도 없이 죽어간 사람들을 기억해내는 것이다. 즐거운 놀이를 통해 아픔을 막막하게 전달한다. 이름을 부른다는 것은 그의 죽음을 이야기하는 것이다. 그가 어떻게 죽었는지 기억해내고 이야기를 엮어 이어나간다.

죽은 자로 사라질 시간 속의 이름들이 살아나는 것은 그들의 죽음에 이야기를 상상으로 완성하는 일이다. 시에서 인물이 있고 이야기가 있으며 놀이를 통해 풍경을 상상해내는 연극 무대를 떠올리게 하는 시이다. 이 시는 다음의 꼬리를 무는 연쇄 사건을 통해 이야기와 연극의 플롯이 될 수 있다. 하지만 이 자체로도 무대를 밝혀가는 캐릭터의 탄생이며 그들이 죽음에서 불려 나오는 장면 하나만으로도 연희적인 요소가 풍부하다. 그리고 독자는 관객처럼 그들의 죽음을 호명하는 놀이를 통해 교실의 기억을 저마다 떠올리며 삶에 대해 인식하게 된다. "예술가는 경계표를 세우는 최초의 인간"[4]으로, 이름마다 책상을 가지고 있는 것은 지명과 더불어 주체의 자리를 찾아주는 일이다.

죽음을 기억하는 것이 삶이라는 것을 깨닫는 것이다. 그리고 그 기

---

4   질 들뢰즈 · 펠릭스 가타리, 앞의 책, 600~601쪽.

억은 이어지면서 일상을 지속시키는 힘이 된다. 이승과 저승의 경계 허물기라고 볼 수도 있는 이 시 역시 신경림 시인이 최근에 자주 다루는 시적 모티프 중의 하나인 '죽음'을 다룬다. 시인은 죽음을 '삶'의 연장으로 보며 죽음도 삶 속으로 가져와 친숙하게 한다.

옛사람의 그림 속으로
들어가고 싶은 때가 있다
배낭을 멘 채 시적시적
걸어 들어가고 싶은 때가 있다
주막집도 들어가 보고
색시들 수놓는 골방문도 열어보고
대장간에서 풀무질도 해보고
그러다가 아예 나오는 길을
잃어버리면 어떨까
옛사랑의 그림 속에
갇혀버리면 어떨까
문득 깨달을 때가 있다
내가 오늘의 그림 속에
갇혀 있다는 것을
나가는 길을 잃어버렸다는 것을
두드려도 발버둥쳐도
문도 길도
찾을 수 없다는 것을
오늘의 그림에서
빠져나가고 싶을 때가 있다
배낭을 메고 밤차에 앉아

지구 밖으로 훌쩍

떨어져나가고 싶을 때가 있다

— 「그림」 전문(『길』, 52~53쪽)

'오늘의 그림에서/빠져나가고 싶을 때가 있다'는 것은 '지구 밖으로 훌쩍' 떠나는 상상의 세계이거나 비현실의 세계여도 좋다. 우주에 가 닿고 싶다는 것은 자신을 찾아 내부로 향한 돌아옴일 수도 있다. 즉, 이루지 못한 꿈에 대한 재구성이다. 그 꿈은 과거에 존재하지 않았던 것이어도 상상하는 것만으로도 흥취에 젖는다. 다르게 말하면, 현실에 대한 부적응과 반발의 발로이기도 할 것이다. 즉, 대의적 질서에 따르기보다 자유로운 상상력에 맡기는 감각의 시간이다. 그래서 몸짓, 이미지, 소리, 색깔, 빛, 의상, 공간은 창작 재료가 되어 공연을 보듯 시를 읽게 된다. "공연(performance)은 '완결에 도달하다'라는 뜻을 가지고 있다."[5]

공연에는 행위자와 공간, 관객이 필요하고 공연예술이란 관객에게 보여주는 이야기나 행동 속에서 행위자가 자연과 인간의 삶을 모방하여 재현하거나 제시하는 예술인 것이다.

침침한 석웃불 아래 페스탈로찌를 읽는다

밭일에 지쳐 아내는 코를 골고

딸아이 젖 모자라 칭얼대는 초아흐레

---

5   김종효 외, 『공연예술의 이해』, 계명대학교 출판부, 2015, 91쪽.

서울 천리를 생각한다
통술집에 엉킨 뜨거운 열기
어지러운 노래

달빛이 깔린 교정을 걷는다
먼 마을 초저녁 달 소리를 듣는다
광부들의 칸델라 두런대는 불빛
교사를 돌아가 토끼장을 살핀다

다시 생각한다 서울 천리
만원버스에 시달리던 귀가길
통행금지 직전

석유불 심지 돋워 일지를 쓴다
일학년과 삼학년의 교안을 짠다
흐린 시험지에 점수를 매긴다
쑤세미처럼 거친 아내 손을 잡는다

　　　　　　─「벽지에서 온 편지」 전문(『새재』, 68~69쪽)

이 시는 현재의 시골 삶의 일상과 서울에서 그리 행복하지만은 않았던 삶을 교차 편집하듯 보여준다. 일상에 머무를 수만 있다면 꿈을 꾸지 않을 것이다. 늘 의식은 무의식으로 서울 생활을 그리워하고, 서울 생활을 그리워하는 중에도 지금 소중한 삶의 소박함을 사랑한다. 이 꿈은 마치 영상처럼 보이는데, 그 리듬감이 외부에서 주어진다기보다 자신의 느릿느릿한 삶과 서울 생활의 열기와 속도가 대조되며 하나의 리듬감을 자신의 무의식으로부터 표출하게 된다. 생각지도 않은 자신의 이탈과 돌아옴의 반복이다. 일지를 쓰는 일과 자신의 상상력으로 인한 장면 이동, 그리고 '일지를 쓴다'라고 말하는 시적 화자의 목소리가 함께 들리는 영화적 몽타주가 절묘한 시이다. 일지를 쓰고 있기 때문에 그가 말하는 방식으로 독자는 토끼장에서 만원 버스로 오버랩되어 영화적 전환의 상상을 하게 된다. 교안을 짜고 점수를 매기면서 거친 아내의 손을 잡는 것은 공간을 돌아 다시 자신에게로 돌아오는 행위이다. '아내 손'을 잡는 것은 마음의 출렁임에서 안정감을 찾아 돌아오는 길이다. 마음의 변화가 영화적인 병치를 통해 독자에게 흘러 들어오게 되는 것이며, 그것은 일지를 쓰는 화자의 목소리를 따라 직접 그러한 시공간을 함께 걸어보고 느껴보는 인식의 체험을 함께하면서 가능하다. 그 체험 속에서 아내에게 사랑을 느끼는 화자의 마음에 와서 함께 내려앉고 종지를 체험한다. 이 과정이 고스란히 전달되는 것은 자신을 열고 받아들이는 자신의 경계에서 가능하다.

훌훌 옷을 벗어던지고 그 여자는
하얀 몸을 물속에 숨긴다. 날렵한 인어다.
정신이 어지럽다. 주저한다.
저 옷을 감추어 그 여자를 지상에 묶어둘거나.

그러나 내 번민은 부질없다, 잠시 뒤
물속에서 나온 그 여자
옷 아무렇게나 버려둔 채
꽃같이 웃으며 나를 향해 걸어오니.

세속의 어지러운 바람에 취했으리.

— 「몽유도원(夢遊桃原)」 부분(『사진관집 이층』, 38쪽)

그것은 춤처럼 자신을 놓고 놓아주는 반복이며 하나의 노래가 되고 그것을 바라보게 하는 시각적 주체가 되는 것이다. 마치 자신이 그 광경을 인식하면 공간이 생기고, 그 공간은 누구나 볼 수 있는 객관적 실재로 보이게 되는 것이다. 꿈이라는 것은 돌아올 수 없는 것이 아니다. 잠에서 깨어나면 망각한다. 하지만 우리에게는 깨지 않고 있는 꿈이 있다. 그것은 외부로부터 찾아온 여인이 아니라, 자신 안에 있는 세계를 바라보는 길이다. 어느 날 '몽유도원'에 있다면, 내 안에 그것이 있었던 것이다. 내가 찾아간 외부의 공간이 아니라, 이미 내 안에 찾아온 것을 알아차리는 깨달음이다. 꿈속에서의 깨달음은 그 꿈을 내 안으로 머금고 깨지 않고자 하는 깨달음, 나의 꿈을 자각하는 길이다. '몽유도원'을 간직함은 내 안에 그 꿈이 언젠가 들어와 있음을 부인하지 않고 그 안에 머무름이다.

꿈이 이루지 못한 갈망이라고 하여 우리 밖의 어느 곳에 있다고 할 수는 없다. 혹은 내가 간직하고 이루어놓은 나에 대한 고정된 정체성 안에서만 건져 올리는 것도 아니다. 삶의 본질을 깨닫고 그것이 경계를 두지 않는 공간에서 자유로운 존재인 자신을 발견하는 길이다. 그러한 꿈의 기억은 자유로운 춤과 인간 본능의 원형인 신명으로 나아가게 된다. 나아가 춤은 내면적 욕구를 읽을 수 있으며 억눌려 있는 열망을 표출하는 순간을 접한다. 그러므로 춤으로 전개되는 극은 기억의 드라마로 나타난다.

2) 춤과 신명으로의 전이

신경림의 시에서 춤은 꿈의 재구성으로 나타난다. 꿈이 이루어질 수 없는 혹은 없었던 갈망이라면, 춤은 그 꿈에 이르는 길이다. 춤이 사람의 본능을 동원해 자신의 꿈을 향해 나아가는 것이라면, 꿈은 이룰 수 없었던 바람을 상상력으로 짓는 집이다. 꿈과 춤이 모두 원형, 고향에 대한 그리움, 훼손되지 않은 우주와의 소통과 자연 합일이라는 점에서 그렇다. 춤은 원래 신을 위해 생긴 것이라고 한다. "비일상의 시간과 공간 속에서 사람들은 신을 위해 근원적인 삶을 음미하면서 형태를 만들어간다. 하늘 가운데 달을 모셔놓고 그를 위해 분장을 하고, 화려한 의상과 가면을 쓰고 달의 모습을 그려가는 것"[6]으로 춤을 설명하기도 한다.

춤은 또렷한 이성의 흔적이 아니다. 그것은 '고장 난 사진기'처럼, '사진관집 이층'의 오랜 기억처럼 또렷한 형상이 아닌 잊힌 기억으로 가는 길이다. 꿈의 길은 몸과 감각의 충동으로 확장해간다. 그 꿈의 표출 형태는 이미지이거나 대상물에 대한 재현일 수도 있지만, 자신의 오랜 갇힘에서 벗어나 자유와 해방을 향한 춤으로 나타난다. "순간들이 단절된 상태로만 존재하는 것이 아니라 상호간의 작용에 의한 리듬을 가지게 되고 이 리듬에 의해서 연속적 시간으로 우리에게 체험된다"[7]면 감정이 개입된 주관적 시간이 되어 슬픔에서 자유로

---

6 한국민속학회 편, 『민속놀이, 축제, 세시풍속, 통과의례』, 민속원, 2008, 26쪽.
7 홍명희, 「바슐라르의 리듬 개념」, 『프랑스문화예술연구』 제47집, 2014, 499쪽.

움, 비정상적인 일탈에서 해방으로 다양하고 전복적인 경험을 하게
한다.

춤은 자신으로부터 이탈하여 하늘에 닿고 땅으로 다시 돌아오는
과정이다. 이것이 단절된 순간이 아닌 순환하는 시간 안에 있거나
연속적 리듬 안에서 읽혀진다는 점이 중요하다. 이성으로 체험되는
시간이라기보다는 체험과 감각으로 느끼는 몸의 시간이다. 순간 그
자체의 체험보다 연속적으로 흘러가서 체험하고 다시 돌아오는 리듬
의 의미를 깨닫는 것이다. 그것은 마치 강물이 흘러가려면 머물러 있
지 않고 일정하게 흐르고 모여서 다시 흘러가는 질서 안에서 이루어
진다. 마치 한 사람의 배우가 자신을 나가서 다시 자신으로 돌아오는
과정과 비교할 수 있다.

> 장터 싸전마당에서는 장정들
> 중씨름에 신명이 났고
> 젊은 아낙네들은
> 내 사내 닮은 돌을 찾아
> 강가에서 키들댄다.
> 오늘은 대추나무 시집보내는 날.
>
> 이것이 더 크지
> 내 것이 더 크지.
>
> 모래밭에선 처녀애들
> 둘레를 짜고,
> 비잉비잉 돌아가는

숱 짙은 머릿단, 금박댕기.
풀 먹인 무명적삼.

— 「단오」 부분(『남한강』, 61~62쪽)

리듬 안에서 상상력은 즐거움을 불러온다. 여러 요소들을 변형하여 섬세한 리듬의 자유로움을 가지게 된다. 그리하여 다양한 요소가 하나의 리듬으로 자유함을 느낄 때, 집단의 신명은 '깨달음'으로 나아간다. 춤은 중력 너머 나아가고자 하는 행위인 점에서 존재 확장, 혹은 자신의 존재를 찾아가는 행위라고 볼 수 있다. 메를로퐁티가 제시한 음악적인 것은 감각적인 관계의 동사적 역동적 사건의 표식이다. 그는 리듬을 '교직', '교차'의 '리얼리티'라고 설명한다. "그것은 비합리주의적이거나 신비주의적이지 않으며 낭만적이지도 않고, 다만 우리의 모든 경험의 구조를, 즉 인간과 사물들이 서로 영향을 주고받으면서 얽혀 있다는 사실을 가리키고 있다"[8]는 것이다.

신명 또한 천지자연을 명백히 구현하는 것 속에 사람과 삶을 깨닫는 과정이라는 설명이 가능하다. 우리의 놀이는 신명으로 나아가는 과정이 반영되어 있고, 시는 그 놀이를 통해 신명에서 깨달음으로 옮기는 과정을 보여준다. '소올 개야 소올 개야 어어디서 와왔니' 하고 반복하는 놀이에서 질문과 답으로 이어지며 편으로 나누어 놀이를 한다. 현실의 문제를 직시하게 해주는 놀이는 신명과 함께 현실에 눌

8   박준상, 『떨림과 열림 : 몸—음악 · 언어에 대한 시론』, 자음과모음, 2015, 113쪽.

리지 않고 이겨내는 과정을 담고 있다. 질문하던 편은 이제 명령을 하며 힘을 주어 논다. '가아거라 가아거라 네 나라로 가거라'로 시작하면 '모옷간다 못간다 노자 없어서 모옷간다'로 답하는데 이것은 계속 반복 변주된다.

> 가거라 가거라 가거라 오색실 오색실로 감아줄게
> 못간다 못간다 못간다 애기 안먹고는 못간다
> 애기 애기는 무슨 애기 미나리 밭의 소금쟁이
> 애기 애기는 무슨 애기 열두 대문 큰애기
> 가거라 가거라 가거라 강건너 바다건너 가거라
> 못간다 못간다 못간대 배고파 배고파 못간다
> 애기 애기는 무슨 애기 싸리밭의 오소리 새끼
> 애기 애기는 무슨 애기 메밀밭의 쌍둥이 큰 애기
>
> ―「단오」 부분(『남한강』, 62쪽)

신명풀이는 미완성의 열린 구조이다. 이것은 책이나 배움을 통해 알게 되는 것이 아닌, 구비전승의 내용을 응용하여 놀이로 자신을 깨닫는 것이며, 슬픔과 두려움을 즐거운 놀이로 변화하는 방식이 된다. 이것은 긴장된 상황에 대한 이완이자, 신명을 통한 에너지의 방출이다. 놀이는 생산과 직접 관계하지 않지만, 삶을 무의미하거나 무기력하게 살게 두지 않는 쉼과 멈춤의 미학이 되는 것이다. 엑스터시의 어원적 의미는 '자기 밖에 서기'이다. 즉 에로스는 "미지의 공간에 존재할지 모르는 가능성에 자신을 던진다는 점에서 축제적·수행적 퍼포먼스를 필요로 하는 개념이다. 그런 점에서 상상적 체현이자 자아의 경계를 넘는 타자 되기, 즉 연기를 필요로 하"[9]며 에로스적 충동과 결합하여 욕망은 "진양조에서 중모리 중중모리/다시 휘모리 잦은 휘몰이로/가빠지는 가락, 숨결"(「단오」)로 원초적인 생명력을 드러내기 시작한다.

이는 두레 풍장 울리면 농악놀이를 하던 민속놀이와 어울려 한과 슬픔을 신명으로 변화시키는 모습에서 드러난다. "신명풀이를 위해 말, 노래 춤의 형식이 동원된 결과인 굿, 탈춤, 살풀이춤, 농악, 판소리, 시나위, 민요, 산조 등 한국의 대표적인 놀이 양식"[10]과 사라진 전통을 되살려야 한다는 당위가 아니다. 민중과 민속의 문화 속에서 내재했던 그 의미를 알 때, 억지로 형식을 되살리려고 하는 것은 현대의 급속도로 나누어진 문화의 양분화를 의례적으로만 희석화시키는 것이 될 것이다. 우리의 삶의 현장에서 되살릴 때 그 원형의 신명을 찾아낼 수 있을 것이다.

칠성단 아래서 홑치마를 벗었네
벗었네 벗었네 홑치마를 벗었네
신랑 잃고 일년 만에 옥동자를 낳았네
낳았네 낳았네 옥동자를 낳았네
소년과부 수절과부 홍살문을 세워라
세워라 세워라 홍살문을 세워라

---

9   이희원, 『페미니즘 차이와 사이』, 문학동네, 2011, 104쪽.

10   이재복, 「놀이, 신명, 몸—한국문화의 정체성을 찾아서」, 『한국언어문화』 제47집, 한국언어문화학회, 2012, 13쪽.

하늘이 낸 수절과부 청살문을 세워라

세워라 세워라 청살문을 세워라

홍살문 아래서 삼승버선 벗었네

신랑 잃고 이년 만에 옥동녀를 낳았네

진샀골 새부자댁에 홍살문을 세워라

진샀골 외부자댁에 열녀문을 세워라

메기고 받고 두레삼이라

뼈 빠지는 일도 흥겹구나,

주거니 받거니 두레삼이라

힘드는 일도 신명나누나.

　　　　　　　　　── 「쇠무지벌」 부분(『남한강』, 130~131쪽)

　소년과부, 소년신랑, 수절과부 등의 관능적인 이야기는 활기찬 두
레 현장에서 더욱 신명을 내게 한다. "달아나는 것과의 놀이, 무언가
를 찾아가는 행위"[11]인 에로스는 난장판이 신명의 절정을 향해 가는데
빠지지 않는다. 아리스토텔레스의 '카타르시스'와 집단신명인 동양의
카타르시스인 '신명'은 비교 분석해야 할 필요가 있다. 이는 반복의
효과로 신명으로 가게 되는 동양의 춤과 연희들에 공통적으로 발견
되는 것이다. 한국적 움직임은 부딪혀도 돌아가며 다시 흐르는 강처
럼 이어진다.

　신경림 시의 신명이 존재하는 이유의 근원 역시 필자와 시인의 인

11　알랭 바디우, 「서문」, 한병철, 『에로스의 종말』, 김태환 역, 문학과지성사, 2015,
　　47쪽.

터뷰에서 이끌어낼 수 있었다. 「농무」는 특히 춤으로 읽혀 신체적으로 감각하게 되고, 춤의 그림으로 보이기도 하고 그 밖에 「낙타」 등 시 전반에 춤의 리듬과 보행 등 몸의 행위가 느껴졌다는 질문에 시인은 "시는 신명이 나야 한다. 어린 시절 시골의 마을 잔치는 으레 술이 있기 마련이고 취기가 오르면 마무리는 춤으로 끝났다"[12]고 했다. 그의 이야기 속에서 놀이패를 필두로 장터는 한바탕 춤판이 되는 장경을 읽을 때면, 춤의 큰 동선과 안무를 그리게 된다.

>징이 울린다. 막이 내렸다.
>오동나무에 전등이 매어 달린 가설 무대
>구경꾼이 돌아가고 난 텅 빈 운동장
>우리는 분이 얼룩진 얼굴로
>학교 앞 소줏집에 몰려 술을 마신다.
>답답하고 고달프게 사는 것이 원통하다.
>꽹과리를 앞장세워 장거리로 나서면
>따라붙어 악을 쓰는 건 조무래기들뿐
>처녀애들은 기름집 담벽에 붙어 서서
>철없이 킬킬대는구나.
>보름달은 밝아 어떤 녀석은
>꺽정이처럼 울부짖고 또 어떤 녀석은
>서림이처럼 해해대지만 이까짓
>산 구석에 처박혀 발버둥친들 무엇하랴.
>비료 값도 안 나오는 농사 따위야

---

12 필자와 신경림 시인과의 인터뷰, 2015. 10. 27. 〈표 3〉 참조.

아예 여편네에게나 맡겨 두고
쇠전을 거쳐 도수장 앞에 와 돌 때
우리는 점점 신명이 난다.
한 다리를 들고 날라리를 불거나.
고갯짓을 하고 어깨를 흔들거나.

　　　　　　　　　　─「農舞」 부분(『農舞』, 18~19쪽)

　위의 시의 무대는 시인의 고향인 충주시 노은면 연화리 장터와 보련골, 충주시 일대이다. 13대 선조 때부터 들어와 살았다는 보련골은 이 일대에서는 가장 높은 보련산 아래의 아주 신씨 집성촌이다. 산과 계곡, 적당한 크기의 들을 갖춘 이 아름다운 고장은 구한말부터 광산이 개발되면서 광산촌이 되었다. 시인의 탄생지인 입장(立場)은 광산 개발에 따라 시장의 필요성이 대두하자 큰길가에 세워진 마을이다. 농촌과 강변이 광산촌과 시장이라는 복잡한 장소가 되면서 사람들의 욕망도 부풀려지고 부풀려진 욕망은 좀처럼 채워질 수 없어 결핍을 낳는다. 그리고 그것은 욕망의 발산이 되어 춤으로 나타나게 된다. 세상 돌아가는 이야기를 하다 보면 알 수 없는 사람이 되어버린 세태와 사람들에 대한 분노와 웃음이 복합되어 취기가 오르곤 한다. 할 일 없이 술이나 마시는 남정네들은 일 나갔다 돌아오는 아낙에게 면목이 없어서 더 우스꽝스럽게 춤이나 추어 돌고 나아가서는 아낙을 붙잡아 병신춤을 추이기도 한다. 이렇게 취기가 어리거나, 파장에 국밥 한 그릇을 먹고 나면 으레 그러듯이 춤을 춘다. 어떤 절정의 장관이 아닌, 우스운 몸짓에 불과하지만 모두가 함께 한다는 것이 특색이다.

　우리의 신명이 서구의 카타르시스와 전혀 다른 것이며 신비한 어떤 것이라고 말하려는 것이 아니다. 에드워드 사이드에 의하면 오리엔탈리즘은 서구가 만들어낸 하위 종족과 영토에 붙인 이름이다. 그리고 거기에 '신비함'을 추가한다는 것이다. 오히려 위의 인용처럼 우리의 이야기와 문화에서 세계와의 관계성을 갖고 읽는 것이라고 할 수 있다. 다만 세계문학에서 별다른 존재로 취급하여 신비함을 강조하는 것도 올바르지 않다. 신명은 엑스터시를 통한 순간의 망각이 아니라, 도리어 세상의 슬픔에 참여하는 삶에서 자신을 풀어놓는 것이다.

이러한 농민들의 이해할 수 없는 세상에 대한 변방 의식은 체호프의 극중 인물들이 무대에서 현재를 살면서도 삶을 영위하지 못하다가 대단원에서 현실의 관점을 인식하는 것과 닮아 있다. 체호프도 러시아의 희극 장르인 보드빌을 사랑하였다고 한다. 그가 이룩한 보드빌의 혁신은 다음과 같다. "보드빌의 방식인 역설, 사건의 신속함, 예기치 않은 해결 등을 사용하였고 주인공들의 성격을 풍요롭게 하고, 삶의 현상을 넓고도 깊이 포착할 수 있는 새로운 수단을 열어놓았다."[13] 이러한 평가와 함께 체호프의 단막극들은 모순된 시대를 살고 불화의 시간을 겪지만 나름의 방식으로 자신들의 현재를 만들어내는 사람 이야기를 보여준다. 체호프의 단막극은 고유한 얼굴의 생생한 인물이 연극에 등장하며 사회 풍자가 등장한다는 점에서 보드빌의 오락성을 넘어서 체호프만의 특성으로 발전한다. 특히 보드빌의 웃음에 비해서 관객 자신이 스스로를 관찰하고 조롱할 기회를 제공하

---

13 김규종, 『소련 초기 보드빌 연구』, 고려대학교 출판부, 2011, 52쪽.

여 비극이자 희극이고 희극이면서 비극인 이야기를 무대화 한다. 이러한 비극적 희극과 마찬가지로 신경림의 시 역시 인물들이 구체적 현실을 살아내면서 극적 드라마성을 가지고 있다고 볼 수 있다. 리듬이 강한 행위, 극적 드라마성이 강한 인물들의 정서가 양식화되어 있다고 볼 수 있다. 체호프의 작품이 현실을 알 수 없는 것이라는 비극적 정조를 깔고 있었다면, 신경림의 시는 역사적 상상력에 의한 갈등과 갈등을 넘어서는 길을 제시한다는 점이 다르다.

여든까지 살다 죽은 팔자 좋은 요령잡이가 묻혀 있다
북도가 고향인 어린 인민군 간호군관이 누워 있고
다리 하나를 잃은 소년병이 누워 있다
등 너머 장터에 물거리를 대던 나무꾼이 묻혀 있고 그의
말 더듬던 처를 꼬여 대벽차를 탄 등짐장수가 묻혀 있다
청년단장이 누워 있고 그 손에 죽은 말강구가 묻혀 있다

생전에는 보지도 알지도 못했던 이들도 있다
부드득 이를 갈던 철천지원수였던 이들도 있다
지금은 서로 하얀 이마를 맞댄 채 누워
묵뫼 위에 쑥부쟁이 비비추 수리취 말나리를 키우지만
철 따라 꽃도 피우고 열매도 맺으면서
뜸부기 찌르레기 박새 후티새를 불러 모으고
함께 숲을 만들고 산을 만들고

세상을 만들면서 서로 하얀 이마를 맞댄 채 누워
　　　　　　—「묵뫼」 전문(『어머니와 할머니의 실루엣』, 10쪽)

113

신경림의 시가 갖는 극적 드라마성은 시적 본질과 효과를 최대한 살리면서 현대의 다양한 매체를 이용한 변용 장르로 다시 쓰기할 가능성이 큰 대목이다. 이러한 단순하지만 강한 극적 구조는 역사주의적 관점으로 리얼리티를 획득하여 더욱 대중적 스토리텔링에 근접하게 된다.

한편 대중적인 공연 형태인 뮤지컬을 보아도 그 근원이 장터나 술집에서 오락과 여흥을 위해 생겨나거나 발전된 경우가 많다.

> 프랑스의 장터극장에서는 올려진 것은 거의 코미디였고 음악과 춤, 판토마임, 아크로바틱, 마술 등도 배제하지 않았다. 민중 극장의 비싸진 입장료를 지불할 수 없게 되자 이 또한 뮤직홀로 이동한다. 작은 술집에서 가수가 노래하는 형태는 코미디, 음악, 춤, 마술, 서커스가 결합하여 소비와 배설의 공간이 되었다. 버라이어티 공연은 뉴욕으로 와서는 창고를 개조해 술 마시고 노래 부르며 스트레스를 푸는 공간이었다. 그러다 버라이어티를 순화한 보드빌이라는 공연형태가 생겼는데, 이 용어는 프랑스 장터 연극에 올려 졌던 음악극을 일컫는 말이었다. 음악과 춤과 단편적 극이 존재하였고 이후 뮤지컬 코미디로 발전한다. 뉴욕의 이민자들은 아일랜드 출신 주인공의 이야기에서 자신의 모습을 발견하고 감동하였다.[14]

대중적이며 민중적인 뿌리를 갖고 있다고 볼 수 있는 뮤지컬과 신

---

14 김광선, 『디오니소스 제전에서 뮤지컬까지 서양음악극의 역사』, 연극과인간, 2009, 129~143쪽 참조.

경림의 시는 그런 점에서 잘 어울린다. 웃고 울고 한을 풀고 춤을 추는 여흥과 향유가 신경림의 시에 가득하다면 뮤지컬만큼 관객의 향유를 위한 것이 없기 때문이다. 오페라처럼 궁중이나 귀족을 위한 것이 아니고 대중들의 기호에 맞게 발전해온 것이 뮤지컬이기 때문이다. 어렵지 않은 일상에 코미디와 로맨스가 버무려진 단순한 스토리라인에 춤과 노래와 흥겨움과 절정의 무대가 스펙터클과 함께하기 때문이다. 그것은 신경림의 시에서 강한 요소라고 인식되어온 서사는 촘촘한 스토리라인이나 플롯이라기보다는, 연희적 요소와 연희를 향유하기 위한 서사와 백과전서적인 삽화식 구성인 것처럼 뮤지컬 역시 서사를 위한 무대공연이라기보다 즐기고 함께하기 위한 것이라는 점에서 더욱 그렇다. 뮤지컬의 전사를 보면 신경림의 시의 연희성과 닿는 부분을 발견하게 되기도 한다.

2. 죽음과 부활

1) 훼손된 죽음

자신에게로 돌아가는 길이라고 할 수 있는 신화는 본래 인간의 상상력으로 되돌려주는 은유이며 그런 의미에서 시와 닮아 있다. 신화를 통해 삶을 알게 되듯, 시를 통해 삶을 이해하는 것이다. 그것이 바로 은유이며 메타포이다. 삶과 죽음의 악몽에서 헤어나는 길은, "지금 이대로의 모습 자체가 만물을 창조한 힘임을 깨닫고 고통 또한 세상이 존재하는 까닭의 일부라고 받아들이는 것"[15]이라고 한다. 그렇다면 우리는 이 악몽에서 어떻게 깨어날지가 주요하다. '죽음이 아닌 잠'에 빠진 이름(들)을 불러내고 그의 죽음을 받아들임으로써 우리는 새로 태어나는 경험을 하는 것이다. 그것이 신화에 이은 제의가 된다. 그것은 반드시 죽은 사람이 아니어도 좋다. 죽은 사람으로 취급받는 가장 낮은 자, 버림받은 자에 대한 새로운 인식과 그들을 바라봄이다.

> 그의 가난과 추위가 어디 그만의 것이랴.
> 그는 좁은 어깨와 야윈 가슴으로 나의 고통까지 떠안고
> 역 대합실에 신문지를 덮고 누워 있다.
> 아무도 그를 눈여겨보지 않는다.
> 간혹 스치는 것은 모멸과 미혹의 눈길뿐
> 마침내 그는 대합실에서도 쫓겨난 거리를 방황하게 된다.
>
> 찬 바람이 불고 눈발이 치는 날 그의 영혼은 지상에서 사라질 것이다.
> 십자가를 지고 골고다를 걸어 올라가 못 박히는 대신
> 그의 육신은 멀리 내쫓겨 광야에서 눈사람이 되겠지만.
>
> 그 언 상처에 손을 넣어보지 않고도
> 사람들은 그가 부활하리라는 것을 의심치 않을 것이다.
> 다시 대합실에 신문지를 덮고 그들을 대신해서 누워 있으리라
> 는 걸.

15 김광선, 앞의 책, 134~141쪽 참조.

그들의 아픔, 그들의 슬픔을 모두 끌어안고서.

　　　　　　　　— 「나의 예수」 전문(『사진관집 이층』, 85쪽)

　노숙자는 '나의 예수'이며, '나의 고통까지 떠안'은 자이다. 시인이 지상의 고통을 위로하는 자이기도 하지만, 그들은 우리를 위해 희생한 자이고, 우리의 고통을 끌어안은 성자라고 한다. 희생과 죽음에 대한 인식이 시집 『사진관집 이층』에서 더욱 증폭된 모습이다. 그런 희생과 죽음의 연관 관계인 고통과 부활의 관계를 살펴본다. 부활하는 그 죽음을 쫓다 보면 그들이 실재하였던가 하는 물음으로 돌아가기도 한다. 즉, 시인은 시적 주체의 부활과 회복을 이룩한다. '귀가 찢어진 사람/코가 깨어진 사람' 등 '반등신' 된 사람들이 시적 주체로 부활한다.

　　　지난 일 어이 서럽지 않겠는가,
　　　원통하고 한스럽지 않겠는가,
　　　참새 까치 굴뚝새 떼 지어
　　　느티나무에서 가죽나무에서
　　　늙은 수유나무에서
　　　새세상 왔다 청 빼어 우는구나.

　　　손 한번 잡아보자꾸나,
　　　돌아온 사람 남아 있던 사람 서로
　　　얼싸안아 보자꾸나.

　　　　　　　— 두레풍장 「쇠무지벌」 부분(『남한강』, 122쪽)

그들이 돌아오는 이유는 뚜렷하다. 이루지 못한 꿈을 찾아서, 그것을 되찾기 위해 오는 것이다. '모두들 돌아오는구나/빼앗겼던 논밭을 찾겠다고' 오는 사람들은 즐거운 신명 안으로 들어와 함께한다. '덩더꿍이 장단에 얼씨구절씨구/어깨춤 맞받이춤 발치춤 속에' 돌아온다. 한국 춤이 하늘로 향하는 춤이 아니라 돌아오기 위한 춤이라는 것을 다시 확인할 수 있다. 쇠무지벌 옛나루는 그들로 인해 다시 보인다.

신경림 시인은 등단한 뒤, 시를 쓰는 것에 대한 회의와 정치적인 문제와 방황으로 고향으로 간다. 그렇게 10년간 시인이 아닌 채로 농촌에 살면서도 그 언젠가 두 편의 씨를 쓴 적이 있다고 한다. 그때 쓴 시 「눈길」에도 울음이 있다. 하지만 울음과 웃음이 섞인 자조의 시라는 점이 특징적이다. '억울하고 어리석게 죽은/빛바랜 주인의 사진 아래서' '음탕한 농지거리'를 하다 보면 바람이 '원귀처럼 우는' 느낌에 빠진다는 이미지와 정서를 그리고 있다.

그러나 이러한 죽음의 이미지는 부활의 이미지로 전환한다. '언제부턴가 그애가 보이기 시작했다. 강나루 분교에서, 아이들 앞에서 날렵하게 몸을 날리는 그애가 보였다'는 「찔레꽃은 피고」와 같은 체험은 '오랫동안 그 애를 찾아 헤매었다'가 '언제부턴가 그애가 보이기 시작하는' 과정으로 나타난다.

신명은 춤과 음악뿐 아니라 그림의 시공간으로 보여진다. 잊었던 꿈속의 인물이 여전히 나를 기억하고 보듬으며 계속되어 있음을 인식하게 되기 때문이다. '국수 반 사발에/막걸리 채워진 뱃속/징소리 꽹과리 소리/면장은 곱사춤을 추고' 박수 치며 술동이를 엎기도 한다.

이어 자연이 숨 쉬는 것을 체험하면서 그들의 노래를 듣는다. 장면을 재현하되 묘사가 아닌 시적 화자의 가슴으로 본 양상의 세계이다. 보이지 않는 것을 보며, 들리지 않는 리듬에 몸이 움직이는 체험이다. 풍경이 내 안으로 들어온 것이다. 그리고 나는 그것을 주체적으로 바라보게 된다. 그리고 그 자연은 나에게 이제 바라봄의 대상이 아니라 가장 아름다운 모습으로 속삭인다. 너도 이와 같이 우리와 같이 아름다울 수 있다고 한다. 신경림의 율동감이 나타나는 대표적인 시 「목계장터」이다.

> 하늘은 날더러 구름이 되라 하고
> 땅은 날더러 바람이 되라 하네
> 청룡 흑룡 흩어져 비 개인 나무
> 잡초나 일깨우는 잔바람이 되라네
> 뱃길이라 서울 사흘 목계 나루에
> 아흐레 나을 찾아 박가분 파는
> 가을볕도 서러운 방물장수 되라네
> 산은 날더러 들꽃이 되라 하고
> 강은 날더러 들꽃이 되라 하네
> 산서리 맵차거든 풀 속에 얼굴 묻고
> 물여울 모질거든 바위 뒤에 붙으라네
> 민물새우 끓어 넘는 토방 툇마루
> 석삼년에 한 이레쯤 천치로 변해
> 짐 부리고 앉아 쉬는 떠돌이가 되라네
> 하늘은 날더러 바람이 되라 하고
> 산은 날더러 잔돌이 되라 하네
>
> ― 「목계장터」 전문(『새재』, 6쪽)

하늘이, 땅이, 나무가 가을볕의 시적 이미지가 소리가 되어 말을 하며 그것은 몸을 건드리는 율동의 리듬을 느끼게 한다. 자연과 나의 일치는 장자의 소요유(逍遙遊)처럼 아무것도 하지 않는 즐거움, 자연의 일치의 한 부분으로 존재하는 즐거움을 말하고 있다. 떠돌이는 자신을 찾으러 다니는 것일 수도 있지만, 자신이 갖고 있는 모든 짐을 벗어버리고 자연으로 자신을 씻기우고 싶은 마음의 표출일 수 있다. 하늘보다는 떠도는 구름, 땅보다는 흩어지는 바람, 나무보다는 잡초와 친구가 되는 잔바람이 되라고 한다. 자신의 무거움을 내려놓고 욕망도 꿈도 큰 산을 향하기보다는 이름 모를 들꽃이 되라 하고, 여울이 모질면 바위 뒤에 붙듯, 토방 툇마루에서 앉아 쉬라고 한다. 방물장수와 같은 떠돌이가 되는 것이다.

노여움의 '분'을 '박가분'으로 단장하고 천치도 되고 떠돌이도 되어 돌아다니는 방물장수는 자기 뒤에 숨는 사람이다. 그것은 자신을 버리고, 큰 것을 버리어 작은 것에 흩어지고 흘러가는 것에 몸을 맡기는 것이다. 장자에서는 우리가 익혀온 상식 등을 모두 씻어내야 자연 그대로의 상태를 회복할 수 있다고 한다. 천인합일(天人合一), 그것은 그들의 소리를 듣는 것이다. 자연은 떠돌이에게 더 먼 길을 가게 하는 힘이 된다. 그 소리를 들을 수 있는 것은 이미 오랜 시간을 떠돌다 온 나그네뿐이다. 목계장터에서는 잔바람이 되어 숨어 있는 나그네의 노래가 들린다. 세상엔 쓸모없는 사람이라도 이곳엔 자연과 함께 노는 마음이 담담하게 들어 있다. 그 마음은 가벼운 리듬으로 흘러나오게 된다.

"목계장터에서 노래한 것은 신경림 자신"[16]이라고 볼 수도 있는 이유는 보편적 시간 위에 자신의 개별적 체험을 숨기는 한, 자신의 삶은 흘러가는 강물 속에 지나지 않으며 또한 자연과 하나가 되어 노니는, 아무것도 하지 않음으로써 오히려 큰 역사의 줄기와 하나가 되는 삶을 말하는 것이기 때문일 것이다. 또한 이를 시인은 민중의 삶이고 사는 즐거움이라고 본 것이다. 그의 초기 시의 신명의 취기 어린 '막춤'은 후기 시 「낙타」에 이르면 느린 보행으로 나타난다. 죽음 가까이 그 빛과 어둠의 경계를 걷는다. 이승과 저승의 경계를 느리게 걷는 소리와 관조적 리듬으로 전환되어 감지된다.

> 낙타를 타고 가리라, 저승길은
> 별과 달과 해와
> 모래밖에 본 일이 없는 낙타를 타고.
> 세상사 물으면 짐짓, 아무것도 못 본 체
> 손 저어 대답하면서,
> 슬픔도 아픔도 까맣게 잊었다는 듯.
>
> ― 「낙타」 부분(『낙타』, 10쪽)

그가 가는 곳은 겨울비가 내리는 당숙의 제삿날 밤, 울분 속에서 짧은 젊음을 보낸, 이름 모르는 당숙이 사는 곳이다. 낙타가 그를 태우고 가는 곳은 '저승'으로 가는 길이다. '푸른 실버들에 봄 안개 서려 있

---

16 김현, 『분석과 해석/보이는 심연과 안 보이는 역사 전망』, 문학과지성사, 1992, 88쪽.

고/밤비에 진 복사꽃 쓸 이 없이 널려 있다/꾀꼬리 핀잔 속에도 잠 못 깨는 산사람'(왕유,「전원의 즐거움」)이라고 그림처럼 쓴 왕유의 시가 떠오르는 대목이다. 평온 속에 전원을 누리는 산사람이 느껴지고 산사람이 누리는 전원이 그려진다. 신경림의 시에도 기억은 시가 되고 시 안에는 그림이 있고 그림은 낡은 흑백사진으로 남는다.

> 빛바랜 사진 속에서 그들은 걸어 나온다.
> 어떤 사람은 팔 하나가 없고 어떤 사람은 귀가 없다.
> 얼굴이 도깨비처럼 새파란 처녀들도 있고
> 깡통을 든 아이들도 있다.
> 모두들 눈에 익은 얼굴이다.
> 아득한 그리움과 깊은 슬픔에 빠지면서 나도 모르는 새
> 그들 속에 뒤섞인다.
> 어울려 거리를 누비고 함께 노래를 부른다.
> 그러다가 나는 두려워진다.
> 이들을 따라 내가 저 흑백사진 속에 들어가
> 영원히 갇혀버리면 어쩌나.
> ─「이 한 장의 흑백사진」 부분(『사진관집 이층』, 50쪽)

122   이름 없는 죽음을 불러내어 상상력의 시간에서 이루지 못한 삶을 살게 하지만, 반대로 삶 속에서 죽어 있는 것들을 바라보며 다시 삶 속의 죽음인 '손들이 잡고 놓지를 않는'것을 느낀다. '장날인데도 어디고 무싯날보다 쓸쓸하다/아내의 무덤을 다녀가는 내 손을/뻣뻣한 손들이 잡고 놓지를 않는다'(「山邑紀行」,『農舞』, 58~59쪽)면서 이젠 흔적도 남지 않은 마을이지만 다시 죽음을 찾는 자가 되어 경계를

걷는다.

　죽음에 대한 죄의식과 불안을 사람들은 늘 가지고 산다. 그리고 그 죽음을 망각하려고도 하지만, 죽음에 대한 의식은 반복하여 나타난다. 그리고 삶은 죽음을 향해 가는 나그네이며 시인은 그 천명을 따라 걷는 사막의 낙타를 닮았다. '낙타'와 시인은 아일랜드 시인 예이츠의 묘비명 '말 탄 자여 지나가라'를 떠올리게 한다. 시인은 이승과 저승의 경계를 떠도는 나그네이다. 경계의 세계를 감지한 순간의 리듬은 춤이 되고 춤은 육체를 통해 정신으로 나아간다.

> 새와 벌 나비 일제히 날아오르고
> 복사꽃은 온 들판에 활짝 핀다.
> 땅과 하늘이 온통 빨갛게 물들 때
> 나 어찌 두렵지 않으랴, 그 여자 문득 깨어나
> 주섬주섬 옷 찾아 입고
> 훨훨 하늘로 날아오를지도 모르는데.
>
> 나는 깨지 않으리 이 꿈에서,
> 비록 이 꿈이 죽음으로 이어지는 것일지라도.
>
> —「몽유도원(夢遊桃原)」부분(『사진관집 이층』, 38~39쪽)

　신명은 보는 자와 춤추는 자의 경계가 윤곽이 없는 집단신명이 된다. 삶과 죽음의 경계를 넘나드는 춤은 죽음이라는 타자와 마주하는 생명의 춤이 된다. 죽음은 영원한 타자이며 그 두려움에서 헤어나지 못할 때 우리의 삶은 죽은 삶에 머무른다. 하지만 죽음을 바라보고 그 죽음에서 훨훨 자유롭게 하늘로 날아오르는 꿈을 눈으로 볼 때, 우리는 오히려 죽음을 동경하게 되고 꿈을 꾸듯 새로운 경지의 신명으로부터 주체가 된 기쁨을 느끼게 된다.

이러한 연극적 상황은 잔치가 끝난 뒤 그 여흥을 끝내지 못한 집단들에게도 나타난다. 막이 내린 가설무대, 즉 연극이 끝난 뒤에도 그들은 분을 지우지 못한 채 소줏집에서 술을 마신다. 그들은 취기와 무대의 기운을 안고 현실에 있다. 그들은 이제 배우이며 존재자로 이 삶의 무대에서 계속 분이 안 풀려 연극 안에 있다.

자학적인 분노를 풀어버리는 모습은 초라하다. 보는 사람이란 조무래기나 킬킬대는 처녀애들뿐이다. 그러나 내부에 패배감과 분노를 몸짓으로 풀어낸다. 춤을 추다 보면 세상에 대한 분노에서 자신들에 대한 자학으로 다시 자학은 우스꽝스러운 몸짓을 통해 자신과 세상을 망각해간다. 그러므로 춤은 형상과 이미지의 경계, 흐릿하나마 지워지지 않는 그 경계를 오히려 초월하며 살아내는 언어가 된다. 독자는 언어로 쓰인 시에서 그 형상과 이미지를 상상력을 통해 읽어 낼 수 있다. 이후 장시 『남한강』에서 보는 겨울밤 도깨비들의 춤처럼 그들은 우악스럽고 우스꽝스럽고 악마적이고 몰아적인 지경으로 향한다. 하지만 그것은 자신들의 초라한 몸짓에 빠지는 게 아니라 미치고 모자란 자신들을 결국 바라보게 되는 순간으로 나아가게 되는 것이다. 이것은 자신들의 갇힌 몸 안에서 나와 꿈을 향해 탈출하고자 하는 몸짓이다. 미치면 보이는 게 없지만, 미칠 때까지 뒹굴고 나면 자신이 가야 할 길이 보이는지도 모른다. '해만 설핏하면 아랫말 장정들이/소주병을 들고 나를 찾아왔다'며 화자는 어두운 밤의 시간에서 현실에서는 한줄기 빛이라곤 없는 사람들의 이야기를 한다.

막소주 몇 잔에도 우리는 신바람이 나
방바닥을 구르고 마당을 돌았다.
그러다 마침내 우리는 조금씩
미치기 시작했다. 소리 내어 울고
킬킬대고 고래고래 소리를 지르다가는
아내를 끌어 곱사춤을 추켰다.
참다못해 아내가 아랫말로 도망을 치면
금세 내 목소리는 풀이 죽었다.
윤삼월인데도 늘 날이 궂어서
아내 찾는 내 목소리는 땅에 깔리고
나는 장정들을 뿌리치고 어느
먼 도회지로 떠날 것을 꿈꾸었다.

— 「失明」 부분(『農舞』, 56쪽)

결국 시인은 춤을 추고 미친 짓을 하는 것 역시 자신의 꿈과는 다르다는 생각을 한다. 지금 이곳이 죽음일지도 모르고 친구인 장정들에게서 벗어나 다른 길로 떠날 꿈을 꾼다. 밤이 되면 춤을 추지만 더욱 어두워질 뿐이다. 죽음에 대한 두려움, 새벽이 오지 못할지도 모른다는 절망이 실명의 공포로부터 헤어나지 못하게 한다. 그것은 살아 있어도 보지 못하는 실명인 것이다. 깊은 죽음이다. 죽음은 더 이상 할 수 없음을 드러내는 가운데 자신을 깨우치고 자신으로부터 깨어나는 것이다. 시인의 죽음에 대한 인식은 죽음에 대해 기피하는 사람들의 안이함과 용기 없음을 고발하기에 이른다. 그것은 동물의 '뿔'로 공격성과 본능적 활기와 강인한 생명력 같은 것을 상징하는 시에서 자신을 찾으라고 일침을 놓는다. 자신을 찾는 과정은 죽음을 보게 하는 것이며, 죽음을 탈출하는 것은 죽음을 인식하는 길밖에 없음을 말하고 있다.

> 사나운 뿔을 갖고도 한 번도 쓴 일이 없다
> 외양간에서 논밭까지 고삐에 매여서 그는
> 뚜벅뚜벅 평생을 그곳만을 오고 간다
> 때로 고개를 들어 먼 하늘을 보면서도
> 저쪽에 딴 세상이 있다는 것을 알지 못한다.
>
> 그는 스스로 생각할 필요가 없다
> 쟁기를 끌면서도 주인이 명령하는 대로
> 이려 하면 가고 워워 하면 서면된다.
> 콩깍지 여물에 배가 부르면
> 큰 눈을 꿈벅이며 식식 새김질을 할 뿐이다
>
> 도살장 앞에서 죽음을 예감하고
> 두어 방울 눈물을 떨구기도 하지만 이내
> 살과 가죽이 분리되어 한쪽은 식탁에 오르고
> 다른 쪽은 구두가 될 것을 그는 모른다
> 사나운 뿔은 아무렇게나 쓰레기통에 버려질 것이다

— 「뿔」 전문(『뿔』, 38쪽)

"뿔은 지배력을 암시할 뿐만 아니라 본래의 기능 때문에 강력한 무기의 이미지"[17]이다. 우리가 죽음을 생각하지 않을 때 죽음은 두려움으로 다가오게 된다. 하지만 우리에게 '뿔', 즉 삶과 죽음을 맞서는 용기와 그 용기를 본래 지닌 존재임을 각성하게 되면 죽음은 훼손된 것이 아닌, '뿔'로 인식하고 원형을 내 안에서 발견하는 지혜로 존재하게 된다. 그러한 '뿔'을 망각한 채 살고 있다면 그것은 죽음의 세상, 고통의 세상에 대한 인식이 없이 주어진 삶에 순응할 뿐인 것을 말하는 것이다. 그것은 이제 혁명과 사회주의에 실패한 동구권에 가서도 본 이미지이다. 그것이 어딘들 그곳이 삶의 전부라고 믿어오며 일상에만 젖어 살아가는 군상을 상징한다.

> 어려서 좁은 통로를 통해 들어와서
> 평생 소금 짐만 나르다가
> 문득 깨닫고 보니 뼈가 굵어지고 살이 쪄서
> 다시는 나가지 못하고
> 마침내 죽어 뼈와 살이 분리되어서야
> 비로소 밝은 세상 구경을 한다는
> 비엘리치카 소금 광산의
> 말.
>
> 거울 속을 들여다보니
> 다행히도 내 얼굴이 말을 닮지는 않았다.

―「말―폴란드 비엘리치카 소금 광산의」 전문
(『사진관집 이층』, 70쪽)

---

17 질베르 뒤랑, 『상상계의 인류학적 구조들』, 진형준 역, 문학동네, 2007, 208쪽.

삶 속의 죽음을 인식하는 것은 죽음을 외면하지 않고 바로 봄에서 시작한다. 죽음을 현실에서 인식하고 망자의 죽음을 통해 현재의 삶을 바라보게 하는 것이 제의이다. "궁핍 속에 있는 인간은 그의 궁핍을 통해 우리에게 호소한다."[18] 그러나 궁핍을 모르는 그는 왜 그가 살이 쪄서 밝은 세상으로 나가지 못하는지 깨닫지 못하고 죽어간다. 그가 자신을 찾아가는 것은 자신의 이야기를 다시 살아내는 것이며 역사를 이어가는 것이다. 자신의 이야기가 단절된 어느 날 기억을 통해 자신을 깨닫게 되는 것이다. 이때 제의가 그러한 패배의 기억을 들려주는 행위가 된다. 제의는 움직이는 에너지로서의 제의적 힘을 드러내는 춤이나 진행 중인 움직임과 같은 고도로 형식화된 행동들을 요구하고 생산함에도 불구하고 신체를 개방시켜서 다른 존재로 변하기 쉽게 한다.

웃으라는구나 날보고만 웃으라는구나
부러진 목 굽은 허리 곧추세우고
해우채에 허갈진 논다니 되어
조라치 걸음 치면서 웃으라는구나

잊으라는구나 날보고만 잊으라는구나
들판에 행길에 서덜에 널브러졌던 죽음들을
담벽에 돌둑에 산울타리에 묻었던

---

18 엠마누엘 레비나스, 『시간과 타자』, 강영안 역, 문예출판사, 2004, 137쪽.

형제들의 살과 피를 잊으라는구나
먼 옛일이라 잊으라는구나

추라는구나 날보고만 곱사춤 추라는구나
잔치집 차일 밑에서 백중날 난장에서
가을 운동회날 학교마당에서
씰룩이 언챙이에 곰배팔이라
갖은 못난 짓 다 해가며 곱사춤 추라는구나

웃으라는구나 날보고만 잊으라는 구나
토시 속 채찍 반쯤 내보이며 추라는구나
날보고만 병신춤 추라는구나

— 「병신춤—춤추는 원혼의 소리」 전문(『달 넘세』, 34~35쪽)

춤은 "신체변형이나 신내림(빙의)의 연행적 표현이며, 공간을 창조하고, 신체적 환경을 초월하는 힘을 발산"[19]한다. 자신을 초월하고 자신에서 벗어날 수 있는 자만이 웃을 수 있다. 갇힌 것은 희극적 상황이고, 그 갇힘에서 놓여나는 것이 희극이다. 그것은 나 자신부터 스스로 '병신'이라는 모자란 상황으로 비워두는 것이다. 그리고 웃음을 채워 넣는 것이다. 이는 자신에게서 해방되는 치유의 기능도 있다. '자기를 해방시키'는 것이다. "사람은 페르소나를 통하여 이런 사람

129

---

19 헬렌 길버트 · 조앤 톰킨스, 『포스트 콜로니얼 드라마』, 문경연 역, 소명출판, 2006, 98쪽.

또는 저런 사람으로 보이고자 한다. 혹은 가면 뒤로 숨기를 좋아한다"[20]고 하는데, 오히려 '병신'이라는 가면으로 자신을 억압하던 강제력의 굴레에서 해방되는 것이다. 이는 장애를 가진 자의 춤으로 완성도를 향한 '높임'의 춤이 아니다. 부족한 기능과 아름답지 않은 모습에서도 신명의 표출은 오히려 자유와 해방이다. 슬픔으로 자신을 억압하는 것이 아닌, 슬픔 속에서 자신의 모습을 표출하여 해방시키는 '웃음'이다. 인생이 고통임을 부인하지 않는다. 그 받아들임에서 웃음을 웃을 수 있다.

왜 날 억지로 일으켜 세우는가
팔다리 잘려나간 험한 몸통으로
원수 앞에서 뒤뚱걸음치게 하는가
용서하라고 모든 걸 용서하라고 하는가
목에 들여댄 칼 앞에서 웃으라는가

강바람 산바람 매운 줄 너는 모른다
온갖 새울음 짐승울음 서러운 줄 너는 모른다
욕지거리 발길질 아픈 줄도 너는 모른다
서른 해 그 긴 죽음 지겨운 줄 너는 모른다

왜 그 모든 걸 다 잊으라는가
인연 없는 낯선이의 팔에 매달려
우쭐우쭐 허재비춤을 추게 하는가

---

20 C. G. 융, 『인격과 전이』, 한국융연구원 역, 솔, 2004, 143쪽.

원수들의 큰 웃음소리 속에서
원통한 날 왜 두 번 죽게 하는가

내 누웠던 강가로 되보내다오
그 차디찬 흙 속으로 되보내다오
밤마다 팔다리 없는 몸통 흙 털고 일어나
천리 만리 원수 찾아 날아가리니
원수의 칼날 앞에서 억지로 웃는 내 입에
날선 낫 한 자루 물린 걸 너는 모른다

— 「북한강행 3」 전문(『가난한 사랑노래』, 53~54쪽)

민통선 안의 원혼의 이야기를 쓴 시처럼 억울한 죽음을 기리는 시
가 많음은 실제 시인의 삶에서 듣고 본 죽음에 기초한다. 신경림은
'내게 글을 쓸 기회가 주어지면 제일 먼저 광산에 관계되는 것을 쓰리
라'고 생각하게 된 것이 광산의 낙반 사고로 전신불수가 된 마을의 릴
레이 선수의 모습을 보고서였다고 한다. 다시 광산으로 헤매면서 돌
아다니다가 이후 시인의 기회가 다시 주어지자 그는 1950년대 전쟁
이 남긴 상처를 쓴다.

131

그날 끌려간 삼촌은 돌아오지 않았다.
소리개차가 감석을 날라 붓던 버럭 더미 위에
민들레가 피어도 그냥 춥던 사월
지까다비를 신은 삼촌의 친구들은
우리 집 봉당에 모여 소주를 켰다.
나는 그들이 주먹을 떠는 까닭을 몰랐다.

밤이면 숱한 빈 움막에서 도깨비가 나온데서

칸델라 불이 흐린 뒷방에 박혀

늙은 덕대가 접어 준 딱지를 세웠다.

바람은 복대기를 몰아다가 문을 때리고

낙반으로 깔려 죽은 내 친구들의 아버지

그 목소리를 흉내 내며 울었다.

전쟁이 끝났는데도 마을 젊은이들은

하나하나 사라져선 돌아오지 않았다.

빈 금구덩에서는 대낮에도 귀신이 울어

부엉이 울음이 삼촌의 술주정보다 지겨웠다.

— 「廢鑛」 전문(『農舞』, 48쪽)

　"우리들 자신의 잠이 회상보다 더 깊은 꿈을 우리에게 가져다 줄 때에만, 그들은 눈을 뜨는 것"[21]이듯, 시인에게 시를 쓰는 이유는 '훼손된 죽음'과 '사라지는 기억'을 복원해내기 위한 살풀이자 이루지 못한 꿈의 대리 실현이다. 꿈은 이루지 못한 것에 대한 갈망에만 그치는 게 아니다. 회상보다 더욱 깊은 꿈속에서 우리는 나를 깨우는 살아온 자를 만나게 된다. 이것은 정치적 무의식이라고 볼 수 있다. 정치적 무의식은 "개인적 심리와 연관되어서 억압된 채 드러나는 욕망이나 충동이라기보다는 오히려 집단의식"[22]이다. 그 역사의 악몽들은

21　가스통 바슐라르, 『물과 꿈』, 이가림 역, 문예출판사, 1998, 125~126쪽.

22　정윤길, 「제임슨과 무의식」, 『현대사상』 11, 대구대학교 현대사상연구소, 2013, 157쪽.

다시 살아나 우리를 찾아온다.

눈 오는 밤에
나를 찾아온다.
창 밖에서 문을 때린다.
무엇인가
말을 하려고 한다.

꿈속에서
다시 그를 본다.
맨발로 눈 위에 서 있는
그를.
그 발에서
피가 흐른다.

안타까운 눈으로
나를 쳐다본다.
내게 다가와서 손을
잡는다.
입 속에서
내 이름을 부른다.

잠이 깨면
새벽종이 운다.
그 종소리 속에서
그의 목소리를 듣는다.
일어나

창을 열어 본다.

창 밖에 쌓인
눈을 본다.
눈 위에 얼룩진 그의
핏자국을. 그
성난 눈초리를.

— 「그」 전문(『農舞』, 36~37쪽)

'눈 위에 얼룩진 그의/핏자국'과 '성난 눈초리'를 기억한다면, 지금의 삶에서 죽어지내는, 즉 잠에 빠진 나를 그대로 둘 수 없다. 그가 부른 내 이름은 '본래의 나'이다. 잠을 깨고 나의 본래로 돌아가는 것이다. 우리의 무의식 속에 존재함으로서의 '잠'이 내 의식의 '잠'을 깨우고 눈을 뜰 때, 죽은 자들도 깨어나 내 안에서 나가게 할 수 있다. 죽은 자들이 찾아오는 것 같지만, 내가 죽은 자들을 잠자는 내 자신의 안으로 찾아가는 것일지도 모른다.

죽음을 불러내어 부활하게 하는 과정, 그리고 그러한 과정에서 자신들의 정체성을 찾는 과정이 있다면 그 반대의 상황이 현실이기도 하다. 즉, 그들이 처한 현실이나 고난의 역사가 얼마나 소중한가를 잊고 사는 것, 그리고 자신의 삶의 뿌리가 온통 뽑히고 행복했던 기억들이 강제로 인해 모두 수몰된다고 해도 힘없이 순응한 채, 정체성을 형성하는 모든 기억들을 잊고 잠 속으로 들어가는 것이다. '당숙의 무덤은 공동묘지에 있다/강물은 공동묘지를 돌아 흐른다'의 묘사는 강물은 공동묘지를 기억하되 흘러간다는 것이다. 그리고 '강물은 그

의 딸이 사는/방 두 칸 함석집을 돌아 흐른다.' 그러나 강물이 기억하
며 흐르는 것과 달리 딸은 기억에서 멀어져간다.

강물은 해발 구십 미터
제일차 수몰선을 넘실대며 흐르고
연속극 속에서는 사랑놀음이 한창이다
아낙도 웃고 연필을 꼬나쥔 큰놈도 웃는다

이 집이 물에 잠겨도
잃을 것도 버릴 것도 없다 한다
보상금 받아 도회지로 나가 방을 얻고
논밭일 발뺀데서 오히려 꿈이 크다

길쌈 잘하고 수다스럽던 내 당숙도
야밤에 반봇짐을 싼 제 어미도
생각나지 않는다 한다
어느 겨울 반송장으로 제 새끼 찾아왔던
그 어미가 생각나지 않는다 한다

물살에 밀려 돌이 구르듯
어차피 한평생 그렁저렁 가는 거라고
강물은 공동묘지를 돌아 흐르고
제일차 수몰선을 넘실대며 흐르고
얼룩진 한세월을 품에 안고 흐른다

　　　　　　　―「강물 2」 부분(『달넘세』, 55~56쪽),

아리스토텔레스는 "'하마르티아(hamartia)'에 따르는 '깨달음'은 '무지에서 지식으로의 극적 변화'이며, '극적'이라는 말은 그러한 깨달음이 너무 뒤늦게 생겨 고통이 따른다"[23]고 하였다. 인간은 자신을 열때, 운명을 알 수 있다. 운명의 인식과 깨달음이야말로 무의식 속에서 잠자던 자신을 일으킨다. 그것을 일러주는 것은 자신 안의 무의식이거나 자신을 찾아온 죽음(자신이 불러야 할)이다. 깊은 자신을 향해 나아가는 것이다. 떠남이 아니라 돌아옴을 통해 자신을 바라보는 것이다. "길이 밖으로가 아니라 안으로 나 있다는 것"(「길」, 『쓰러진 자의 꿈』, 8쪽)을 알게 될 때 그리고 다만 우리가 알지 못하였던 것이라는 것을 알게 되는 깨달음이다.

죽음과 관련하여 신화는 미래를 말하는 측면으로는 금기를 이야기하고, 회고적 측면을 보여줄 때는 긍정적이다. "죽음의 해결책을 원하면 들어라, 느껴라, 만져라, 보라, 맛보라"[24]고 한다. 부활이 이루어지는 순간을 바란다면 주인공은 죽을 수밖에 없지만 부활이 가능하려면 죽음을 외면할 수는 없는 것이다. 훼손된 죽음을 제의로 되살리는 일은 죽음의 주인공을 살려내는 일이 아니라 살아 있는 사람들의 부활로 옮겨갈 것으로 추측된다. 신경림의 시에서 오랫동안 느티나무가 자라고 있고, 강물이 흐르며, 별이 보이는 깊은 밤하늘이 펼쳐지는 긴 역사 동안 삶의 깨달음과 죽음을 맛보고 새로운 삶을 살게 하는 주인공은 이미 삶의 주인공이던 아버지와 어머니, 할머니와 할아버지

23 이상섭, 『아리스토텔레스의 「시학」 연구』, 문학과지성사, 2002, 210~211쪽.
24 레비-스트로스, 『신화학 1 ― 날것과 익힌 것』, 임봉길 역, 한길사, 2005, 344쪽.

를 보낸 뒤이다. 그리고 자신도 고향으로 돌아가야 함을 깨닫게 된다. 세상살이 구경하던 삶에서 다시 보듬고 감싸 안던 고향으로 돌아가는 길이다. 세상으로부터 부딪치며 받은 상처를 보살피며 생명을 얻는 것이다. 레비나스에 따르면 "주관성은 개인을 참된 주체로 만들어주는, 타자에게 책임지는 존재"[25]라고 한다. 나의 현존은 타자에 대해 책임질 수 있음으로 해서 죽음에서 깨어나 자신이 되는 것이다.

2) 부활의 주체

사람들은 죽음을 훼손된 기억으로부터 다시 재생시켜냄으로써 아픈 기억을 치유하게 된다. 제의를 통해 현실의 삶도 다시 정화된다. 그러나 사람들은 죽음으로부터 쉽게 도피하게 되기 마련이다. "행동한 것과 그렇지 못한 것 후회하는 것과 시도한 것들이 혼란으로 얼룩진 우리의 인생은 설명할 수 없는 죽음과 맞닥뜨릴"[26]때 단절을 경험한다. 이때 고독한 인간들은 공동체의 제의를 통해 고독으로부터 벗어나려고 한다. 그것은 제의적 행위이거나 일상을 벗어나는 일탈의 축제가 되기도 한다. 크리스테바에 의하면 개인은 특수성을 표현할 수 있는 동시에 종족의 일원이 될 수 있는 인간성을 포기하지 않는다고 한다. 그 방법은 반항이라고 말한다. 반항이 "열정과 회의의 가능

---

25   정화열,『몸의 정치』, 민음사, 1999, 25~26쪽.
26   옥타비오 파스,『멕시코의 세 얼굴』, 황의승 · 조명원 역, 세창미디어, 2011, 81쪽.

성, 탐구의 즐거움을 살아남게 할 수 있다고 믿는다"[27] 함은 정신과 규율이 아닌 세계에서가 아닌 우리가 물려받은 언어로부터 끝까지 찾고 발굴해야 한다는 것이다. 그때 구비문학과 몸짓의 언어 특히 춤은 큰 역할을 수행한다.

춤은 몸 연극의 수행적 미학을 논하는 현재의 포스트모던 연극에서 주요하게 다루어진다. 이분법적 관점에 변화가 일어나기 시작한 것은 사실주의 연극에 대한 저항 담론으로서 제의, 의례 등에 관심을 기울이면서부터이다. 제의에서 빠질 수 없는 춤은 사람들을 '불'처럼 소진시켜 죽음을 통해 다시 깨어나기를 바란다. 즉 세상과의 소통이다. 죽음에서 새로 태어남은 자신의 옛 자아에 갇힌 자아(들)을 일깨운다. 그런 소진된 자아에서 다시 태어난 자아는 자신이 보아온 삶을 다시 보게 된다. 그러자 일상의 사람들, 일상의 시작과 끝이 모두 다시 보인다. 태워 없앤 그 자리에서 다시 피어나는 안개와 햇살로 확장되는 체험이다.

> 이 모든 것들이 하얀 잿가루로 펄펄 펄 공중에 날린들, 물 대신 불이 있어서, 그리운 것이며 따뜻한 것들을 깡그리 태워 없애는 불이 있어서.
> 내 형해조차 남기지 않고 태워 없앨
> 이 지상에는 불밖에 없어서.
>
> ─ 「불」 부분(『뿔』, 51쪽)

신경림 시의 연희성 연구

27　노엘 맥아피, 『경계에 선 줄리아크리스테바』, 이부순 역, 앨피, 2007, 218쪽.

'할머니가 구워주는 국수 꼬랑지를 먹으러/오고가는 길을 두려워하지 않은 이유는 '가게마다 대롱대롱 매달린 전깃불' 때문이었다. 길을 갈 수 있는 것은 길을 밝혀주는 불 덕분이다. 불이 동무가 되어준다면 열린 체험이 가능한 것이다. 크리스테바에 따르면, "주체성은 개방적 체계이며, 무에서 생겨나는 게 아니고 운동성"[28]이다. '불'로 인한 자각으로 주체를 깨닫듯, 잔칫날 북새통의 시간을 자신에게 수용하게 되며 타자로 향한 열림의 과정이 주체화의 과정이며, 주체를 깨닫는 순간은 어두운 밤길을 걸으면서도 새파란 칸델라 불빛을 도깨비불처럼 바라보는 상상력에 의하여 자신의 깊은 곳을 바라보게 되는 시간이다.

장날이 우리 집은 그대로 잔칫날이었다.
아버지 광구에서 일하는 광부의 아낙들이 몰려와
아침부터 할머니와 어머니는 국수를 삶고 전을 부쳐댔고
아이들까지 따라와 종일 북새를 쳤다.
억센 사투리로 늘어놓는 돈타령 양식 타령이
노래판으로 바뀔 때쯤엔 남정네들도 하나둘 나타나
어느새 마당에서는 풍물이 벌어지기도 했으나
이런 날일수록 아버지는 늦어서야 돌아왔다.
할머니를 따라가 광에서 홀쭉한 쌀자루를 들고
사내와 아이들을 챙겨 뒷문을 나서는
아낙들의 어깨는 축 쳐져 있었다.

---

28 위의 책, 166쪽.

이윽고 어둠이 깔리기 시작한 마을 뒷길에서
새파란 칸델라 불빛이 도깨비불처럼 흔들렸다.

— 「불빛」 부분(『사진관집 이층』, 12~13쪽)

무엇인가가 만들어지기 위해서는 과정이 필요하다. 불은 그 과정과 완성의 임무를 다한다." 성장과 발전의 시기마다 불이 존재한다. '어려서 나는 램프불 밑에서 자랐다'와 '새파란 불꽃을 뿜는 불', '가겟방의 휘황한 불빛' 등은 문명 속에서 그가 세상을 알고 시작하여 다시 돌아오는 지점이기도 했다. "램프는 유년의 추억을 되살린다. 램프는 모든 거처의 중심이고 정령이다."[29] 그 램프의 기억에 '어머니와 할머니의 실루엣'이 있고, 신경림 시의 '어머니'와 '아내' 등의 여성 원형이 있다. 유년기와 청년기를 기억하게 하는 자각인 것이다.

『남한강』의 연이를 앞에서 '강', '물'의 상징적 원형으로 읽었지만, 자연적 생명력은 그저 흘러가는 세월 속에 수동적으로 존재하는 것이 아니다. 그것은 '불'이라는 욕망의 부딪침과 깨우침 속에서 빛으로 나올 때 현실을 딛고 나온다. 그것은 밖으로의 탈출이 아니라 오히려 현실에서 잠자는 깊은 내부를 들여다볼 수 있게 되는 것이다. '이제사 꿈에서 깨어났구나' 하던 연이는 역시 문명의 힘이 아닌, 문명을 벗은 자신, 문명 속에서도 구애받지 않고 자신의 길을 개척하는 모습으로 나타난다. 헐벗은 각자의 존재가 하나가 아니고 어디선가 하나로 이어지며 온몸으로 다시 탄생하는 순간임을 알게 된다. 벌거벗은 존재,

신경림 시의 영화성 연구

140

---

29 가스통 바슐라르, 『촛불의 미학』, 이가림 역, 문예출판사, 2010, 39~40쪽.

그는 결핍이 아니라 오히려 하나로 만날 수 있는 공간이다.

> 나무들이 실오라기 하나 걸치지 않고 서서
> 하늘을 향해 길게 팔을 내뻗고 있다
> 밤이면 메마른 손끝에서 아름다운 별빛을 받아
> 드러낸 몸통에서 흙 속에 박은 뿌리까지
> 그것으로 말끔히 씻어내려는 것이겠지
> 터진 살갗에 새겨진 고달픈 삶이나
> 뒤틀린 허리에 밴 구질구질한 나날이야
> 부끄러울 것도 숨길 것도 없이
> 한밤에 내려 몸을 덮는 눈 따위
> 흔들어 시원스레 털어 다시 알몸이 되겠지만
> 알고 있을까 그들 때로 서로 부둥켜안고
> 온몸을 떨며 깊은 울음을 터뜨릴 때
> 멀리서 같이 우는 사람이 있다는 것을
> ─「裸木」 전문(『쓰러진 자의 꿈』, 10쪽)

'꺾인 목 잘린 팔다리 끌고 안고/밤도 낮도 없는 저승길 천리 만리/ 편히 가라네 날더러 편히 가라네' 씻김굿으로 떠도는 원혼을 불러내 어 보내주고, 자신이 그 죽음을 연희하면서 새로 태어난다. "씻김굿 은 전라도 지방에서 많이 하는 굿으로, 원통한 넋을 위로해서 저 세 상으로 편히 가게 하는 것이 목적이다."[30] 죽음에 대한 공포는 원통한 넋과의 대면에서 그로테스크하게 묘사된다. 그것은 삶에 대한 공포

---

30 신경림, 『달 넘세』, 창작과비평사, 1985, 51쪽.

로 이어지기도 한다. 이러한 어둠의 시대를 살면서 공포를 굿이라는 형태로 연희하는 과정에서 해방감을 맛보게 되는 것이다. "그로테스크는 현세의 공포를 불러내 그것을 정복하는 일이다. 조소와 더불어 섬뜩함을 유발하는 이유는 질서의 세계가 생경한 것으로 변하기 때문"[31]이며 유희와 웃음만이 아니라 괴기함, 섬뜩함이 있다. 그를 일부러 체험하고 집단적으로 공유함으로써 공포로부터 벗어나는 해방의 시간인 것이다.

또한 장터와 학교 마당에서 일손을 놓고 열림굿에 모여드는데, 풍물이 빠지지 않는다. 음식은 필수이다. 누구나 평등하게 모인다. 쫓겨났던 사람, 도망갔던 사람, 이 시간에는 모두 모여 함께 천지신명에게 빈다.

쫓겨났던 사람 도망갔던 사람
눌려살던 사람 숨어살던 사람
다 돌아와 여기 모여서
비나이다 비나이다 산신님 용왕님
천지신명께 비나이다
올해도 풍년 들고 내년 후년에도 풍년 들고
뱃길 물길 무사 평안하고
내년 후년에도 무사 평안하고

---

31 볼프강 카이저, 『미술과 문학에 나타난 그로테스크』, 이지혜 역, 아모르문디, 2011, 71쪽.

제관 따라 노인네들
먼저 절하고 음복하고
젊은이들 아낙네들 아이들
풋과일로 대신 음복하고 나면
제사는 끝나,
상쇠 쇠가락 치며 나서서
한바탕 너름새를 늘어놓는데
그게 꼭 산신님 용왕님에다 천지신명의 소리다.

열리리로다 열리리로다
곡식과 과일이
천지 가득 열리리로다
돈길 복길 뱃길이
백두산 꼭대기까지 열리리로다
처녀 총각 시집가고 장가갈 길
동해로 서해로 열리고
복 들어오는 문
돈 들어오는 문
활짝활짝 열리리로다.

　　　　　— 열림굿 「쇠무지벌」 부분(『남한강』, 147~148쪽)

굿의 과정을 그대로 보고 있는 듯한 전개로 이루어진 부분이다. 길
흉화복을 천지신명에게 빈다. 신명이란 하늘의 뜻을 밝히 알고자 하
는 것이니 자신들의 일상에서 신의 세계로 열리길 원한다. 그리고 그
문으로 풍요가 넘치길 바라는 것이다. 모든 부족한 것에 저항하고 모
든 불안과 공포에서 억압된 것을 풀어내고자 한다. 이 이루어지지 않

는 꿈에 대한 원망을 비는 행위는 예술과도 같다. 그것은 혼자가 아닌 집단적인 힘으로 가능하기에 소통 행위이기도 하다. 굿은 "삶을 돌아보는 일이다. 풍물 굿은 광대로 살 것을 주문하고 있다. 영혼을 담는 인물이 되어 많은 사람들이 깃들 수 있게 된다"[32]고 하듯, 개인적인 돌아봄이자 집단적으로 함께 서로를 품고 아우를 힘을 갖고자 하는 각성이 되는 것이다. 그리고 광대가 되는 길인데, 나 자신을 내어주는 희생을 통해 타자를 우선하여 받아들이기 때문이다. 타자를 위한 광대, 그것은 좀 더 큰 영혼을 소유하는 길이다.

마당에 열림굿을 보려고 모두 모여들어 제문과 기도가 오르고 쇠가락을 치자 천지신명의 소리가 울린다. 집단이 함께 기도하고 용왕님의 소리를 재현하는 자가 복을 내린다. 그리고 모두가 열린 공간 속에서 열린 몸과 마음으로 하나가 된다. 숫처녀, 소년과부, 쌀 곳간, 돈 궤짝을 열라는 희극적 요소까지, 하나의 주술에서 신명으로 신명에서 공동체가 열려 하나가 되는 미래적 소원을 빌게 되는 것이다. 그것은 길흉화복으로서의 소망뿐 아니라, 당면한 현실에 대한 마을의 의논이 오고 가는 자리이기도 하다.

열림굿 마지막 판은 동네일 의논이라,
늙은이 젊은이 남정네 아낙네 구별 없이
오늘의 제관을 빙 둘러싸고
앉고 혹은 서서 동네일 애기한다.

---

32   노수환, 『상쇠』, 학민사, 2008, 36쪽.

농사일 얘기하고

두렵내 겹네 다시 짤 일 궁리하고

상포계 동갑계 되살릴 일 얘기하고

진샛골 왜부자

빚으로 **빼앗아간** 동네논 엿 마지기

선뜻 되내놓는다는구나.

이 소리에 웬일이냐 쇠가락 한바탕 울리고.

뒷산 왜솔숲 동네산으로 내놓으니

갈퀴나무 고주박 마음대로 해다 때라는 소리에

개갯갱 개갯갱

쇠가락 다시 한바탕 울린다.

　　　　— 열림굿 「쇠무지벌」 부분(『남한강』, 152~153쪽)

　　열림굿을 통해 기쁨의 세상이 열리고 공동체의 열기가 형성된다.
시는 신화적 단계에서 제의적 단계로 접어들고 공동체의 새로운 세
상으로 전복된다. 이것은 우리가 갈망하는 영웅담으로서만이 아니
라, 제의를 통해 나를, 우리를 향해 찾아오는 것을 받아들이는 것이
다. 이것은 깊숙한 길로 안내하는 것이며 황홀경을 체험하는 것이다.

　　　네 눈을 통해 나는 네 내부 깊숙한 곳으로 잠입한다.
　　　거기 푸른 숲도 있고 하얀 길도 있고 붉은 꽃밭도 있어 우리는
　　함께 걷기도 하고 누워 별을 보기도 하고 진종일 뒹굴기도 한다.

　　　그러다가 나는 내가 흔적도 없이 사라지고 만 것을 안다.
　　　나는 놀라 문을 두드리고 발버둥치지만 너는 눈을 굳게 감은

채 완강히 나를 일상 속으로 되돌려 보내기를 거부한다.

나는 황홀하다.

— 「황홀한 유폐(幽閉)」 전문(『사진관집 이층』, 40쪽)

시는 인식이지만, 온몸의 감각과 에너지로 생명으로 쓰는 것이다. 우주의 깊은 것과 조우하자 나는 나의 갇힌 자아를 찾으려는 두려움으로 몸을 떤다. 뮤즈는 시를 내 안에서 쓰게 하고 최고의 경지에서 일상으로 나아가기를 막고자 한다. 명상의 순간이며 황홀의 순간이고 최고의 무아의 경지인 신명으로 다시 태어난 것이다. 그것은 죽음이라는 두려움을 넘어선 이후에 가능하다.

"바보, 광인, 광대, 불구자, 이방인, 여성 등에 대한 연구가 늘어나고 있다. 규범, 정전, 경전에 대한 도전은 서구중심주의, 엘리트주의, 남성위주를 반대하고 제 3세계문학, 소수민족 문학, 대중 문학, 여성 문학, 변두리 문학 등의 중요성을 증가시켜 주었다"[33]는 현대의 흐름은 제의적 연희성이 동양적 틀에 머무르는 게 아니라 새로운 문학으로 다시 쓰일 수 있음을 말해주고 있다. '창돌 애비가 죽던 날은 된서리가 내렸다/상밥집에서 선술집에서 다시 만났을 때/네 눈 속에 타고 있는 불길을 나는 보았다(「친구여 네 손아귀에」, 『농무』, 94쪽)'는 것은 제의적 연희성으로 죽은 이와의 대화와 이승과 저승의 경계에서의

---

33 정정호, 『탈근대 인식론과 생태학적 상상력—섞음의 미학과 퍼뜨림의 정치학에 관한 에세이』, 한신문화사, 1997, 88쪽.

상상력이 중요하다. 그리고 그것은 이후 대화성으로서 다성악적 목소리의 문학으로 발전되는 것이다. 다성적 목소리를 내는 것은 장터에서 목소리로 이어지는 장돌뱅이의 삶과 이야기이며 노래가 된다. 「어허 달구」(『새재』, 7쪽)에서처럼 노래하며 살다 파장 뒷골목에서 죽음 되어 사라지는 것이다. 그리고 그것은 '사람이 산다는 일 잡초 같더라' 하고 오늘의 시간을 살며 웃어넘기는 장터 사람들의 삶과 웃음으로 승화되는 것이다.

죽음과 시간은 외로운 경험이 아니다. 죽음을 통해 억울하게 죽은 이웃과 이루어지지 못한 꿈을 다시 보게 됨으로써 완고하게 갇힌 자신의 아픔과 한으로부터 삶으로 깨어 나오게 된다. 그것은 이웃과 역사와의 마주침이고 타자와의 관계 속에서 회복되는 자아의 체험이 되기도 한다. 또한 이러한 죽음에서 부활에의 감각과 인식은 순간적이고 감각적인 체험이다. 그것은 제의를 통해서, 혹은 일상에 익숙한 사물과 자연에서 불현듯 깨닫게 되는 열린 사고와 분위기에서 가능하다. 꿈의 기억이란 면에서 앞장에서 설명한 조이스의 에피파니[34]는 아주 사소한 사건에서 시작하여 깨닫는 인식의 순간이다. 이것은 닫힌 개인에서 벗어나 세상으로 문이 열릴 때 접하게 된다. 이때 죽음과 맞닥뜨리는 것과 그를 위한 춤과 신명, 그리고 잊혀지고 억눌린 꿈은 한순간에 세상으로 나와 타자와 하나가 되어 개인을 깨워주

---

34 순간적으로 계시를 느끼거나 비전을 보게 하는 직관적 경험을 가리키는 것, 그런 경험을 기록한 글. 전은경 외, 『조이스 문학의 길잡이―더블린 사람들』, 동인, 2005, 50쪽 참조.

고 공동체를 하나가 되어주게 하는 것이다. 조이스가 '마비'라고 설명한 죽음은 신경림의 시에서는 '춤'이라는 치유를 통해 부활로 향하게 된다.『더블린 사람들』의 모티프인 죽음이 흔들리는 정체성을 통해 마침내 변화의 순간을 맞는 것처럼, 죽음의 모티프를 통해 산 자들의 각성을 가져오는 것이 신경림 시의 제의적 연희성이라고 할 수 있다.

제4장

유희적 연희성

1. 공동체의 축제

1) 장터 문화

신경림 시인과 필자와의 인터뷰는 신경림 시의 연희성 연구에 대한 모티프를 발전시켜 맥락을 더욱 다지는 일이었는데, 특히 유희적 연희성이 그렇다. 시 안에 '놀이'가 있음을 발견하고 그것이 다른 시와 다른 점이 무언지 찾아내게 된 것이다. 신경림 시인은 시란 결국 언어의 놀이, 즉 말놀음으로 본다고 하였다. 그러므로 시 읽기는 시 안의 놀이를 내포한다. 그러나 오히려 자칫 시 읽기를 다른 매체로 표현할 때 시의 본질이 잘 전달되지 않을 수도 있을 것이다. 즉, 시 안의 연희, 즉 언어와 문자 안에서 놀이성을 찾아야 하는 것이 시를 다른 매체로 전환하기 전에 우선해야 할 것이다. 그러므로 유희적 연희성 연구 역시 시 안에서의 요소를 찾고자 한다.

신경림의 시 안에는 장돌뱅이나 악사들이 이야기와 노래가 있다. 그리고 그 두 가지 노래와 이야기를 엮는 방식은 어린 시절에 영향을 받은 것으로 알려져 있다. 그밖에 고향의 마을 잔치 때마다 가설무대를 차려놓고 연극을 하던 모습을 기억하는 시인에게는 비주류 연극, 가난한 사람들이 향유하는 연극에 대한 기억이 존재하며 「농무」를 비롯한 시에서 희미하게 나타나기도 한다. 분을 바른 농악대의 모습과 그들이 마을로 나아가며 열린 무대를 향하는 동선 등이 그러하다.

신경림의 시가 갖는 유희적 연희성은 공동체의 축제의 특징을 갖고 있으며 바흐친의 카니발 이론과도 비교 가능하다. 바흐친은 중세 라블레의 저작을 분석하고 그를 통하여 민중문화의 원천을 탐구하려 했던 러시아의 이론가이다. 바흐친은 특히 카니발이라는 민중 문화의 특성을 강조하였다. 카니발은 "공식적인 삶의 외부에 세워진 세계이다. 거꾸로, 반대로, 뒤집은 논리, 끊임없이 자리를 바꾸는 논리, 패러디와 풍자, 격하, 모독, 익살 같은 형식들이 특징"[1]이다. 바흐친에 의하면 카니발화된 언어가 가장 많이 사용되는 곳은 사람들이 많이 모이는 길거리나 장터에서이다. 중세기와 르네상스 시대에 걸쳐 장터는 공식적인 행사로부터 유리된 채 그 자체로서 독립된 공간이었다. 자유롭고 친근한 분위기는 속박되었던 언어도 해방시킨다. 장터 문화는 장터에서 수행되는 모든 놀이와 음식과 그리고 술과 입담 등이다. 그것은 음악에서의 다성악이라고 할 수 있다. 공동체의 일상

---

1   미하일 바흐친, 『프랑수아 라블레의 작품과 중세 및 르네상스의 민중문화』, 이덕형 역, 아카넷, 2001, 34쪽.

이 그대로 예술화하는 것이다. 뚜렷한 배역의 주인공이라는 등장인물이 극화되어 무대에 오르는 〈로미오와 줄리엣〉같은 서구의 연극과 달리, 동양 연극에서는 '집단성'(합창) 혹은 '참여자'의 대화성이 중요했다.

우리의 장터 문화도 카니발과 같이 민중들이 고립된 개별성에서 벗어나 상호 소통과 역동적 관계를 형성한다. 신경림은 자신의 서정을 주관적으로 노래하기보다는 장터 문화의 현장을 떠돌며 행인의 시선으로 그들을 바라보고, 그들과 대화하는 만남 속으로 들어간다. 카시러에 의하면 "어느 원시 종족이 '일한다'라는 말과 '춤춘다'라는 말을 구별 없이 같이 쓰고 있다는 것은 춤 또한 풍농을 보장한다는 원초적 인식 때문이"[2]라고 한다. 이렇게 시의 주인공으로 나타나는 인물(들)은 집단의 노동과 삶의 슬픔을 각각 노래하고 있으며, 그 안에서 어느덧 시인의 개인적 슬픔과 아픔도 집단적 주인공들과의 만남과 대화에서 읽혀지는 형태를 나타내고 있다. 시인이 민요를 따라 전국을 기행한 것도 사람을 좋아하고 사람을 만나 이야기를 들으려고 했던 것이다.

카니발(축제)은 소란스런 잔치로서 음식과 술이 넘쳐났으며, 사회적으로 용납되지 않는, 규범, 직위, 역할, 가치관 등의 전도가 가능하였다. 바흐친은 라블레의 작품을 소개하면서 "무익한 과식은 뒤집어 보면 무위에 대한 찬양"[3]이라고 한다. 여가를 즐기는 놀이, 장터에서

151

---

2   한국민속학회 편, 『민속놀이, 축제, 세시풍속, 통과의례』, 민속원, 2008, 65쪽.
3   이득재, 「바흐친, 축제, 놀이」, 『영남대학교 인문과학연구소 학술대회』, 영남

나누고 쉬는 삶, 먹고 취하고 사는 이야기를 나누다 게으르게 일어나 함께 먹는 행위야말로 무익하고 무위하지만 카니발의 본질인 것이다. 장터에는 사람도 많고 술도 있고 먹을 것도 많다. 카니발적 흥취, 즉 함께 먹고 즐기고 나누는 것은 신경림의 시에도 풍부하게 들어 있다. 민중-축제, 장시는 시장의 교환경제와 거리가 멀다. 약장수, 호객꾼들은 상품이 아니라 물건들의 이름을 불러댄다.[4] 이처럼 신경림에게도 장시는 농촌에서 농사를 지어낸 것들을 먹고 마시고 신기한 물건들을 재밌는 이에게 주고받으며 주막에 들러서 과부와 농지거리로 유희하거나 취기로 무리지어 춤추다 밤길을 걷는 그야말로 즐거운 축제로 기억되게 한다. 거기에는 떠돌이 악사가 있으며 재담가가 있고, 유년 시절 기억을 떠올리게 하는 첫사랑이 어른거리는 가게들이 그대로 존재하는 장소인 것이다.

산동네에 장바닥의 골목의 삶이 어찌 평화스럽기만 하랴
아귀다툼 악다구니가 잘 날이 없고
두발부리 뜸베질이 멎을 날이 없지만
잘난 사람 못난 사람이 큰 사람 작은 사람이 엉켜
제 할일 하고 제 할말 하면서
따질 것은 따지고 밟을 것은 밟으면서
강물이 되고 별이 되고 꽃이 되면서

대학교 인문과학연구소, 2008, 22쪽.

4   이득재, 앞의 글, 24쪽.

산동네의 장바닥의 골목의 삶이 어찌 밝기만 하랴

— 「강물이 되고 별이 되고 꽃이 되면서」 부분

(『가난한 사랑노래』, 80~81쪽)

'꽃들이 어찌 곱기만 하랴.' 늘 좋지만은 않지만 모여 사는 가운데 삶은 빛나는 것인데 현재는 모든 것이 개별화되어 공동체 의식은 물론 장터 문화는 더 이상 찾아볼 수 없다. 이렇게 경제적으로 정치적으로 불가능한 사회에서 이웃과의 관계 맺음과 삶의 생동감을 되찾는 길의 대안적인 모색은 예술과 문화에서만 가능하다. 때로는 충돌하면서도 집단 안에서 우정을 쌓아가고 관계를 맺어가는 놀이를 통해 이루어진다. 다시 우리의 삶이 강물이 되고 별이 되고 꽃이 되는 길이다. 이것은 단지 농촌에서만 가능한 것은 아니다. "사회는 자신의 욕구와 목적을 정당화해야 한다는 의무감에 괴로워하는 유기체로 이 이중성을 해결함으로써 공동체를 만들고자 노력한다. 죽음과 재창조, 고독과 소통과 같은 수단들로 창조와 풍요의 신화를 창조해서 스스로 구원을 받으려는 노력을 하게 된다"[5]는 사실은 세계 어느 지역 어느 문화에도 보편적이며 현대의 황폐한 사회로 오면서는 더욱 절실해진 것인지도 모른다.

신경림의 시에는 농촌에서 쫓겨와 서울의 변두리에 자리 잡고 사는, 지명만 서울이지 고향 사람들이 모여 이웃에게 힘이 되어가며 사

153

---

5   옥타비오 파스, 『멕시코의 세 얼굴』, 황의승 · 조명원 역, 세창미디어, 2011, 252~260쪽 참조.

는 배경이 많다. 그들은 서울로 와서는 일용직 노동자들이 된다. 을지로6가이든, 상암동이든, 그곳에는 서울살이를 하는 농촌 사람들이 살 뿐이다. 이웃들과의 공동생활과도 다름없는 산동네의 풍경과 아늑함이 그들을 고향처럼 편안하게 하고, 그들의 문화도 서울의 '싸구려'가 아닌, 고향의 '놀이'를 간직하고 있다. 그들을 수동적인 상태로 떨어뜨리지 않는 자발적이고 활력적인 주체로 살게 하는 것은 함께 향유하는 삶 속의 놀이인 셈이다.

동이 트기 전에 상암동 산동네 사람들은
타이탄 트럭에 짐짝처럼 실려
소샛벌 비닐 채마밭으로 들일을 나간다

소주 한 주발에
묽은 된장국으로 시작되는 들일은
시골살이보다 오히려 고달퍼서
때로 뽑힌 명아주 뿌리로
눈에 핏발들이 서지만

다시 타이탄 트럭에 짐짝으로 쟁여
돌아오는 상암동 산동네는
고향만큼이나 정겨운 곳
낯익은 악다구니에 귀에 밴 싸움질들

좌도 상쇠 우도 끝쇠
느린 길굿가락으로 이내 손이 맞아
호서 버꾸잡이까지 어우러져

덩더꿍이 가락에 한바탕 자지러진다

보라 판이 끝난 뒤에도 그 쇠가락
저희들끼리 낄낄대며 골목을 오르내리다
잠든 산동네 사람들
고단한 꿈속엘 숨어들어가
붉고 고운 열매로 맺히는 것을
소샛벌 비닐 채마밭에까지도 뿌려질
질기고 단단한 열매로 맺히는 것을

새벽이면 상암동 산동네 사람들은
그 열매를 하나씩 속에 안고
소샛벌 비닐 채마밭으로 들일을 나가고

　　　— 「상암동의 쇠가락」 전문(『가난한 사랑노래』, 30~31쪽)

　장터 문화를 회복하는 것은 재래시장을 만들고 활성화해야 한다기
보다는 놀이가 자연스럽고 돈이 있거나 없어도 사람이 모여들던 시절
에 대한 회복이다. 하지만 경쟁적인 상업 문화에 손을 놓고 있어서는
장터 문화의 회복은 먼 일이 될 것이다. 서울 변두리의 오래 전 모습
은 윷놀이판도 벌이고 경로당에서는 농악도 흘러나왔던 서울이 아닌
모습이었다. 카니발의 속성이 "공식문화의 위계를 교란시키며 카니발
의 공간 안에서 공식문화를 희화화하는 전복성"[6]이라고 할 때, 장터

6　　오민석, 「카니발의 정치성」, 『현대영미어문학』 33, 2015, 71쪽.

문화의 회복, 카니발 정신의 부흥은 주어진 상업 문화 안에서 한 걸음
도 나오지 않는 드라마 왕국에서 자신들만의 이야기와 놀이로 동네의
저녁 풍경을 만들었던 그 정신에 대한 고찰에서 시작될 것이다.

> 여기는 서울이 아니다
> 팔도 각 고장에서 못살고 쫓겨온
> 뜨내기들이 모여들어 좌판을 벌인 장거리
> 예삿날인데도 건어물전 앞에서는 한낮에
> 윷이냐 살이냐 윷놀이판이 벌어지고
> 경로당 마당에서는 삼채굿가락이
> 좌도 농악이 흥을 돋군다
> 생선장수 아낙네들은 덩달아 두레삼도 삼고
> 늙은 씨름꾼은 꽃나부춤에 신명을 푸는데
> 텔레비전에서 연속극이라도 시작되면
> 일 나간 아낙들이 돌아온 시간이라면서
> 미지기로 놀던 상쇠도 중쇠도 빠지고
> 싸구려 소리가 높아지면서
> 길음 시장은 비로소 서울이 된다.
> ──「길음 시장」전문(『가난한 사랑노래』, 40쪽)

그냥 놔두면 놀이판이 벌어지던 서울의 장터 문화는 이제 사라졌
다. 텔레비전에서 연속극이라도 시작되면 놀이 주체들이 놀이를 소비
하는 소외된 주체가 되어 스위치 앞에 앉게 된다. 그래서 길음 시장은
서울이라고 하기에는 가난하고 못난 놈들이 모여 흥겹게 살아가는 곳
이었지만 문화를 그저 소비하게만 하는 상업 문화가 파고들면서 그제

야 서울이 되어버린다. 우리의 문화가 공동체성을 가지려면 각자의 삶으로, 가정으로 닫힌 세계로 소비하고 마는 세상이 아닌, 함께 즐기고 공유하며 놀이마당을 펼칠 수 있는 이웃이 되어야 하는 것이다. 그러므로 시의 연희성은 가장 개인적인 고독과 사색을 필요로 하는 시 읽기에서 함께 읽고 다시 쓰는 연희 형태로 인식되어야 한다. 바흐친은 "다양한 민중 축제적 형식들은 죽어가면서, 변질해 가면서, 자기가 가지고 있던 일련의 요소들—의식, 소도구, 이미지, 가면—을 물려준 것이다"[7]라고 하면서 카니발이 이제 중세 시대의 민중 축제만이 아니라 다양한 축제들을 통일시킨다고 하였다.

우리에게는 그러한 축제 정신이 살아 있고, 장터 문화의 예술인이라 할 수 있는 사람들과 예술과 놀이 등이 있다. 떠돌이로 다니면서 악기를 연주하던 노인을 보며 자라온 신경림은 악사나 장돌뱅이 이야기꾼들이 노래하고 연주하며 이야기를 곁들이는 방식을 참조하게 된다. 여기에서 그는 우리만의 방식이라거나 전통을 찾으려 했다기보다는 보편적으로 걸쳐 있는 민중문화와 만난 것이다. 이러한 악사에 대한 신경림의 시선은 우리의 장터에서만이 아니라 이역에 가서도 마찬가지로 친근하게 가닿는다.

　　　150킬로미터 초원을 가로질러가는
　　　우리 차를 얻어탄 몽골 옷의 악사는
　　　묵묵부답이다.

7　　이득재, 앞의 글, 20쪽.

들고 있는 것이 악기 같아
무슨 악기냐니까 그냥
옛날 악기라고만 말한다, 통역한테.
말떼, 양떼, 소떼, 야크떼가 천지에 널린 풀밭에서
싸온 양고기 도시락을 펴놓고 먹으며
맛있느냐 물어도
전혀 표정이 없다.
먼지가 폭삭거리는 한 소읍에 와서
그는 악기를 들고 인사도 없이
골목으로 사라진다.
섭섭할 것도 쓸쓸할 것도 없이.
오늘밤 이곳에서
외국인들을 위한 공연이 있을 거란다.

한 오십년쯤 전
안성 장터 어느 골목으로 사라지던
떠돌이 젊은 악사와 닮았다 그 어깨가.
몇봉지 약을 팔기 위해 저녁 한나절 기타를 켜고는
절뚝거리며 골목으로 들어가던 그 어깨와.

　　　　　　　　　— 「어깨―몽골에서」 부분(『낙타』, 116~117쪽)

　시인은 50년 전쯤 장터에서 본 악사를 떠올린다. 그때의 악사도 어
딘가 지친 모습으로 노래하지만 안주하지 못하고 또 다른 이역을 향
해 사라져갔다. 그리고 그 상념을 떨쳐버리지 못하여 자신이 어느새
장터의 악사가 되어버린 것을 알게 되었다. 장터의 악사는 장터 문화
의 중심이고, 시인은 타자와의 만남에서 존재의 의의를 갖는 악사를

상징한다. 어딘가로 언제나 떠났다가 나타나는 장터가 무대인 장터 문화 역시 악사의 공연 공간처럼 자신의 시의 배경으로 삼는다. 악사가 고독한 시인의 모습을 느끼게도 하지만, 신경림의 시에는 울음과 한을 웃음으로 탈출하려는 의도도 엿보인다. 이것 역시 장터의 이웃들이 모이면 스스로 주체가 되어 놀이를 벌이고 자신들의 입담을 나누는 가운데 풍자와 웃음이 시작되는 민중이 주체가 되는 정치적 유토피아를 꿈꾼 것이다.

이탈리아에서도 장터를 돌아다니는 유랑 극단의 형태로 '코메디아 델라르테'라는 것이 있었다. 대본에 의존하지 않고 배우의 개인기에 많이 의존하는 것이 특성이다. 그러나 배우들은 그저 광대에서 그치지 않는 진정한 예술가이자 장인이다. 아크로바틱을 포함한 몸 연기는 노련하고 대본 없이 관객을 속이고 울리는 작가적인 기술과 허풍선이로서의 자질이 뛰어난 배우들, '코메디아 델라르테'는 그러한 배우들로 구성된 극단이었다. 그들이 공연하는 작품 역시 우리의 탈춤처럼 광인들의 춤과 가면극의 형태가 많았다. 또한 줄타기 등 볼거리 위주의 장터의 유랑 극단과 악사로 노래와 이야기에 능하여 친근한 문화가 형성되었다는 점에서 가까운 점이 많다. 특히 해학과 코미디로 병신춤, 그로테스크한 풍자적 인물 등이 등장하는 것도 그러하다. 캐리커처식의 우리 탈춤처럼 기괴한 이미지를 도용하여 웃음을 자아내기도 하는데, 신경림의 시에는 집단 놀이로 가면서 민속의 구비하는 노래와 도깨비 등의 출현 등이 이와 닮았다. 주류의 문화라기보다는 민중 스스로 놀고 즐기는 일상의 삶 속에 있었다는 것도 공통점이다.

민중이 주체가 되는 유토피아를 꿈꾼 바흐친처럼 신경림 역시 이미 민중 안에서 싹트고 있는 자유로움을 찾아내려 한 점에서 역시 공통점을 갖는다. 바흐친의 일탈의 정치학은 신경림에게도 나타난다. '큰 자보다는 작은 자'로 표현되는 민중을 향한 다가섬과 그들을 주인공으로 하는 시에서 그대로 나타난다. 거기에는 아픔을 공유하는 공유의 정서가 있다.

앞 못 보는 사람이 개울을 건너고 있다
지팡이로 판자다리를 더듬으며
빠질 듯 빠질 듯 위태롭게 개울을 건너고 있다
나는 손에 땀을 쥔다 가슴이 죈다
꿈속에서처럼 가위 눌려 소리도 지르지 못한다

그러다 문득 나는 개울을 건너고 있는 것이
그가 아니라 나 자신이라는 것을 안다
앞이 안 보여 지팡이로 더듬거리며 빠질 듯 빠질 듯
위태롭게 개울을 건너고 있는 것이
우리들 바로 자신이라는 것을 안다
사람들이 소리도 지르지 못하고
안타깝게 발을 동동 구르고 있는 그 앞을

— 「앞이 안 보여 지팡이로 더듬거리며」 전문
(『쓰러진 자의 꿈』, 77쪽)

'앞 못 보는 사람'은 위기 상황에서 걸으며 언제라도 쓰러질지 모를 사태에 놓여 있다. 그것은 이젠 힘을 잃어버린 노년의 모습일 수도 있고, 역사의 진보를 확신했으나 이제는 지팡이가 아니면 혼자 걷지 못할 지경이 되어 겨우 자신의 몸 하나 건사하기도 벅찬 약한 상태이기도 하다. 꿈에서 보던 그 사람이 이제 현실의 나 자신임을 깨닫는다. 이제는 그 깨달음에서 새로운 국면이 펼쳐지는 것이다. 즉, 악사라는 무대 위의 형상은 그것을 향한 몰입이 목적이 아닌, 그것이 바로 나 자신임을 깨닫게 하는 역할을 한다. 브레히트가 연극의 목적은 낯설게 하기라고 한 것과 같다. 무대는 환상이 아니고 현실과 자신을 자각하는 도구이듯이 시는 자신을 바라보게 하는 구성을 갖고 있다. 서사극은 숙고와 반성, 성찰을 하게 한다. 악사를 보면서도 안타까워하다가 자신이 어느새 악사임을 알게 되었듯이, 지팡이를 짚고 건너가는 사람을 행인 혹은 관객처럼 보면서 감정이입을 하던 시적 화자는 자신이 바로 그런 불완전한 인간임을 알게 된다.

나아가 인간은 혼자서는 불완전하며, 지팡이처럼 의존하거나 지팡이를 더듬고 가다 넘어지면 일으켜줄 이웃이 필요하다는 것을 깨닫게 된다. 바로 '쓰러진 자의 꿈'이다. 민중은 사라진 게 아니라 패배의 순간 다시 일으켜야 할 공동체이다. 민중에 대한 논의가 있어왔으나, 민중에 대해서는 장터의 자유로움과 그곳에서 시작되는 공식 문화와 다른 일탈의 내용을 주목하려 한다. 즉, 민중은 단 하나의 가면(정체성)을 거부하고, 여러 개의 가면 혹은 끊임없이 다른 가면을 쓰고 벗을 수 있는, 언제나 다른 존재의 경계로 이행할 수 있는 힘인 것이다. 탈경계와 이행, 위반의 정치가 바로 우리들이 지향하는 민중성이라고 볼 때, 그들을 만날 수 있는 곳은 삶의 치열한 부딪힘인 장터와 삶의 쉼과 여유를 통해 새로운 힘을 얻는 장터의 다양한 예술에서 발견된다.

장터 문화와 장돌뱅이의 예술성에서는 그것이 구전되어왔다는 점도 중요하다. 신화는 마을의 구비전설과 민담으로, 제의는 무속인의 구술과 목소리로 말해지고 들려왔듯이, 장돌뱅이의 예술 역시 무엇인가 공식적인 기록으로 남기기보다 '말'로 기억되어왔다. 이것을 받아 적는 마음으로 장돌뱅이의 노래와 이야기를 엮는 것을 참조했다는 시인의 말처럼, 독자가 읽는 과정에서 문자 문학의 시는 다시 구술 문화처럼 목소리가 들리고 연희되는 체험을 갖게 된다.

2) 풍속과 놀이

놀이는 일상과 달리 "가벼운 마음으로 즐기는 것"[8]이다. 그러나 놀이는 즐기는 것과 동시에 사회적 기능과 예배적 기능도 동시에 가졌었다. 주술사는 노래로 예언을 하기도 하였다. 시인은 악마에 홀린 사람, 신들린 사람, 헛소리하는 사람이라는 명칭을 가지고 있었던 것에서 알 수 있다. 이러한 사회적 기능과 예배적 기능, 그리고 놀이 가운데 시가 생겨난 것이라고 할 수 있다. 특히, 놀이는 "가면놀이나 변장을 통해서 환상과 꿈 속으로 들어갈 수 있다는 점에서 충만함을 느끼게 된다."[9] '놀이'하는 것은 이야기를 듣기 위해 잠시 멈췄다가 노래를 하면서 노래의 세계의 리듬으로 보행하는 것을 의미한다. 그러한 것처럼 우주적이고 예배적인 것을 점치면서 사회적으로 이러한 기능을 교류한 것이 풍속 안에서 생긴 시이다. 이러한 시는 세시풍속이란 농경의례와도 깊이 관계하며 집단적으로 행해지는 놀이로 나타난다. 또

8   요한 호이징하, 『호모루덴스』, 김윤수 역, 까치, 1981, 84~85쪽.
9   류정아, 『축제이론』, 커뮤니케이션북스, 2013, 52쪽.

한 연극도 디오니소스 축제에서의 방탕한 행렬에서 유래하여 지금의 희곡으로 발전한 것이다. 합창단들이 서로 경기하듯 노래를 겨루고 연기자는 가면을 쓰고 동물 등의 배역을 맡아 우화적인 희극이 나타나기도 하였다.

이러한 것이 한국의 경우 탈춤이나 판소리에도 나타난다. 탈을 쓴 배우들의 춤과 연기, 그리고 배우가 되기도 하고 이야기꾼이 되기도 하여 고수와 함께 연희를 통해 관객과 신명으로 나아가는 것이다. 신명은 슬픔이 배제되거나 독립된 주체가 사라지는 신명이 아니다. 여전히 타자와의 어우러짐으로 존재감을 회복하지만, 온전한 자신의 회복을 위해 돌아갈 곳을 기억하게 된다. 장터의 놀이나 일상의 풍속처럼 시작한 흥겨움은 그 안에서 기억에서 잊혀진 존재를 그리워하기도 하고 자신의 일부인 시간을 찾는 과정에서 다시 슬픔에 잠기기도 한다. 관객은 작가의 감정에 동화된다고 하는데, 독자는 시 안에서 시인이 겪은 체험에 동화되는 것이다. '못난 놈들'(「파장」, 『農舞』, 16쪽)이 하나로 어우러지는 체험 안에서 흥겨운 신명으로 움직인다. 여전히 이야기하기보다는 이야기를 듣는 입장이고, 시선은 한 군데에 고정되지 않고 옮겨간다. '발장단을 치다 보면 서울이 그리워진다'는 개인적 고백이 집단 체험 안에서 시적 화자를 드러낸다. '못난 놈들' 안에 있다가 빠져나와 또 다른 '못난 놈들'이 살고 있을지 모를 서울을 그리워한다. 그의 서울은 '을지로 6가만 빠져나가면 고향과 다름없'는 곳이다.

이처럼 놀이는 함께하고자 하는 집단 체험이자 일상에서 빠져나와 경계에 있는 멈춤의 시간이다. 놀이는 현실과는 다른 체험의 순간일 뿐, 그의 현실은 여전히 그와 함께하고 있다. '경계'에 있는 그 순간 초월의 욕망을 갖는다. 욕망을 따라 끊임없이 그를 이끌고 가는 것은 자연에서 들려오는 소리이다. '귀뚜리' 소리가 그를 시간에서 잠자고 있는 자신으로 데리고 가지만, 그 시간의 풍경에 있던 타자는 '나'를 기억할지 모른다.

> 그는 아마 밤새 초원을 달려왔을 테다.
> 내게 말고삐를 넘기는 그의 머리칼에 반짝, 아침 이슬이 빛났
> 을 게다.
> 그리고 백년이, 천년이 지났겠지 우리가 만난 것은.
> 몸짓도 목소리도 이토록 낯이 익다.
> 이 먼 도시에서 두 나그네가 되어 만나면서.
>
> 말고삐 대신 카메라를 내게 넘기고 활짝 웃는
> 그의 하얀 팔과 긴 머리칼이 이슬비에 젖어 촉촉하다.
>   —「재회」전문(『사진관집 이층』, 41쪽)

유토피아에서 재회하듯 만나게 되는 존재들이다. 일탈하고 억압을 받아들이지 않는다는 점에서 경계의 가면을 쓰며 존재의 이행을 거듭하는 나그네이자 행인이다. 신경림은 떠도는 길의 장터에서 늙은이를 만나든지 주막에서 과부를 만나든지 그들이 주인공인 이야기를 듣고 그들이 맺힌 한을 놀고 풀며 연희하는 것을 본다. 그리고 시인의 시적 화자가 그렇듯이 시인은 그 길을 떠나온다. 그리고 어느 하나도 버릴 수 없는 이것들이야말로 예술이며 유희적으로 세상을 바라보는 '열림'

의 시간과 공간이다.

> 마룻장 밑에 감추어 놓았던
> 갖가지 색깔의 사금파리들은 어떻게 되었을까
> 교정의 플라타너스 나무에
> 무딘 주머니칼로 새겨넣은 내 이름은 남아 있을까
> 성탄절 가까운
> 교회에서 들리는 풍금소리가
> 노을에 감기는 저녁
> 살아오면서 나는 너무 많은 것을 버렸나보다
>
> ─「성탄절 가까운」 부분(『어머니와 할머니의 실루엣』, 39쪽)

'자리를 짜는 늙은이와 술 한잔을 나누고' 보니 '세상에는 버릴 게 하나도 없다는'(「자리 짜는 늙은이와 술 한잔을 나누고」, 『쓰러진 자의 꿈』, 86쪽) 것을 알게 되듯, '살아오면서 나는 너무 많은 것을 버렸나보다'라는 인식을 한다. 장터의 삶 어느 하나도 버릴 것이 없다.

  그러한 삶을 놓치지 않으려고 시적 화자는 행인으로 등장한다. 그가 바라보는 곳의 타자는 자기 안에 있는 또 다른 자아일 수도 있다. 하지만 행인은 자신으로부터 늘 떠나듯이 그들을 바라보지만, 그들이 그 자리에 있도록 참견하지 않고 오히려 그들의 사건을 '바라봄'으로써 함께 사건을 체험한다. 이러한 미적 관조는 "생생한 삶의 세계, 꿈의 세계를 재생산해야 하는 수용자의 책임"[10]이 강조된다.

---

10   이득재, 앞의 책, 254~256쪽.

상갓집 앞에 승용차가 멎고
잘 차린 여인이 통곡을 하며 내린다
차일 밑에서 술을 마시던 조객들이
웅성거리며 길을 내고
상주의 어깨에 매달려 여인은 슬프다
부엌에서 소복한 아낙 달려 나와
형님 동생을 부르며 뒤엉켜 운 뒤
이미 여인은 상청에서 아낙은 굴뚝 뒤에서
각기 제 사내와 귓속말을 주고받고
차일 밑에서는 망인의 유산과 일화가
터무니없이 과장된다
상가 찾는 전화가 끊임없이 울린다
또 승용차 한 대와 서고 뒤엉켜 울고
이제 한바탕 법석이 나겠지
차일 밑은 호기심으로 한껏 부풀고
대문 앞에는 망인이 신던 찌그러든 구두
지나는 행인만이 가볍게 말한다
삶이란 슬픈 거라고 헛된 거라고
망인의 저승길엔 그 구두도 쓸모없느니

　　　　　　― 「행인」 전문(『쓰러진 자의 꿈』, 20~21쪽)

　'행인'의 시점, 즉 잠시 머무르는 자의 이야기로 상가(喪家)의 풍경이
말해진다. 행인이란 이 상가와는 관계없는 곧 떠나려는 자이다. 상가
는 이승을 말하고, 행인이 가야 할 곳은 저승의 세계일 수도 있다. 모
두 자신의 이익과 삶의 잔여를 위해 망인의 죽음도 계산될 때, 행인은
이를 멀리서 바라본다. 멀리서 바라보는 풍경은 슬픔보다 희극으로

다가오게 된다.

'또 승용차 한 대와 서고 뒤엉켜 울고/이제 한바탕 법석이 나겠지'
라는 독백식 혹은 서술식 말투는 무대에서 관객에게 자신의 이야기로
사건을 전달하는 서술자로 느껴진다. 그의 생각으로 사건은 설명되
고, 시인은 행인이라는 이야기꾼의 입을 빌려본다. 그렇게 행인을 통
해 독자의 시야가 넓어질 때, '망인의 저승길엔 그 구두도 쓸모없느니'
라는 독백과 함께, 시끄러운 상가 안에서 말없이 찌그러져 있는 망인
의 구두에 시선을 모은다. '떠남'은 그 구두조차 필요 없는 쓸쓸한 것
임을 말한다. 이러한 인식과 깨달음은 상가의 풍경을 바라보는 행인
이라고 해서 다 체험하는 것이 아니다. 집 안과 집 밖을 가르는 문의
경계에 있는 행인의 시선에서 마치 독자와 관객처럼 몰입이 아닌 자
각의 순간을 느끼게 하는 기법을 통해서이다. 이러한 것을 연극의 체
험과 비교해볼 수 있다. 상가의 풍경이 펼쳐지는 무대의 경계에서 그
를 바라보는 행인을 관객과 비교할 수 있다.

즉 배우와 관객, 즉 행위자와 관찰자는 둘 다 세계 속의 참여자이며,
그 속에서 역할이 철저히 분담되어 있어서 각자의 일을 한다기보다
상호 감응하고 역할을 바꿔가며 활동한다. 그리고 무엇보다 이들이
관계 맺음으로써 구성되는 '장소'가 중요한데, 이 장소에서 사람들은
홀로 떨어져 무기력해지지 않고 모여서 공동 행위를 할 수 있기 때문
이다. 사람이 모이면 장소가 생겨나고 장소가 있어야 사람이 보인다.
이때 관객의 적극적이고 창조적인 관조가 필요한데, 그것이 '연희성'
과 통하는 것이다. 연극은 "삶의 사건이 예술적으로 일어나는 공간"이
다.[11] 그런데 이것은 때로는 행인의 입장에서 초연하게 바라볼 때 더

잘 보이고, 나아가서는 골목에 갇혀 있지 않고 자유로운 인식으로 넓게 보는 시야만이 내가 아닌 타자로 향한 상상력에 가 닿을 수 있다.

> 머리채를 잡고 자반뒤집기를 하던 시누이도 울고
> 땅문서 갖고 줄행랑을 놓던 서숙질도 운다
> 들뜨게도 하고 눈물깨나 짜게 만들던 그 사내도 울고
> 부정한 어머니가 미워 외면하고 살던 자식도 운다
> 고생고생한 언니 가엾어 동생도 울고 그 딸도 운다
> 새로 제 울음 타고 비로소 하늘을 높이 날고
> 곡소리 타고 망인 저세상 수월히 간다지만
> 얼마나 지겨우랴 내 이몸도 이 울음 타고 저승길 가자니
> 진 데 마른 데 같이 내디디며 평생을 살아왔으니
> 저승길 또한 그런가보다 입술 새려 물겠지
>
> ─「새」 전문(『어머니와 할머니의 실루엣』, 60쪽)

어느새 행인이자 조문객은 지나가는 새의 시선으로 떠나가는 망인의 생각을 해본다. 망인이란 보이지 않지만 새의 시선에서는 보일 수도 있다. 그리고 떠나가는 길이 보일 수도 있다. 그러한 새가 되어서 상황을 내려다본다면 아픔과 고통 또한 연극 무대의 한 장면처럼 보일 수도 있다. 이러한 연희성 창조를 위한 관객의 적극적 상상력과 개입은 공식 문화와는 다른 것이다. "오직 선망의 눈으로만 바라보는 참가자들 전체의 의식의 개발이 무엇보다도 먼저 이루어져야 한다"[12]

---

11 이득재, 앞의 책, 257~258쪽 참조.

는 시인의 말처럼 신경림의 시의 연희성은 비공식 문화와 결합하여 공식문화의 재구성을 가능하게 하는 내용과 형식을 가졌다.

> 자리를 내주었더니 보따리에서
> 찐 고구마를 내놓는다
> 할머니는 시집간 막내한테 갔다 오는 길이다
> 풍금 잘 타고 뜀박질 잘하는
> 소학교 선생 노릇하는 딸년
> 자꾸만 눈에 밟혀
>
> 기차는 사과밭 감밭 사이를 달리고
> 갯비린내 뒤덮인 정거장에서마다
> 애기보따리들을 한아름씩 안은
> 할머니들을 태운다
> 그리하여 서부역에 닿은 장항선 밤차는
> 갯마을처럼 끈끈하고 너절한 얘기들을
> 온 서울 장안에 뿌려놓는다
>
> ― 「장항선」 전문(『길』, 62쪽)

제1부 신경림 시의 연희성

서울 장안을 달림에도 불구하고 밤차에서는 얘기 보따리를 안고 탄 할머니 덕에 갯마을의 이야기가 펼쳐진다. 기차라는 공간은 서울이라는 현실 속 '갯마을'이라는 무대가 펼쳐지는 스펙터클의 공간이 된다.

---

12 신경림, 『문학과 민중』, 민음사, 1977, 11~13쪽.

즉, 관객과 배우가 보이지 않는 벽으로 분리된, 상자 무대인 프로니시엄의 공간은 필요 없다. 어떤 준비된 공간조차 필요 없으며 저자나 주인공이 없이도 사건을 만들어내는 공간이다. 여러 사람이 모이고 생활이 전개되는 장터와 그 속의 놀이들은 '백과사전' 같은 일화들의 무한한 전개를 가능하게 한다. 이 속에서 시인은 구경꾼이 되어 장터의 주인공들에서 사회의 비전을 보고 자신의 삶도 돌아본다. 즉, 주제적 삶에 하나의 삽화가 아니라 민중의 삶이 다채롭게 그려져 있는 것이다. 즉, 거리의 시인과 장터의 주인공(들)은 백과사전적 삶을 고스란히 담게 되는 것이다.

신경림의 연희성은 최근 시집에서 더욱 깊게 나타남을 확인하게 된다. 그것은 그의 시에 더욱 신화성 제의성 그리고 공동체적 기억 속으로 돌아가려는 욕망이 강하기 때문이다. 초기 시부터 현재까지 주로 장시에서 자신이 원형으로 상상력 안에 빚었던 인물들이 이제는 실제로 눈을 통해 보인다. 숨결과 머리칼처럼 만져진다. 이러한 체험적 시 쓰기는 놀이의 한 형태로서의 체험적 시 읽기로 이어지고 결국 연희적 형태로 독자 스스로 연출이자 배우가 되어 상상력의 최고 경지까지 교감하게 된다. 시를 연희적으로 상상하는 것은 놀이의 한 형태라고 볼 수 있는 것이다. 나아가 바흐친이 카니발의 특성을 새로운 삶을 맞이하게 되는 자유, 평등으로 보았듯이 이러한 놀이는 보는 자와 보이는 자, 향유하는 자와 생산하는 자의 차별 없는 순수 본질의 유토피아의 세계를 지향하게 된다. 하위징아에 의하면 시는 놀이 가운데서 생겨났다고 한다.

시는 제의 행위로부터 찬가 또는 송시의 형태로 발생하여 제의의 황홀경 속에 창조되는 것이다. 시에 가장 좋은 기름이 된 것은 다시 돌아온 계절을 기념하여 남녀 젊은이들이 자유롭고 즐겁게 만나는 봄의 축제였다. 언어의 운율적, 대칭적 배열, 운율 맞추기, 의미의 고의적 가장, 어구의 기술적 배열, 시구의 전환, 주제의 전개, 분위기의 표현 등에는 항상 놀이 요소가 작용하고 있다.[13]

또한, 놀이는 자발적이다. 놀이는 신명으로 나아가고 엑스터시를 경험하게 한다. 놀이는 인간을 활성화시키는 것이다. 멈춤과 경계 무질서에서 얻는 경험이며 다시 이를 통해 자발적으로 새로움을 창조하게 한다. 『남한강』에서도 집단 놀이를 보여주는 과정이 자주 나타난다. 신경림의 『민요기행』을 참조하면, 목계장과 뗄 수 없이 얽혀 있는 민속놀이는 목계 끼줄, 즉 줄다리기이다. 줄다리기는 과정에서부터 자발적인 준비 과정을 거치며, 자신들이 만들어내는 염원이 담긴다.

목계 별신제에서 행해진 줄다리기의 특징은 아기 못 낳는 아낙네가 줄을 당기면 아기를 낳게 된다는 신앙이 있었다. 1967년 마지막으로 행해지기까지 3년마다 행해졌는데 서울에서까지 응원부대가 동원될 정도였다. 여인네가 바람피우는 것을 '단속곳 입고 끼줄에 낀다'고 했는데 이날만큼은 성적 방종이 어느 정도

———————

13   요한 호이징하, 앞의 책, 187~202쪽 참조.

허용되었음을 암시하는 것인지도 모른다.[14]

　'동아줄이 굵어야 수달피 같은 아들 놓고/동아줄이 가늘면 여우 같은 딸만 아홉'이라고 노래 부르며 놀 때 살아온 이야기들과 살아갈 날들에 대한 미래의 염원이 담긴다. 이 안에서는 놀이를 위한 목적 외에도 동아줄을 꼬면서 살아온 이야기들과 살아갈 날들에 대한 미래를 읽게 된다. "게르만어에서는 놀이라는 말이 육체적 사랑의 의미로, 산스크리트어에서는 '놀이하다'가 곧 성적 사랑의 의미를 지닌다. 그러나 공동체 성원들이 집단적 신명을 즐기는 축제로서 건강한 생명력을 다지며 풍요를 보장하는 생산적 놀이"[15]였으며 오늘날의 상업자본에 의한 소비문화의 퇴폐성을 동반한 놀이와는 다르다.

　"동편은 수줄 서편은 암줄이 되어, 수줄을 암줄에 비녀로 꽂고 줄다리기가 시작된 끼줄"[16]은 1977년 재현 당시, 동원 인원이 3만이나 되었다고 한다. '장정 다른 패거리들은/캥 캥 캥매캐캥/야학당 좁은 마당에서/풍물 연습에 한창'이다. 풍물놀이의 리듬이 언어로 표현되어 있는 시는 다시 읽혀질 때와 쓰일 때, 연희로 살아난다. '십년 전 난리 통에 아들 잃은 중과부/참다못해 깨끼춤으로 끼어들고', '병신년 장마에 집 떠내려 보낸/고리버들 백정도 끼어들어' 춤을 춘다. '펄펄 뛰며 돌아가는 발들'이 모두 모인다. 이 부분은 공연화될 때, 한두 명의 주인

14　신경림, 『민요기행』, 한길사, 1985, 157쪽.

15　한국민속학회 편, 앞의 책, 90쪽.

16　신경림, 앞의 책, 158쪽.

공이 아닌, 여럿이 하나가 된 주인공의 집단극이 될 모습을 보여준다.

> 줄다리기는 일 년 중 가장 밝은 첫 번째 보름날을 택하여 다투기를 하는 놀이이다. 이 음성의 달을 하늘에 모셔 놓고 하는 경기이니 힘은 여성으로 기울어질 수밖에 없다. 용은 동편의 상징 동물인데 물이 없으면 기를 펼 수 없는 것이 용의 속성이다. 따라서 용을 용답게 하는 것은 겨울을 표징하는 물이라는 것이 확인된다. 이로 볼 때 서편인 물이 용을 죽이고 살리는 역할을 하게 되니 서편이 이겨야 한다는 것은 당연한 논리이다. 또한 이긴 편의 줄은 좋다고 해서 소먹이로도 쓰고 거름으로도 사용하며 이 거름은 풍요의 바탕을 이루게 된다.[17]

우리 세시풍속 중 매우 큰 행사인 마을 공동체의 놀이 줄다리기는 일제강점기의 탄압을 거쳐 우리의 전래놀이에서 사라진다. 특히 줄다리기는 1980년대 말까지도 대학가의 대동제, 축제의 현장에서 행해졌고, 축제의 절정으로 공동체가 함께하는 정서를 이어받고 있었다. 즉 무대에는 주인공과 몇 명의 배우가 있는 것이 아니라 무대가 열리고 관객이 주체가 되어 집단이 주인공으로 등장하게 될 수 있는 지점이라고 할 수 있다. '강 건너는 수줄 서군', '강 이쪽은 암줄 동군'으로 나눠 양군 대장이 칼춤을 추며 동아줄 위에서 서로 노리고 선다. '함께' 과거 원형의 군사들처럼 힘을 낸다. "탈식민연구의 성과를 공유하는

173

---

17 한국민속학회 편, 앞의 책, 24쪽.

길은 우리의 존엄성을 되풀이해서 외치는 것이 아니라 그들처럼 우리 역시 스스로 반성하는 힘을 갖추는 것일 게다."[18] 우리 고유의 것을 즐기는 권리를 빼앗기고, 서구의 관점을 그대로 받아들인 시각이 아닌 우리들이 갖고 있는 힘을 내는 것은 너무도 중요하다. 모든 것을 서구에서 배워 와서 우리의 것도 해석하려고 해서는 안 될 것이다.

춤과 노래의 제창이 이루어지고 있는 형식과 내용의 장시에서 주체는 개인이 아닌 공동체임이 분명하다. 그것은 다양한 목소리들이 충돌하는 다성악적 대화로 인해 가능하다. 단일한 주인공의 독백이나 저자의 사상이 아닌, 주체로 부상한 공동체의 대화이다. 대화 자체가 사건이 되는 것은 그 대화가 논리적이고 수사적으로 우위에 있어서가 아니라, 함께 사건을 창조해내는 연희의 한 장면을 만들고 있기 때문이다. 대화를 통한 반복되는 점증은 신명과 함께 집단적 각성과 공동체의 정체성을 깨닫게 하는 놀이이다. 금지의 놀이가 된 것은 일제 뿐아니라, 이러한 집단놀이의 의미를 알지 못한 근대의 시각 때문이다. '고구려 신라 백제의 옛 병정들'도 하던 놀이가 겨울 강처럼 얼어붙었다가 풀리는 순간이다. 그에 따라 '얼어붙은 얼음 아래/한강물이 흐르듯' 주체 역시 더 이상 자아에서 머물지 않고 공동체의 것이 되며 세계의 광경 속으로 흘러간다. 마치 기차 속 풍경에서 보는 모든 사람들이 함께 기차라는 무대의 주인공이 되는 사건과 같다.

이러한 놀이는 신경림의 시 「달 넘세」에서도 보이는데, '떠도는 이들

---

18   주성혜, 『음악학』, 루덴스, 2013, 188쪽.

의 노래'라는 부제가 붙어 있듯이 제의가 신명이 되는 공동체가 주체가 되는 놀이다. 시집 『달 넘세』의 주석을 보면, "'달람새'라고도 하는 경북 영덕 지방에서 하는 여인네들의 놀이 '월워리청청'의 한 대목으로 손을 잡고 빙 둘러앉아 하나씩 넘어가며 '달 넘세' 노래를 부른다"[19]고 한다. 달을 넘어가자며, 모진 설움 버리고 세상 끝까지 넘어가자며, 어려움을 견디고 극복하는 일을 노래한다. 놀이는 그렇게 삶을 자신들의 것으로 받아들이는 민중들의 세시풍속에서도 엿볼 수 있다. 또한 유희를 즐기는 여유는 예술의 꽃을 피우게 하는 기반이다.

2. 대화성과 웃음

1) 대화성과 즐거움

카니발(축제)적 세계관은 음악적으로 말한다면 단성악이 아닌, 다성악이다. 다성악은 하나의 화음으로 통일되지 않는 서로 이질적이고 양립 불가능한 것처럼 보이는 요소들이 유기적인 전체로 연결되는 음악이다. 바흐친은 "말 속에서 두 개의 목소리들이 충동할 때, 대화라 부른다"[20]고 했는데, 이렇게 충동하는 목소리들로 새로운 생동감과 창조적인 힘이 발생된다. 대화성이란 바흐친에 의하면 상대방

175

---

19 신경림, 『달 넘세』, 창작과비평사, 1985, 13쪽.
20 미하일 바흐친, 『바흐찐의 소설미학』, 이득재 역, 열린책들, 1988, 24쪽.

즉 화자에게 청자가 있어야 가능한 것을 말한다. "다성적 문학의 경우 작중 인물은 이미 더 이상 작가의 계획에 따라 만들어진 존재가 아니"[21]듯, 신경림의 시의 인물들도 다양한 인물의 목소리 등이 등장하며, 그것은 위에서 본 것처럼 장터 문화의 풍부함에서 출발한다.

이는 공식 문화라기보다는 비공식 문화이며, 이러한 비공식 문화의 생동감이 새로운 공식 문화의 확장으로 전개되기도 한다. 즉, 공식 문화의 잔여로서 비공식 문화가 있는 듯하지만, 실상 비공식 문화로 인해 공식 문화가 존립하고, 비공식 문화의 침범과 역동으로 공식 문화의 파기와 재구성이 가능해지는 것이다. 카니발은 희망으로 끝나는 유토피아가 아니다. 오히려 대화성은 이질적인 것의 목소리가 부딪치고 비종결성으로 어떻게 끝날지 예상할 수 없는 다성성으로 이해해야 할 것이다. 신경림의 장시를 읽을 때 기승전결의 서사 구조나 플롯을 찾기보다는 '비종결성'의 순간에서 다성성의 목소리가 하나로 충돌되며 들려지는 상황을 읽는 것이 중요하다. 비종결성은 대화성이며 다성성이다.

> 비종결성이란 고정 불변한 상태로 남아 있고자 하는 모든 것을 거부하는 인간의 경향을 가리키는 말이다. 바흐찐에 의하면 언어의 기본 단위는 화자와 청자가 동시에 참여하는 일종의 의사 소통이며 다른 사람들과 상상적인 대화를 나누는 일종의 과정이다. 이 음악적 메타포는 동일한 말을 서로 다르게 표현하는

21 김욱동, 『대화적 상상력』, 문학과지성사, 1988, 173쪽.

다양한 목소리들이 동시에 들리는 것을 의미한다.[22]

판은 자유롭게 열려 있으나 미래는 아직 알 수 없고 오지 않았다. 화투 내기를 하기도 하고, 아들 며느리 자랑을 하다 싸우기도 한다. 그러한 에피소드는 풍경으로 형상화된 기억 속의 이미지가 된다. 영화적 구성과 연극적 사건이다. 장터의 국밥집에서도 사람들의 대화를 듣는다. 그리고 대화 속에서 말하지 않고 보여주는 고향을 읽는다. 서로 다른 사람들이 대화를 나누지만, 그들은 한결같이 한 무대에서 살아온 흔적을 갖고 있다. 그것을 발견하는 것은 '사막'에서 '고향'을 찾는 것이기도 하고, '또 다른 사막'에서 낯선 타자들과 대화하는 행인의 모습이다. 그들은 배역을 맡고 있지만 자신이 배우라는 것을 잊지 않는 현실의 인물들이다.

> 이름은 그럴 듯해서 미니 슈퍼마켓
> 라면봉지와 화장지가 쌓인
> 진열대 위에는 먼지가 뽀얗다
> 돈궤에서 천원짜리 두어 장 들고 나가면
> 사내 저물도록 소식이 없고
> 아낙은 대낮부터 고스톱판을 벌인다
> 가게 앞 빈터에는 진종일 손님 대신
> 싸구려 외치는 어물차에 잡화차
> 그래도 정월이래서 돌산에서는

177

---

22 위의 책, 65~74쪽 참조.

마당굿 쇠가락소리 흥겹구나
어두워져 아낙 판 치우고 나가보면
그때서야 언덕길 비틀대는 내 사내
한숨 같은 울음 같은 어깨 위로
쟁반 같은 놋쟁반 같은 달이 뜬다
싸움질 사랑질로 얼룩진 산동네를
놀리면서 비웃으면서 대보름달이 뜬다.

— 「망월」 전문(『가난한 사랑노래』, 34쪽)

이 시에서는 자연의 하나인 달마저 행인이 되어 가게 앞 빈터의 동네를 내려다본다. 마치 상연되는 극의 한 장면을 보듯이 그들의 삶의 애환을 '놀리면서 비웃으면서' 보고 있다. 또한 달을 바라보는 시인 혹은 독자라면 거기서 자신을 벗어나 자신을 내려다보는 과정을 통해서 정체성을 깨달아가는 시이다. 즉 시의 독자는 관객이 되어 그 장면을 보는 것이다. 밤에만 달이 뜨지 않고, 낮에도 사람을 비추는 달이 뜬다. 그것 역시 삶의 흔적이고 공유할 수 있는 감각이다.

된장에 고추장에 산나물을 섞어
진한 화냥기까지 두루 섞어
썩썩 비비는 아낙의 손에는
낮달처럼 바랜 지난날의
얘기가 묻어 있다.

— 「낮달」 부분(『어머니와 할머니의 실루엣』, 69쪽)

시인은 시 안의 그들의 대화와 그들의 춤을, 그들의 말없는 소리를

그린다. 이것은 시인의 주관하에 있는 시적 화자의 혼자만의 소리가
아니다. 이미 시에는 많은 인물들의 대화와 하나의 인물로 통일되지
않는 다양한 인물 군상이 목소리를 낸다. 시인의 목소리를 내는 것이
아닌, 다양한 목소리들의 대화를 통해서 시인의 개인적인 주관과 감
상이 느껴지도록 만드는 것이다. 그것은 한 작품에서 서로가 방해되
는 것이 아닌 풍부한 집단의 목소리로 유기체를 이룬다. 다음 시에서
도 여러 인물들이 등장하지만 하나의 풍경으로 연극적인 무대를 상
상력 안에서 불러일으킨다.

> 최신 전자제품장수와 싸구려 기성복장수가 다투어 목청을
> 높인다.
> 어떤 장꾼은 아침부터 시비만 하고, 어떤 장꾼은 종일 커피전
> 문점만 들락인다.
> 전대를 가득 돈으로 채우고도 소주룹은 볼이 부었고,
> 시금치 바구니 앞에 쪼그리고 앉아서도 등 굽은 할머니는 천
> 하태평이다.
> 생김새도 사는 것도 각양각생이라, 언청이와
> 혹부리가 길이 다르고 꿈이 다르듯, 그러다가도
> 문득 국밥집에 들어와 석유난로에 얹는 손들을 보면 닮았다.
> 쭈그러진 손등의 주름이 같고, 손바닥에 박힌 못이 같다.
> 주름과 못 속으로 팬 깊고 푸른 상처가 서로 닮았다.
> ─「손」 전문(『어머니와 할머니의 실루엣』, 11쪽)

'손'은 각기 다른 사람들이지만, 상처를 지닌 소외된 사람이라는 공
통점을 이미지화한다. 그런 병렬식 과정이 상처를 느끼게 하는 다양

한 목소리와 이야기로 연결되는 상상력의 세계로 이끈다. 손은 역사이며 사람과 사람이 만나는 교통의 장소이다. 손은 각자 지닌 과거의 사연을 이야기하고 있고 현재의 삶을 말해주지만, 상처가 새겨진 것이라는 공통점을 갖고 있다. 손을 보아도 그가 무엇을 해왔고 무엇을 느끼며 무엇을 말하려는지 아는 것이다. 그리고 그 손이 제각기 말하면서도 하나로 어우러지는 것을 듣는 것이다.

시 창작 과정에서 이러한 시각적인 것 외에 다양한 목소리의 합창을 자연적이고 일상적인 것으로 여기고 그대로 옮겨왔음을 알 수 있다. 시인의 산문 중에 인용해보면, "물 푸는 펌프 소리, 두레박 소리에 이어 여인네들의 호들갑스러운 웃음소리가 들린다. 삐거덕 삽짝이 열리는가 해서 쳐다보면, 처녀보다 개가 먼저 달려 나와 컹컹 짖어댄다. 라디오에서 연속극 소리가 들리고, 애기 울음소리가 들리고 왜 애기를 울리느냐는 애 어머니의 악다구니 소리가 들린다"[23]고 한다. 신경림은 이러한 다양한 목소리를 시의 공간에 모두 채운다. 다양한 소리들이 존재하는 세계는 공간을 필요로 한다. 존재들이 있으므로 그 목소리는 장소를 그리게 되고, 그 안에서 다시 살아난다. 일상의 지루함도, 오늘이라고 다를 것 없는 사건도 시 안으로 들어오면 상상력 안에서 새로운 인물들로 살아난다. 그러므로 시를 읽는 독자는 시인이 행인처럼 관객이 되어 골목 풍경을 상상력 속에서 그려나갔듯이 적극적인 시 읽기, 즉 연희성을 최대로 발휘할 때 즐거움이

23 신경림, 『문학과 민중』, 민음사, 1977, 140쪽.

배가될 것이다.

　다음의 시편도 시각적 청각적 구성이 살아나는 한 편의 그림으로 마치 김홍도나 신윤복의 풍속화를 떠올리게 하는 장면 안의 구성을 살펴볼 수 있다. 농악 소리와 함께 이장 집을 돌고 나오는 막걸리를 걸친 사람들의 모습은 '농자천하지대본'이라는 농기와 어울리지 않게 곱사춤으로 엉킨다. 고속도로와 양곡 증산 포스터 역시 풍경과 어울리지 않는 대조를 이룬다.

국수 반 사발에
막걸리로 채워진 뱃속
농자천하지대본
농기를 세워놓고
면장을 앞장 세워
이장집 사랑 마당을 돈다
나라 은혜는 뼈에 스며
징소리 꽹과리소리
면장은 곱사춤을 추고
지도원은 벅구를 치고
양곡증산 13.4프로에
칠십 리 밖엔 고속도로
누더기를 걸친 동리 애들은
오징어를 훔치다가
술동이를 엎다
용바위집 영감의 죽음 따위야
스피커에서 나오는
방송극만도 못한 일

아낙네들은 취해

안마당에서 노랫가락을 뽑고

처녀들은 뒤울안에서

새 유행가를 익히느라

목이 쉬어

펄럭이는 농기 아래

온 마을이 취해 돌아가는

아아 오늘은 무슨 날인가

무슨 날인가

— 「오늘」 전문(『農舞』, 26~27쪽)

　　방송극의 환상성에 따라갈 만한 이야기가 현실에 이제 존재하지 않을지도 모른다. 동네 영감의 죽음이 방속극만도 못한 일이라며 삭히고 아낙네들은 노랫가락을 처녀들은 새 유행가를 익히는 경계의 시간과 공간에서 오늘을 사는 사람들의 모습이다. 농기 아래 있지만 그 표지에 규정받지 않는 사람들은 '취기'로 자신들의 경계를 넘는다. 방송극 앞에 머물러 있지만은 않는 사람들에게서 그래도 희망이 있다. 취하고 즐기며 노랫가락과 새 유행가를 익히는 골목은 혼자가 아니다. 전문 예술인과 향유자가 따로 없다는 의식이 스며들어 있다. 이웃이 노래하고, 노래하는 이웃이야말로 예술의 시작이라는 생각은 예술의 경계를 흐트러뜨리기도 한다.

　　스리랑카 수렵채집민 베다족에게는 누군가로부터 배우고 익혀서 다른 사람과 같은 노래를 부르는 경우가 없다. 그 '노래'는 우리가 '음악'과 종종 동일시하는 '음악작품'의 개념은 아니다.

19세기 말 갑작스레 밀려든 서양음악을 좇다 과거와는 판이한 음악으로 일백년 역사를 걸어온 이 땅의 음악은 작품 개념의 주입된 음악관으로 인해 선조들의 음악으로부터 잃은 것이 없는지를 고찰할 필요가 있다.[24]

음악의 작곡가, 문학의 작가, 그리고 작품으로 구분되어 존재한 것은 근대의 산물일지도 모른다. 그러나 그 이전의 우리에게는 누군가 만들어준 것을 배우고 익혀서 즐기지는 않았던 민간에서 내려온 예술적 가치가 존재한다. 즉, 노래를 만드는 '전문가'만이 아닌, 노래 부르는 자가 즐기는 자이고 예술인이 되는 것이다. 그러나 그 예술은 일상을 떠나서는 존재할 수 없다. 다음의 시는 '국악원'이라는 말과 '진도아리랑'을 부르는 '진도 과부'라는 말이 대조되며 홀대받는 우리의 예술적 가치에 대한 상황을 말해준다.

> 국악원에 다니는 잘난 딸이
> 배불리 먹여준대서
> 서울로 올라온 지 오년
> 소리 좋아하는 진도 과부는
> 어리굴젓 장수가 되었다
> 어리굴젓 사랑께 어리굴젓 사랑께
> 시골길 같은 산동네만 골라 다니며

24　주성혜,「열린 개념의 음악 : 개인에게의 '음악'과 사회에서의 '음악'」,『낭만음악』, 통권20호, 낭만음악사, 1993, 125~126쪽 참조

만만한 단칸방 집을 기웃대다가

때로는 비집고 들어가 앉아

진도 아리랑 한 대목을 뽑는데

세월은 구부야구부야

문경 새재만큼이나 험하고

세상은 왔다나 갈 길 한도 스럽지만

우리끼리 퍼지르고 앉으면 삶은 편하고

더러는 훈훈하기도 해서

새우젓 사랑께 새우젓 사랑께

시골 사람 모여 사는 산동네만 다니며

어리굴젓 새우젓도 팔고

진도 아리랑도 부른다

— 「진도아리랑」 전문(『가난한 사랑노래』, 25~26쪽)

　　진도아리랑을 기억하고 즐기는 사람은 도시에서 몇 명이나 될까. 왜 그렇게 된 것인가. 왜 새우젓 장수로 살아가며 동시에 진도아리랑 전문가로 살아가기가 힘든 것인가. 바로 현대의 문화산업이 모두 그렇게 만든 것이다. 감정도 누군가 명쾌하게 단정적으로 알려준 것만을 신봉하고 자신의 감정과 감각을 무디게 하여 편안하게 예술을 갈망하는 소비사회가 그렇게 만든다. 노래를 만드는 것도 생산된 노래를 판매하는 것도 노래를 부르는 것보다 중요하지 않다. 즉 노래를 향유하는 자가 노래를 제작한 사람보다 주체로서의 지위가 덜한 것이 아니다. 저자와 텍스트의 경전화에서 벗어나, 노래 등의 텍스트를 연희하고 향유하는 자들이 주체가 되었던 최초의 민중문학의 형태로 돌아가야 한다고 본다. 민중이 노래 부르는 현장을 찾아다녔던 신경림도 1970년대 민요의 발굴을 시작으로 민중의 이야기와 서정을 노래했다. 남한강의 역사를 노래한 장시는 근대에 밀려 소외된 민중들의 이야기, 그 속에서 수장된 죽음, 풍속과 놀이 등을 살려내고 있다.

우리의 공연사에서 판소리는 관객이 함께하는 열린 마당에서 판이 벌어지는 특성을 가지고 있다. 특히 광대와 고수가 함께한다는 점에서 현존의 성격이 강한 연극적 방식이라고 할 것이다. 광대는 이야기판의 서술자가 되기도 하고, 이야기 속 배역을 맡은 배우가 되기도 하며 광대 자신이 되기도 하면서 현장의 관객들 앞에서 연희하는 자가 된다. 이것은 우리의 굿의 형식과 효과에서도 나타난다.

'열어라 열어라 대문 활짝 열어라' 노래하며 열림굿으로 한판 놀아보다가 생긴 용기, 다시 불붙는 주체적 의식은 다시 싸움으로 나아가는 잠자던 의식을 깨운다. 그것은 죽은 영웅의 목소리와 산 자의 목소리가 겹치고 어우러지는 만남의 시간과 공간에서 새로운 세상을 여는 길이다. 민중의 목소리를 찾아주기 위한 시적 변용은 현실과 상상의 세계가 만나는 지점에서 시작하고 막을 내린다. 이런 축제성은 일상성과 거리가 먼 것이 아니고, 매일의 일과의 끝에 혹은 일과의 시작에 일과의 과정에 늘 함께하는 그날의 축제이다.

장마다 골목마다
새 지전 날고 뛰고 깝치고,
충주장엔 솔표 석유
제천장엔 가오리 인단

주덕장엔 쮸쮸 구리무

황강장엔 황색 연초

왜놈의 돈도깨비들

일제히 뛰어올라

돌고 공중제비하고

앞곤두 뒷곤두 번개 곤두라

지랄 육갑을 하는데도

이 고장 숫된 백성들

탁배기 한잔에 들떠

팔만 걸리면 춤이 되네

휘모리장단에 삼식육계라 줄행랑춤.

— 「소나무」(『남한강』, 68~69쪽)

술과 춤은 개체 혼자가 아닌, 타자와 함께하는 공간에서 일어난다. 그리고 팔이 걸리자 춤이 되고 자신들이 만들어낸 춤 안에서 자유롭다. 춤 안에는 말하지 않은 이야기가 있고, 춤을 추는 시간은 무언가 풍자하거나 말하지 않은 내용들을 나누는 시간이다. 각자의 사연은 아프지만 함께할 때 자신을 열고 모두가 하나 되어 슬픔 대신 삶을 이겨내는 여유와 자신들의 흥을 나누는 시간이 된다. '서울로 식모살이 간 분이는 아기를 뱄다더라' 등 겨울밤을 나는 마을 사람들의 대화는 이야기 속 이야기를 낳는다. 한 사람이 전개하는 극적 갈등 구조라기보다는 민중의 이야기가 백과전서식으로 쏟아지면서 그에 따라 이미지와 풍경, 리듬과 분위기 등을 전한다. 상상력을 통해서 적극적으로 읽을 때, 그 시와 그 시 안의 소리와 그 시 안의 이미지가 되살아나는 것이다.

　이러한 공동체 주체의 대화적 연희는 남한강에서 가장 잘 나타나므로 긴장이 고조되는 부분에 대한 분석에서 확인해볼 수 있다. 『남한강』의 종결 사건이 공동체로 주체화되면서 '연이, 돌배, 앵금 타는 사내'의 주요한 인물이 흐지부지된다고는 절대 말할 수 없다. 그들의 임무와 삶의 목적은 공동체와 이웃의 일과 무관하지 않기 때문이다. 『남한강』의 변신과 미스터리와 사건의 진행 부분을 살펴보면서 확인해본다. '눈바람'이란 소제목으로 시작하는 첫 장은 정참판댁 큰손주의 등장과 이야기이다.

　　　　정참판댁 큰 손주
　　　　나루를 향해 오고 있었네.
　　　　풀 먹인 세루 두루마기
　　　　서걱이는 싸늘한 가을 햇살.

　　　　갑자기 순사 둘
　　　　총을 들이대었다.
　　　　강 건너 벌말에서
　　　　야학 가르치는 큰 손주.
　　　　무슨 짓이냐 큰 호령에
　　　　가죽장화 발길질.
　　　　더러운 욕지거리에 포승으로 묶이고.

　　　　장꾼 틈에 섞여 나룻배에 올랐다.
　　　　오늘은 목계장 붐비는 나룻배.

점잖은 정 선생이
웬일이냐 수군들 대고

알고 보니 그이가 화적떼였다네
압록강 넘나드는 독립군이었다네.

　　　　　　　　—「눈바람」 부분(『남한강』, 92쪽)

　뒤숭숭한 소문 이후 이 소문이 앵금 타는 사내의 행방과 관계될 것
이라는 복선을 깔고 있음과 더불어 사건에 대응하는 동네 사람들의
행위 또한 이후 공동체가 함께 승리의 기운으로 뭉치게 될 것에 대한
복선이자 암시가 된다. 즉, 누군가 연계되었을지도 모를 것 같은 추
측 속에도 그저 무심하게 일상 그대로 살아가는 모습은 오히려 긴장
감을 갖게 한다. 말을 조심해야 하는 상황에서도 태연히 술을 먹고
노래하면서 자신들의 마음을 달래는 동시에 내부적 단결을 꾀한다.
노래 속에 행위에 대한 해설이 적절히 쓰이고 있음을 알 수 있는데,
특히 노래가 곁들인 연극이나 뮤지컬처럼 다장르가 결합되어 상황과
사건을 진행시키고 있음을 확인하게 된다. "처녀는 삽짝 뒤에서/눈
만 내놓고 섰고/아낙네들 어린애 들쳐 업고/문밖까지 따라 나왔다/
대장간에서 쇠징을 박다가/촌로들 아이쿠 무서워/눈 돌리고" 무관심
한 듯, 혹은 두려움에 몸을 사리는 것 같지만 이어지는 내용에서 뭔
가 동조하고 풍자하며 자신들이 주체가 되어 흥을 돋우는 것이 절대
기가 죽지 않는 모습으로 이어진다.
　"모르는 일, 우리는/아무것도 모르는 상것들/나라 일이야 양반들
이나 하라지/한 사발 해장술에도 얼큰히 취해/젓갈장단에 육자배기나

부를라네." 여럿이 모여 육자배기를 부르는 동안, 마치 후렴구를 선창이나 후창하면 돌아가면서 자신들이 할 말을 노래에 담아 표현하며 하나의 노래, 하나의 연희, 하나의 무대의 합창과 함께 각각의 군상들이 등장하거나 이어지고 흘러가며 하나의 춤의 물결을 이룬다.

"내적으로 대화가 되면서 상호적으로 언어들을 해명하는 가장 뚜렷하고 특징적인 형태는 '양식화'이다. 의도된, 의식적인, 예술적으로 조직된 잡종이다"[25]라는 바흐친의 말처럼 신경림의 장시 안에는 대화가 이루어지는 방식에서 '양식화'를 발견할 수 있다. 독창과 후렴구 혹은 대화 중에 반복되고 강조되는 후렴이 반복되면서 흥을 돋군다. 뮤지컬로서는 a(단락1)-A(후렴), b(단락2)-A(후렴), c(단락3)-A(후렴) 등의 등장인물이나 내용의 변화에 따른 병치와 그 사이에서 반복되는 합창으로 구성되는 것과 같다.

> 얼굴 잘난 새서방님 황색 연초만 찌더니
> 수납철 오기 전에 쇠고랑이 웬 말이냐
> 에헤에헤 에헤야 여기에 살자꾸나
> 뚝심깨나 쓰는 총각 씨름판만 돌더니
> 칠월 백중 다 지나고 재판소가 웬 말이냐
> 에헤 에헤 에헤야 여기에 살자꾸나.
> 몸매 고운 읍내 처녀 이마의 솜털만 뽑더니
> 잔칫날 받아놓고 반봇짐이 웬 말이냐
>
> ― 「눈바람」 부분(『남한강』, 93쪽)

25 미하일 바흐친, 앞의 책, 218쪽.

그 이후 초점은 다시 연이에게 이어지며 흥겨움 속에서도 희망과 초조가 뒤섞인 분위기 안에서 연이의 상황이 묘사되고 연이의 마음이 독창이 되어 마무리를 짓는 형태이다. 흥겨움으로 불안을 이겨내는 속에서 삶의 무게들과 희망이 묘사되는 가운데 연이로 장면이 마무리된다. 긴장을 술기운에 잊으며 함께 즐김은 두려움과 초조와 기다림을 다 안고 가는 강물처럼 다시 자신들의 운명을 바라보게 한다. 스산한 가을 장날, 서산 먹구름과 흘러가는 연이의 뗏목의 술청처럼 흘러가듯 그렇게 사건은 다음의 전개 과정을 예고하게 된다.

연이네 논다니들 술청에 나앉아
눈웃음 헤픈 가락으로 손님을 끌고
연이는 버거워.
돌배 하나만으로도 버거워
골방 깊은 데서
해장술잔이나 돌리며
금점판 한산인부들 짙은 농에
흥만 돋운다.

모르오 난 모르오 아무것도 모르오.
외진 나루에서 술파는 계집
뗏목 따라 꽃배 띄워 한 백리 흘러
수수밭 흙고랑에서 남치마를 벗었소.
떼이루 떼이루 떼이루얏다.

— 「눈바람」 부분(『남한강』, 94쪽)

강물이 흐르듯 1장면에서 2장면으로 넘어오면 사건은 뜬소문이지만 경위가 드러난다. '정참판댁 큰 손주 화적떼로 잡혀가고/대장간집 작은아들 왜놈 찔려 끌려가고/뒤숭숭한 뜬소문 속에 무넘이골에서는 미두하다 잡혀가도' '강물은 흐르고/뗏목도 흘러/산겨릅나무 단풍나무 새빨간 잎에/된서리가 내렸다'. 그럼에도 겨울은 오고 '살얼음 얼기 전에 꽃배는 더욱 바빠' 연이는 일상을 산다. 그러다 앵금 타는 사내 사내에 대한 소문도 듣게 된다.

그러나 그이는
앵금밖에 모르는 사내.
책 봇짐 등에 지고
성 따라 영 넘어가도
눈발 희끗대면 문득 멈춰 서네.

내 앵금 이승 떠나는 요령소리
내 앵금 저승길 접어드는 피리소리.

믿을 수 없는 거짓소문
둔태 높은 재에서 친구들 뛰쳐나와
죄수 호송차에 총 들이대고
그 양반 빼앗아 도망쳤다니
아니 아니 그 이를
유치장에서 보았다는 소문.

모르오, 우린 모르오

참죽나무 까치소리에도 신명이 나서
팔을 끼고 얼씨구 어깨춤 추는 백성
아무리 닦달한대도 우린 모르오

— 「눈바람」 부분(『남한강』, 95~96쪽)

　그이는 정참판댁 큰손주와는 달라서 앵금밖에 모르거나 책봇짐
이나 지고 다니는 사람이라고 연이는 부인해버리면서도 꿈에서 이
승 떠나는 요령 소리, 저승길 접어드는 피리 소리를 듣는다. 호송차
를 타고 있다 도망쳤다고 하기도 하고, 유치장에서 보았다고 하기도
하며 뒤숭숭한 소문이 오락가락하기 때문이다. 사건은 점점 정치적
인 사건과 어울려 긴박성을 보이지만 반대로 그런 통에 순사나 면장
과 친하고 왜나막신 하오리를 걸친 무리들도 있다. 반면에 긴박성 속
에서 민중들의 삶은 작은 행동 하나도 심문을 받고 살아갈 날들이 힘
들어짐이 대조된다. 놀이는 함께하는 '사건'으로 존재하며, 주인공은
집단 주체로 살아난다. 집단이 함께 체험하는 신명은 일탈과 해학이
섞이며 웃음으로 연결된다. "저자는 책을 쓸 때 마음속에 어떤 경험
적인 독자를 상정하고 쓴"[26]다고 한다. 신경림의 시는 대표적으로 독
자에게 열려 있는 작품일 뿐 아니라 시 안에서의 다성성과 함께 시를
읽는 독자의 응답이 하나가 되는 대화성을 체험하게 한다.

26　움베르트 에코, 『장미의 이름 작가노트』, 이윤이 역, 1992, 72쪽.

2) 웃음으로의 승화

　장터의 카니발은 웃음과도 연결된다. 축제는 전복과 역전, 풍자 등을 지향하면서 웃음을 추구하기 때문이다. "규범을 위반하는 기괴한 행위와 현자가 바보가 되는 행동이 일어난다. 유토피아적 요소가 있지만 당대의 현실적인 문제에도 관심이 있다."[27] 코미디의 어원은 '술을 퍼마시고 떠들어댄다'는 뜻의 'komos'에서 유래했다. 인간의 인간다움을 보장하는 기제인 자유를 가능케 하는 웃음은 전제 조건을 필요로 한다. 웃음은 같이 웃어줄 웃음의 대상을 필요로 한다. 무엇보다도 웃음은 불안을 해소시키며 그 가운데 진리를 깨닫기 때문이다. 바흐친의 그로테스크 리얼리즘은 우스꽝스럽고 정상이 아닌 일탈의 세계이다. 러시아의 광대놀음과 같은 평민들의 놀이나 세르반테스풍의 웃음은 신경림의 시에도 자주 엿볼 수 있다. 특히 신경림의 시에는 에로스적 충동과 함께 서민적·성적 풍자가 자주 나타남을 본다. 그것은 '몸'을 거부하지 않고 '몸'과 '함께' 사는 일상의 단면이다. 또한 규칙을 벗어버리는 해방이기도 하다. 웃음은 조롱과 승리를 드러내는 공동체의 웃음이다.

　　　　인분 푸고 오줌장군 지고
　　　　발바닥 부르트게 일하는 것
　　　　이 모두가 정참판네 위한 일.

27　김욱동, 앞의 책, 186쪽 참조.

인심 좋다는 정참판
외입질 잘하는 정참판.
빨래바위 새우젓 장수
엉덩이 큰 둘째딸
개똥벌레 뜬소문에
쌀 한 짝 선뜻 내어주고.

물길을 거슬러 바위에 배를 댄다.
벼랑을 기어올라 진달래를 꺾을거나,
물속으로 뛰어들어 잉어라도 건질거나.
오늘밤 달뜨걸랑
연이나 보러 갈거나.
연이 보러 갈거나.

—「새재」부분(『새재』, 85~86쪽)

　웃음은 인간 존재에 대한 근원적 긍정의 의미를 지니고 있으며 진리를 알게 해주는 기능을 한다. '산동네 새댁은 웃음이 헤퍼서' 누구와도 열린 대화가 가능하다. 건어물 장수와 농지거리를 하다가도, 한 고향 어리굴젓 장수와는 눈물도 찔끔댄다. 그 '억척'을 시는 오히려 강한 생명력으로 해석한다. '그 억척 채찍 되고 불길이 되어/사람들 한밤중에도 깨어/눈 부릅뜨게 함을 누가 모르겠는가'라며 산동네 덕담의 주인공 산동네 새댁을 소개한다. 그리고 그 주인공이야말로 웃음이 헤퍼서 산동네의 아픔을 적나라하게 드러내는 달빛이자 불길이라고 하는 것이다. '산동네 새댁'이 누구와도 융합할 수 있음은 '웃음'의 힘이다. 그것은 '열림'의 웃음이며 자신을 고집하지 않는 웃음이다. 그는 자신과 함께 웃어주고 이야기 들어줄 사람을 기다리다가 웃고 눈물 흘리는 모습을 보인다. 웃음은 때론 눈물이 되기도 한다. 타인과 소통하는 인정이 많은 사람들이지만, 가끔 자신의 신세를 웃어넘기지 못할 때 눈물을 흘린다. 자신으로 돌아오는 순간이기도 하다.

또한, 민중은 웃음이나 울음 어느 한 면으로 규정지을 수 없기에 '가면'의 소유자라고 할 수 있다. 바로 카니발적 웃음이며 전복적 변신의 자유이다. 행위자 각자가 갖고 있는 오래된 고정관념과 습관의 완고함은 쉽게 가라지지 않는다. 무엇보다 말과 행위가 그러한 생각과 습관의 완고함을 가장 직접적으로 드러내 보여주기 때문이다. 산동네 새댁처럼 누구와도 웃고 헤프고 눈물을 보이는 모습이 자신을 감추고 사는 우리에게 진리의 환한 달이 되듯, 웃음은 우리를 본질로 다시 돌아가게 하고 변신의 경계를 깨닫게 하는 것이다. 웃기를 잘하는 사람의 성격은 또한 우리에게 고정된 자신을 허물게 한다. 왜냐하면 긴장되어 사는 우리에게는 그제야 우스꽝스럽게 보이고 잘 웃는 그가 편하게 다가오기 때문이다.

키가 큰 주점 샤우저는 웃기를 잘한다
칭따오 맥주를 달래도 웃고 생선을 내오래도 웃는다
소두방처럼 검고 큰 손으로 술탁자를 닦으며
알아듣는 소리에도 웃고 못 알아듣는 소리에도 웃는다
상설시장을 가로질러 변소까지는 한 마장 거리
소채장수와 양고기장수와 만두장수 사이를 요리조리
앞장서 빠져나가면서도 내내 웃는다
똥오줌이 질펀한 땅을 깨금발로 건너뛰어

문이 없는 변소를 먼저 타고 앉아
참았던 오줌을 시원하게 내갈기면서도 웃는다
머뭇대는 내게 어서 일을 보라고 손짓하면서 웃는다

　　　　　　　　── 「友君酒店 小姐─칭따오기행」 전문
　　　　　　　　　（『어머니와 할머니의 실루엣』, 88쪽）

　여행지, 즉 이역에서 만난 '웃는 배우'는 관객이 된 나에게 긴장을
풀게 하며, 또한 일상의 역할에서 떠나 자유를 만나는 시간을 선물한
다. 배우가 무대에서 다른 '시간'을 살아보듯, 시를 읽는 독자는 시라
는 공간에서 시인의 직접 개입 없이 펼쳐지는 시를 적극적으로 즐긴
다. 그리하여 시 속의 인물이 되고 전이 체험을 일으킨다. 놀이이며
연극이며 순간적으로 일어나는 '연희'이다. 배우가 사는 허구, 극적
현재는 의미 있는 공간으로 변형된다.

　다들 잠이 든 한밤중이면
　몸 비틀어 바위에서 빠져나와
　차디찬 강물에
　손을 담가보디고 하고
　뻘겋게 머리가 까뭉개져
　앓는 소리를 내는 앞산을 보며
　천년 긴 세월을 되씹기도 한다.

　빼앗기지 않으려고 논틀밭틀에
　깊드리에 흘린 이들의 피는 아직 선명한데.
　성큼성큼 주천 장터로 들어서서 보면

짓눌리고 밟히는 삶 속에서도
사람들은 숨 가쁘게 사랑을 하고
들뜬 기쁨에 소리 지르고
뒤엉켜 깊은 잠에 빠져 있다.

참으려도 절로 웃음이 나와
애들처럼 병신 걸음 곰배팔이 걸음으로 돌아오는 새벽
별들은 점잖지 못하다.
하늘에 들어가 숨고
숨 헐떡이며 바위에 서둘러 들어가 끼여 앉은
내 얼굴에서는
장난스러운 웃음이 사라지지 않고 있다.

　　　　　　　　── 「주천강가의 마애불─주천에서」 부분
　　　　　　　　　　　　　　　(『달 넘세』, 64~65쪽)

　웃음은 모두 평등해지는 효과가 있다. 부처의 우스꽝스런 모습에서 시작한 웃음은 그쳐지지 않는다. 부처가 되는 길은 모든 것을 웃고 넘겨야 하는 듯, 부처의 웃음에서 사람들이 사는 일상이 희극적으로 느껴지는 것이다. 평화롭고 아늑한 일상은 장난스러운 웃음에서 시작된다는 듯 시는 즐겁다. 일상을 떠나서 웃는 것이 아니다. 아픔과 고통으로 바라보던 일상이 자연과 본능 안에서 살아가되, 삶의 뜨거움이 살아 있는 숨소리처럼 되살아나는 것이다. 일상의 규격과 억압에 지배되지 않고, 자유롭게 살아가는 민중의 숨소리이다. 자연과 하나 되듯 자연스러운 모습으로 웃는 남한강의 마애불의 천진난만함에 동화되어 웃음을 참지 못하는 상황이야말로, 웃음으로의 승화를 잘

그려주는 연희성의 대목이다. "신화에는 익살꾼이 흔히 나타난다. 그는 신화에서 때로는 실수를 잘하는 때로는 장난기 있는 아니면 우둔한 신인(神人)으로 나타나"[28] 웃음을 터뜨리게 한다.

'병신 걸음 곰배팔이 걸음'을 하는 것은 바흐친의 그로테스크한 몸을 보여주기도 한다. 비정상적이지만 웃음이 흘러나오는 즐거움, 몸의 훼손 등은 재생과 활기의 조건이기도 하다. 왜냐하면 웃음은 "저절로 일어나는 표현이기 때문에 인간의 지성에 속박된 것이 아니어서 한계상황에서 우리는 웃음을 통해 몸으로 대답"[29]하기 때문이다. 그것은 비웃음, 풍자, 조롱, 해학 여러 가지로 발전하며 민중을 다시 주체로 서게 한다.

웃음은 민중 자신을 향한 웃음이기도 하다. 웃음이란 억압을 넘어서는 자유로움이며 고통을 넘어갈 수 있는 힘이 된다. 웃음은 자연과 사람을 부처와 민중을 통합한다. 웃음은 공동체의 소망을 그린다. 이에 그치지 않고, 억압하는 것에 대한 폭로와 그것들에 대한 집단적 대항 주체가 된다. 삶의 두려움을 이겨낼 힘을 기르는 것으로 나아간다. 그렇게 길러진 힘은 실제적인 자신들의 삶으로 이어진다.

극락이라고 이보다 더할쏘냐
그래서 동네이름은 극락

---

28 로제 카이와, 『놀이와 인간』, 이상률 역, 문예출판사, 1994, 203쪽.

29 정현경, 「웃음에 관한 몇 가지 성찰―해체와 새로운 인식」, 『카프카연구』 21집, 한국카프카학회, 2009, 223쪽.

짙은 녹음에 건조실 반쯤 보이는 곳
병든 늙은이 개울가에 앉아 졸고 있다
시애비 병수발도 지겹고 또
못난 농투성이 지애비도 미워
며느리 돈벌이하겠다고 집 나간 지 십 년
엊그제는 새 며느리도 도망갔지만
철모르는 손녀딸애는 마냥 즐겁다
새로온 여선생이 언니 같대서
읍내에서 공장 다니는 사촌언니 같대서
공일날이라고 절에 올라가 하루를 보낸다
여선생한테 배운 사방치기로 하루를 보낸다

갈수록 궂은 일뿐인 마을을 굽어보면서
부처님이 웃으시는 까닭을 알겠다

— 「칠장사 부근」 전문(『길』, 40쪽)

칠장사 부근 극락이라는 이름을 가진 동네에 사는 사람들은 아픔이 많다. 하지만 손녀딸애가 마냥 즐겁고, 여선생이 언니 같아서 즐겁다. 궂은 일이 깔려 있으나 그들이 사는 오늘의 시간은 웃음이 퍼진다. 이 웃음은 자신에게서 머물러 있지 않고, 자연에 합일하며 그것을 향유하며 경계를 넘게 해준다. 웃음으로 해방된 인간은 타자의 사건에 참여하고 공동체와 하나가 되는 생성의 주체가 된다.

변신 가능한 민중 주체 의식은 웃음으로 해방되며 긴장 속에서도 억압당하지 않고 자신들이 역사의 틈을 뚫고 나오는 주인공이 된다. 그래서 그것은 희극적인 사건에만 그치지 않고 긴장을 몰고 가는 연희의 클라이맥스를 치닫는 대단원의 사건으로 이어지는 기승전결의 구조도 충분히 갖춘다. 변신과 속임수, 목적과 목적을 위한 행위, 행위의 실패에서 새로운 사건과의 연관이 가능하여 서구 연극의 '갈등'이라는 중심 내용도 충분히 담지하고 있음을 확인하게 된다.

특히, 장시는 하나의 무대에서 펼쳐진다고 할 때, 사건의 연속이나 긴장으로 솟구치는 힘 외에 부분 요소에서 희극적 요소를 갖거나 '마술적 리얼리즘'의 형태로 환상 장면이 추가되기도 한다. 모두 웃음을 자아내게 하는 민중이 주체가 되는 자유로운 공간이다. 도깨비들의 잔치와 장터 바닥의 아이들의 노래로 외현된다. 이것은 서울의 골목에서 보던 엿장수가 나타나면 아이들이 몰려드는 모습에서까지 이어져왔다.

죽은 아이들이 돌아들 오는구나
비석치기 사방치기 하면서
늦콩 열린 들길 산길을 메우고
엿장수 가윗소리에 어깨춤을 추는구나
어허 넘자 요령소리에 비칠걸음 치는구나

사라졌던 것들이 돌아들 오는구나
가시내들 삼베치마 삼승버선 입고 신고
올곡 선뵈는 장골목을 메우는구나
엿장수 가윗소리에 덩더꿍이 뛰면서
휘모리 숨찬 가락 흥이 절로 나는구나

잃어버린 것 잊혀진 것들을 돌아들 가는구나
살아 있는 것들 데불고 가는구나

도갓집 사랑, 깊은 골방에서
엿장수 가윗소리에 넋마저 **빼앗겼구나**
들판을 고갯길을 선창을 채우면서
가는구나 살아 있는 것들
죽은 아이들 사라진 것들 따라가는구나

　　　　　　—「엿장수 가윗소리에 넋마저 **빼앗겨**」 전문

　　　　　　　　　　　　　　　　　　（『달 넘세』, 46~47쪽）

　이야기꾼이 이야기를 전달하듯 말하는 것은 양식화와 관련된다. 작가는 이들의 입을 빌려 이야기하는 데 필요한 하나의 입장으로 사용한다. "이야기꾼의 이름으로 작가가 재생산하는 일정한 문체를 다스린다. 이것은 이야기가 아니라 양식화의 문제와 연관되는 것이다."[30] 연희성도 사건의 서사나 플롯이라기보다는 작가의 전달을 위한 양식화와 더욱 관계가 있다. 그것은 여러 악기로 이루어진 다성악적 구조처럼 다양한 볼거리와 연극적인 행위들이 결합한 풍자와 해학으로 이루어진다. 일본인 형사 앞에서 '모르오'라고만 둘러댈 수밖에 없는 민중들을 보고 싶고 말하고 싶은 환상 공간으로 데려가서 논다.

　'싸락눈 깔린 강변에/도깨비들이 모였네/외눈박이 세눈박이 곰배팔이에 언청이/고구렷적 활 도깨비 백제의 질옹기 도깨비/고려 노비

30　미하일 바흐친, 앞의 책 288쪽.

의 빗자루 도깨비/임진왜란 때 화승총 도깨비' 등 등장한 도깨비들은 잘난 일본 순사들과 달리 힘없고 결핍 많고 핍박받다 죽어간 인물들이다. 도깨비들이 부르는 노래에 그들이 생각하는 상황 판단이 들어 있다. 그리고 그들의 관점에서 하나하나 죄과를 묻고 따진다. 이것은 반드시 정치적인 것만이 아니고 도깨비가 보았을 때 '못된' 것을 다 부른다. '음지골 배좌수 딸/담배 따느라 노랑물 든 손/건조실 비사리거적에서/단속곳을 들췄니'라고 하자 '속눈썹 반만 뜨고 발발 떠는 배좌수 딸/당갑사 중치마 사준다고 꼬였지'라고 묻고 답하는 식이다. 재판의 심문 과정 같다. 심문에 응한 답을 듣고 바로 죄과에 대한 징벌이 내려진다. 옹색한 답변에 징벌을 내리는 대목은 민중들이 제창하는 형식으로 받아 강변의 어두운 새벽에 점점 고조되는 퍼포먼스가 된다. 이때 내려지는 죄과를 받는 심문자들을 보면 결국 돈 때문에 총 가진 자에게 굴복하여 이웃에게 사기 치거나 해를 입힌 경우로 공통분모를 가지며 민중들도 공감을 하며 다 같이 분노를 하게 된다.

신경림 시의 연희성 연구

구리돈 서푼 챙기면
노름방에나 드나들지
주재소 면소에는
뭘 먹겠다고 드나드니

상전 돈자루 맞잡으면
내 배라 어흠 부르고
상전 칼자루 마주 쥐면
내 기가 더 커 그랬지

원수로세 원수로세 칼 쥔 놈이 원수로세

원수로세 원수로세 바다 건너온 놈 원수로세

— 눈바람 부분(『남한강』, 98~99쪽)

　듣는 이들은 도깨비가 내린 근원적 문제에 대해 공감하게 된다. 그
러면 세상이 만든 다양하고 자잘한 숨겨 있던 일들이 들춰진다. 게다
가 그것은 우스꽝스럽기도 하여 장단에 맞춰 와르르 빠른 속도로 진
행해간다. 도깨비 잔치는 강변의 축제가 된다. 아이들이 장바닥과 골
목에서 입을 모아 합창하며 정치적 긴장 갈등도 고조되는 가운데 이
카니발은 하나의 희극적 장면으로 긴장을 풀고 가게도 한다. 장면은
다음과 같이 막을 내린다.

강변에서는 밤마다

도깨비잔치가 벌어지고

정참판댁 서아들은 미쳤다는 소문이 도네

들췄니 들췄니 들췄니

찔렀지 찔렀지 찔렀지

장바닥에서 골목에서

아이들은 입을 모아 합창을 하는데

— 눈바람 부분(『남한강』, 100쪽)

　밤에는 강변에서 도깨비 잔치, 낮에는 장바닥에서 골목에서 아이
들이 입을 모아 합창한다. 내용은 들리는 사람들에게만 들릴지도 모
른다. 이제는 민중들이 도깨비 잔치에서 깨어난다. 아이들마저 은어

처럼 일본 순사나 권력을 잡은 자들이 잘 알아듣지 못하도록 하여 비밀을 공유한다. '들췄니', '찔렀지' 하는 대중가요의 '훅(hook)'처럼 입에 맴돌며 귀에 쏙 박히는 반복 구절을 부른다. 민중들의 소리는 일상에서 억압된 현실에도 이렇게 입에 딱 붙는 '대중가요'처럼 회자된다. 어쩌면 도깨비나 장터 바닥의 아이들도 천사라기보다는 악마의 존재들이다. "악마적인 것은 일관된 의미로 형성하려는 독재 권력에 반발하는 냉소적인 웃음소리를 특징으로 한다"[31]고 한 밀란 쿤데라처럼 도깨비 잔치를 통해 자신들만의 악마적 응징을 행하고 장터 바닥에서는 아이들이 그것을 따라 부르는 악마적인 행위들이 어쩌면 신경림의 웃음의 면과 통한다고 볼 수 있다. 그 웃음의 힘이야말로 일상을 살던 사람들이 어느 순간 한마디 노래와 춤으로 강변에 모이면 잔치가 되고 장바닥과 골목에서도 합창하게 되는 힘이 된다. 이제 연이와 앵금 타는 사내와 돌배를 중심으로 하되 전체 민중이 하나의 주인공이 되어 무대를 꽉 채우는 집단 연희가 된다. 전체적으로 위에서 분석한 장면은 갈등이 고조되는 가운데 주인공들의 내면이 복잡하게 내적 갈등에 싸이게 되지만, 환상적인 장면에서 연희를 통해 주체들이 답을 얻는 과정으로 이루어진다. 환상적인 장면이란 신화적, 제의적, 유희적 연희성의 종합이라고 할 수 있다. 이제는 이렇게 집단 주체의 총체극이 되어 주인공들의 생애는 열리고 흘러간다. '칼 쥔 놈'과 '바다 건너온 놈'들과 대적할 수 있는 큰 싸움으로 장관의 스펙터

---

31 테리 이글턴, 「실재계의 이론가 슬라보예 지젝」, 『오늘의 문예비평』 50호, 2003, 220쪽.

클로 전환된다.

　웃음은 가치를 파괴하므로 원칙을 떠나 새로운 가능성의 길을 연다. 웃음은 모든 구속으로부터 자유롭기 때문에 열등한 존재를 오히려 내세워 웃음을 유발한다. 자신을 버리고, 자신에게 다양한 가면을 씌우는 놀이에서 새로운 연희 공간이 생긴다. 그리고 그 공간 안에서 진리를 깨닫게 되는 무대가 열린다. 이는 시가 일상 속에서 본질로 돌아가 새로운 언어와 새로운 자각을 발견하는 것처럼 진리의 길이 된다. 웃음은 모든 가치가 전도되고 상하 주종 관계가 열린 평등의 관계로 전환되는 카니발 세계의 핵심이 된다.

　신경림의 시는 민중의 다양한 목소리를 담아내며 그를 통해 개인적 자아의 세계에서 세상을 열고 나오는 경계에 서게 되는 카니발의 공간이다. 그 공간에서는 일상의 억압에서 세계의 평등함으로 나아가는 웃음을 만나게 된다. 그것은 자아, 공동체, 세계가 연결되는 유희를 통한 각성의 카니발(축제)의 시간이기도 하다.

제5장

결론

필자는 신경림의 시를 읽는 순간 관객이 된 듯, 연희적 상상력이 작동하는 힘의 근원을 연구하여 시적인 본질을 살려 공연화할 수 있는 이론적 뒷받침을 하고자 하였다.

그리하여 신경림 시의 연희성을 신화적 연희성, 제의적 연희성, 유희적 연희성으로 나누어 연구해보았다. 첫째, 신화적 연희성에서는 신화적 이미지를 우리 자신과 관련시켜 읽어내는 작업을 하였다. 둘째, 제의적 연희성에서는 춤이 언어로 분화되기 전의 최초의 것이라 보고, 신경림 시 안의 신명의 내용을 춤이라는 주제로 살펴보았다. 특히 한국적 신명을 통해 집단을 둘러싼 세계와 연결시켜 자신들의 인생에 대해 숙고해보는 시간을 갖게 함을 보았다. 셋째, 유희적 연희성에서는 공동체의 놀이와 웃음을 연구하였다. 여기에서는 신경림의 시가 슬픔과 죽음을 넘어 웃음으로 승화, 삶의 축제로 나아가는 점을 발견하였다.

더불어 신화적 연희성에서 원형에 대해 논의하면서 민중 영웅이 시 속에 어떻게 존재하는가를 보았다. 그것은 독자가 마치 연극을 보는 관객이 된 것처럼 상상력으로 펼치는 연희의 세계였다. 또한 제의적 연희성에서는 꿈을 이루지 못한 원망이 춤과 신명으로 발전함을 보았다. 그리고 유희적 연희성에서 주로 살펴본 세속놀이는 타자와의 관계를 원활하게 하며 무엇보다도 자신을 되돌아보는 계기가 됨을 보았다. 공동체는 새로운 사고와 실천으로 민중성을 지향하며 시인은 행인이 되어 장터의 이야기와 풍속과 놀이를 대화성과 웃음으로 승화시킨다.

이에 신경림 시의 연희성이 단순히 시의 서사가 강하여 공연물이나 스토리텔링으로 전환하기 쉽다는 뜻으로 국한되지 않음을 알 수 있었다. 그것은 연극 이론과 연극사의 태초로 올라갔을 때, 제의적인 공연물, 노래와 춤과 놀이와 제식과 종교성이 모두 포함된 종합예술로서의 특징에 더욱 가깝다는 것을 알 수 있었다. 그동안 시나 소설을 대중예술의 장르에서 변용하거나 각색하여왔지만 시적 본질을 잘 살리지 못했다는 평가나 소설에서 풍부했던 이야기성이나 감동이 기대만큼 성과를 거두지 못하였다는 평가를 받기도 하였다. 그렇다면 무엇이 대중적 변용에 알맞은 장르인지, '재미있는 텍스트'는 무엇인지에 대한 고민이 이루어지기도 하였다.

그리하여 이러한 문제의식으로 시의 연희성 연구는 시 창작 과정과 수용 과정뿐 아니라 시의 매체 전환 가능성에 대한 연구로 이어짐도 알 수 있었다. 연희성으로 읽은 시 연구가 시의 매체 전환에 대해서도 유연할 수 있는 이론적 토대가 됨은 시 안의 다양한 연희적 속성을 읽는 것으로부터 시작한다.

문학 특히 시는 공연에서 매우 매력적이고 풍부한 맛을 살려주는 것이며, 그러므로 공연의 모든 것은 시적인 것이라고 할 수 있다. 이것은 특히 신경림의 시와 같이 연희적 요소를 갖는 시와 연계할 때 더욱 긴밀히 상호 매체성을 발휘할 수 있을 것이다. 이것은 시문학에서의 성과만이 아니라 보는 관객의 역할을 벗어나 민중이 참여하는 연극으로 발전해가는 공연계의 성과와 결합할 수 있다.

이것은 지역적인 것에 국한하거나 세계 보편적인 어떤 것일 필요가 없다. 신화적 연희성, 제의적 연희성, 유희적 연희성은 환상이 아니라 다시 복구해야 할 고유하게 내재된 신경림 시 안의 내재적 특성이기 때문이다. 이것은 시와 예술, 그리고 신화와 연극에 대한 풍부한 상상력으로 텍스트를 다시 읽고 다시 쓰는 것이기 때문이다. 이는 어느 지역에 가서나 지역 주민들과 함께 만드는 연극을 시도하는 방향으로 나아가는 데도 일조할 수 있음을 말한다. 그럴 때에 이 연구를 적용하여 민중적이고 대중적인 장르로 거듭나게 할 수 있을 것이다. 이때 신경림 시의 연희성은 대표적이고 모범적인 사례가 될 것이다. 또한 상상력으로 빚어진 연희는 새로운 형태의 작고 큰 공연을 가능하게 할 것이다. 창작은 보편성의 특징을 갖고 이역에서도 낯설지 않은 풍경으로 부활 가능한 것이다. 가장 총체적인 분야로서의 뮤지컬, 무용 공연, 조형예술이나 영상예술과의 융합 등 다양한 모색도 가능하리라 본다.

이 연구의 목적은 우리의 전통성을 찾자는 원칙이 아닌, 신경림 시 안의 풍부한 연희성을 살리고 현대의 공연에 시적인 문학을 결합하는 방법과 창작에 도움이 되고자 하는 것이었다. 현재의 관객이나 독자와 반응하는 과정에서 좋은 결과물이 생겨나리라고 본다. 이것은 바로 필자가 여기서 연구한 대화성의 결과이기도 하다. 대화성이 가능한 이유는 놀이 형식이나 축제 형식에서 발전하였기 때문이었다. 민중의 일상에는 놀이와 춤이 함께하며 성적 농담과 희열로 흥을 돋우고 설움과 한을 웃음으로 초월해가는 풍속이 담겨 있음을 확인하였다. 이러한 점으로 인해 신경림 시는 대안연극으로서 창작 공연의 재료가 될 수 있다.

대화성은 저자보다 수용자, 독자와 관객의 상상력과 연희적 능력에 크게 의존함을 뜻한다. 그것은 이야기하는 자와 연희하는 자의 말과 행위로 표현되기에 문자보다도 더 생생한 영상적 힘을 발휘하고, 관객에게 직접 말하는 듯한 연희적인 속성을 갖게 된다. 노래를 부르는 것은 노래를 듣는 타인을 전제로 한다. 서정으로 터져 나오는 동질감의 표명은 내가 아닌 타자의 이야기와 만나는 시간이다. 노래 안에서 자신을 발견하게 되기에 노래는 가슴에 남는 것이다. 노래 안에서 자신을 열고 그 시간을 받아들였던 기억에 대한 인식 때문이다. 이 연구 역시 '대화적'인 모색을 통해 앞으로 시의 연희성 연구로 범위가 확대되고, 신경림 시의 연희성의 요소 분석으로 깊은 이론 작업이 뒤따르리라 본다.

또한, 현대연극이 점점 장르의 융합을 추구하는 시점에서 그동안 가장 농촌적이며 민중적인 시라고 인식되어온 신경림의 시가 연희성 요소와 현대적 공연물로의 변용 가능성을 가지고 있다는 것을 확인하였다. 스펙터클로서의 춤, 노래, 놀이, 자연 등이 풍부하기 때문이다. 이는 변용 가능성 이전에 시 안에 내재된 연희성을 전제한다. 포스트모던 연극과 연극인류학에서는 퍼포먼스를 의사소통 과정으로, 연행적 사건을 텍스트와 맥락의 융합으로 이해한다. 이 개념에 비해 일상성에서 연극성이 좀 더 강화된, 즉 관객과 함께 펼쳐지는 공연성에 더욱 집중함과 동시에 그것이 서양 연극의 개념만이 아님을 강조하여 필자는 연희(演戲)라는 표현을 사용하여 연구하였다. 이는 자유로운 시적 서정을 동양 연극, 특히 한국 연극의 창작성을 구현하는 정서로 보고, 이후 '대안적 연극'의 이론적 모색이 될 수 있도록 하였다. 이러한 연희성은 특히 최근 연극의 경향과 관련하여 주목할 만하다. 1950년대 소비에트의 음유시인의 활동도 주목할 필요가 있다. 기타로 자신이 지은 시를 직접 연주하고 노래하는 형식과 소박하고 진솔한 스타일은 시(노래)를 외우고 즐기는 방식으로 검열을 피해 전달할 수도 있었다.

더욱이 신경림 시의 연희성에서 신화성과 제의성, 유희성에 해당하는 특성을 찾아내고 분석함으로써 필자는 연희성의 요소가 1970~1980년대의 시의 특징만은 아니라는 것을 알 수 있었다. 오히려 시 전반을 걸쳐 다양한 내용으로 파악되었다. 농촌시뿐 아니라 최근의 시집에서 보여주는 신화적인 꿈의 세계를 통해 현실을 날카롭게 그려내는 방식에서 뚜렷하게 확인되기도 하였다. 그러므로 신경림의 시를 과거의 농촌시나 민중시로서 접근하는 것에서 벗어나 보편적인 연희성을 연구하는 일은, 신경림의 시를 로컬리티로만 이해할 것이 아니라 원형을 획득하면서도 주체적인 텍스트로 연희될 수 있는 것으로 이해하게 한다. 구전된 이야기가 민속 동화가 되고, 그것을 타국의 연출가가 보편적 형식의 공연으로 연출한 예는 최근에서도 성공적인 사례가 있다. 러시아의 연출가였던 바흐탄코프(1833~1922)도 페르시아 동화에서 소재를 발췌한 〈공주 투란도트〉(1922)를 연출한다. 민속 이야기의 풍부한 연희성이 현대적 장르로 재탄생된 것으로 몸짓과 노래, 집단 출연 등 그동안 논의되어온 내용들이 풍부하게 포함되어 계속 공연되고 있다.

신경림의 시를 연희성으로 읽는 과정의 분석을 통하여 연희적 요소를 변용하여 타 매체로의 전환이 가능하다는 것과 시적 효과를 최대화하는 새로운 창작을 위한 요소가 풍부하다는 것을 알 수 있었다. 신경림 시의 가장 중요한 핵심 정신은 꿈이다. 이루지 못한 꿈은 시가 되고, 그 시의 요체는 꿈의 춤으로의 전환, 신명으로의 상승이다. 바로 본래적 자신에게로 돌아가는 길이다. '어머니와 할머니의 실루엣'을 다시 보는 일이다. 시인은 민족과 민중, 그리고 고향과 이역을 넘으면서 또한 자신의 한평생을 버리고 찾고 떠나오면서 이제 무엇을 볼 것인지 고민한다. 그가 다시 보고자 한 것은 '별'이었다. 그동안 찾아다닌 것, 혹은 한동안 잃어버린 것을 다시 보게 된 것이다. 자신의 시를 발견하게 해준 것들, 자신의 시 안을 채우고 있는 것들을 보았고, 그 반짝이는 별을 독자에게 돌려주고 싶어 한다. 시인 혼자의 것이거나 시인의 시를 읽고 이해하는 사람만의 것이 아니다. 시 안의 몸들이 살아나고 시 밖의 관객들이 다시 그곳을 찾아와 새로운 별을 발견하는 일이다.

신경림 시는 신화적인 보편성의 무대에서 제의적인 깨달음의 시간을 갖게 한다. 정해진 완성의 그 무엇이 아닌, 함께 즐기고 웃는 유희적 연희가 되며 제의적 연희성을 계승하면서 신화적 연희성의 보편성으로 폭넓은 공감대를 형성할 수 있다.

독자들은 시를 통해 이야기와 노래 그리고 감동을 한순간에 체험한다. 시를 읽거나 말하거나 쓰고 싶은 열망 안에는 이야기, 노래, 감동과 만나고자 하는 열망이 모두 포함된 것이다. 신경림 시의 연희성 연구는 시적 체험을 연희성이라는 측면에서 접근함과 아울러 시의 텍스트의 자유로운 변용을 위한 이론적 토대에 관한 것이었다. 신경림 시 읽기의 새로운 접근은 시 창작을 비롯하여 다양한 현장에서의 콘텐츠 창작을 위한 활용은 물론이고 시를 읽는 기존의 독자에게도 자유로운 상상력을 더욱 추동하는 것이 되었다. 앞으로 더욱 기대되는 연구와 성과를 위하여 더 깊은 논의가 이루어지며 장르 간 연구도 활성화되길 바란다.

제2부

신경림 시의 비교문학적 지평

제1장

영웅서사의 시적 변용

신경림의 『남한강』과 예이츠의 『어쉰의 방랑』의 비교

1. 서론 : 영웅서사의 시적 변용 비교 연구의 목적

한국과 아일랜드는 오랜 식민지의 경험을 갖고 있었으며 근대화 과정에서 소외와 분열, 그리고 주체의 확립에 대한 고뇌를 안고 있었다는 공통점을 갖고 있다. 시대적 억압이 주는 갈등 속에서 인간의 본질을 찾아가는 시인은 개인적 정체성을 찾아가는 길과 더불어 자신이 속한 공동체의 희망을 노래하는 자리에 서게 된다. 본고에서는 한국의 신경림과 아일랜드의 예이츠(W. B. Yeats)에게서 자국의 민중서사와 영웅 모티프의 시적 변용으로 탈식민지적 정체성을 회복하여 주체적 삶의 본질을 모색한 시 정신을 비교 연구하려고 한다.

농촌의 이야기와 민요의 형식을 초기 시에서부터 반영한 신경림은 고통을 노래하고 고통을 넘어서려는 민중의 영웅서사를 모티프로 한 서사시 『남한강』을 탄생시켰다. 예이츠 역시 아일랜드 투쟁과 통일의 근대사를 횡단하며 민족 정체성을 찾는 일의 중심에 섰던 시인으로서 설화시와 극시 등의 형태로 아일랜드 신화 차용에 적극적이었다.

충주가 고향인 신경림 시인은 서울에서 지내기도 했지만 다시 충주로 돌아갔고, 예이츠는 더블린이나 영국에서 생활하는 중에도 다시 자신의 외가가 있던 아일랜드 서부 슬라이고로 돌아갔다. 두 시인 모두 직접 시골 사람들로부터 민담이나 민요를 발굴하려고 노력했으며 그러한 소재로 시적 변용을 이루어내었다는 공통점을 갖는다. 그것은 시대적인 억압과 갈등으로부터 정체성을 획득하려는 모색과 새로운 세상으로의 초월의 결합으로 나타난다.

신경림의 경우 시집 『남한강』을 주요하게 분석하고, 같은 모티프를 내포해온 시를 살펴볼 것이다. 예이츠의 경우는 초기 극시인 『어쉰의 방랑(The Wandering of Oisin)』을 분석할 것이다. 비교 연구는 첫째, 억압의 세상에서 다른 세상으로 떠나게 되는 영웅 캐릭터로 등장하는 주인공의 비교를 시도할 것이다. 즉, 『남한강』 1부의 '돌배'와 『어쉰의 방랑』의 주인공 '어쉰'에 대한 비교이다. 둘째, 영웅을 기다리며 고통의 시대를 살아가는 민중서사의 주인공인 『남한강』의 2부 「남한강」의 주인공 '연이'를 그릴 것이다. 또한 지상의 남자를 결국 돌려보내야 하는 『어쉰의 방랑』의 요정 니아브의 변화도 살펴볼 것이다.

즉, 『남한강』은 초월로 떠난 영웅과 지상의 남은 고통을 이겨내며 영웅을 기다리는 삶의 주인공으로 민중의 모습이, 『어쉰의 방랑』은 초월로 떠난 영웅이 지상으로 다시 돌아감과 지상에서 초월의 아름다움을 발견하는 서사로 이루어진다. 이 두 작품을 비교 연구함의 목적은 영웅서사의 시적 변용으로 이루어낸 과정을 연구하고, 그 과정을 거쳐 도달한 지점을 모색하고자 함이다.

2. 고통의 바닥에서 정체성을 찾기 위한 서사 차용

두 시인이 공통적으로 민중서사를 차용한 계기는 시대적 배경에서 찾아질 수 있다. 아일랜드와 한국은 모두 식민지적 억압에서 자유롭지 않았으며, 신경림과 예이츠는 시대적 억압으로부터 정체성을 찾는 소명을 갖게 된 점뿐 아니라 시인 자신들의 젊은 날의 고뇌로부터 자유롭지 못했다. 신경림은 데뷔하지도 못한 상황에서 아내가 죽었고, 예이츠의 청년 시절 역시 어머니가 돌아가시고 민족영웅인 여성 모드 곤과의 사랑에서 오랜 좌절을 맛보아야 하는 시련을 겪었다. 이들에게 현실은 초월하고 싶은 것이었다. 신경림에게는 장터에서 못난 사람들과 취기에 어울리다가 그곳에 존재하지 않는 죽은 자들을 기억해내는 일이었고, 예이츠의 경우에는 민담의 영웅적 인물로부터 상상의 세계를 펼치는 일이었다.

219

식민지 권력에 대항한 폭동의 주도자나 악인으로 역사화된 인물은, 포스트 식민주의 연극 안에서는 제국주의적 지배에 대항해 자유를 쟁취하는 데 탁월한 역할을 수행한 인물로 재구성된다.[1]

---

1   헬렌 길버트 · 조앤 톰킨스, 『포스트 콜로니얼 드라마』, 문경연 역, 소명출판,

신경림은 비주체적 근대화에 맞서는 영웅을 탄생시켰다면, 예이츠는 지상의 갈등을 예술적으로 통일하려는 염원으로 영웅서사를 탄생시켰다. 민중의 정체성을 기억하고 지상을 살아내되 민중의 희망을 이루어내려던 그 의지는 시인이란 무엇인가에 늘 질문하는 길과 같다. 시는 잠에서 눈을 뜨고 죽은 자의 소리를 들으며 희망을 기억하며 살아내는 일이고 그 만남을 위해 노래하는 일이다. 그러므로 민중시로만 분류되던 『남한강』도 그러한 시인의 각성을 민중에게 들려주는 노래이며 시인 자신의 정체성을 찾는 과정이 포함된 것으로 읽을 수 있다.

신경림이 청년 시절 고향에서 머무는 동안 쓴 「눈길」[2]에서 이미 『남한강』은 쓰이고 있다. "억울하고 어리석게 죽은" "빛바랜 주인의 사진 아래서" 화자는 술에 취해 연상의 아낙과 육백을 치고 농지거리를 한다. 그러면서도 벽에 걸린 아낙의 죽은 남자와 불어오는 바람 소리에 사로잡힌다. 아낙은 억울한 죽음에 대해 이야기하고 신세타령을 한다. 아낙의 신세타령에 등장하는 "여기 없는 자"는 시대에 맞서 싸우다 사라진 영웅이 되어 탄생하는 것이다. "여기 없는 자"는 노래하기 시작한다. 그것이 신경림의 시에서는 『남한강』의 1부 「새재」의 '돌배'이다. 그리고 예이츠의 경우에는 아일랜드 영웅서사를 차용한 초기 극시를 살펴보겠다. 영국계 아일랜드인으로 아일랜드 독립운동을 하면서 사회의 통합과 자아의 정체성을 고뇌하던 그는 아일랜드 민담

신경림 시의 연희성 연구

2006, 169쪽.
2   신경림, 『農舞』, 창비, 1975, 21쪽.

의 영웅신화에서 그 돌파구를 찾아내었기 때문이다.

1) 지금은 죽은 자, 초인의 목소리가 되어

신경림의 서사는 고향의 농민들과 이웃 사람들에게 들었던 일화와 실제 사건 안에서 허구적 인물을 창조하여간다. 그것은 실제의 존재(들)일 수도 있고, 민중이 희망하는 전형일 수도 있는데, 이것이 점점 신화적 인물로 스스로 태어난다. 지상의 억울함 때문에 모여든 사람들은 파장이 되어도 돌아가지 않는다. 억울한 이야기가 파노라마처럼 펼쳐진다. 그때 시인은 용맹스러운 힘을 찾는다. 그것은 불현듯 죽음으로부터 들려오는 노래이고 이야기이다. "못난 놈들은 서로 얼굴만 봐도 흥겹다"로 시작하는 시 「파장」[3]은 "달이 환한 마찻길을 절뚝이는 파장"으로 끝이 난다. 실재 현실의 고통은 취기로 달아오르고 고통을 해소하지 못한 채로 달밤을 절뚝이며 슬그머니 이야기의 세계로 들어간다. 민중이 가슴에 품은 기억해야할 민중서사의 시작이다. 그것이 『남한강』의 이야기이며 1부 「새재」의 돌배의 이야기이다. 돌배가 들려주는 이야기가 시의 끝에서 이미 죽은 자의 내레이션이었다는 것을 드러내면서 그는 참수되어 목만 매어달린 채 이야기를 마무리한다. 즉 3부작의 집단적 공동체 서사는 죽은 자의 '말씀', 다시 말해 영웅의 탄생과 부재로부터 시작된다. 지상에서의 부재, 저세상

---

3 앞의 책, 16쪽.

으로의 떠남이다.

「새재」는 동학이라는 사건을 재형상화하고 의병에 가담하였다가 처형된 '돌배'라는 허구적 인물을 주인공으로 하고 있다. 현실을 반영한 허구이면서도, 마지막 연으로 가면서 그가 이미 죽은 인물이라는 것을 알게 될 때 이 시대적 배경과 시간이 갖는 의미는 이미 '초월'의 세계를 포함하고 있음을 감지하게 된다.

민중에게는 고유한 힘이 있었다. 그러나 억압된 방식으로 전개되는 근대가 강요하는 삶은 밀려나는 삶이며 땅을 잃고 강을 바라보는 삶이다. 신경림은 고향 사람들에게 남아 있는 작은 기억을 찾아내고 환희에 넘쳤으며 그 희망의 노래를 시에 담고자 하였다. 이는 예이츠가 자신의 고향 사람들에게 들은 민담에서 분열된 아일랜드를 고귀한 정신으로 통일할 수 있는 모티프를 찾은 것과 같다. 신경림에게 그것은 우리 안에 있던 "뿔"을 기억하는 일이다. 억울하게 죽은 수많은 친구들의 슬픔의 노래를 듣고 외면할 수가 없다. 그들이 간 곳을 그리워하고 그들의 죽음을 떠올리며 지상에 없는 자의 노래를 통해 영웅성을 찾는다. 그것은 죽은 자가 간 곳에 대한 그리움이며 갈등과 싸움으로 점철된 그들의 일생에 대한 기록이다. 시인이 먼저 노래하는 자이듯, 민중이 기억하는 영웅은 먼저 분노한다.

그러나 한 아낙네
왜놈 기사가 희롱할 때,
홑적삼 짖기고 무명치마 트더질 때,
야윈 젖가슴 더러운 손 들어갈 때,

내 살점은 떨리고
몸에 소름이 돋았다.

— 「새재」 부분(『남한강』, 35쪽)

인간이라면 솟구쳐야 할 분노로 시작한 '돌배'의 행적에서 그는 차츰 새로운 모습으로 발전한다. "양반님네 새재의 큰 도둑 치기 위해/ 의병을 모은다는 소문이 들리고"를 보면, 양반님네가 모은 것은 의병이고, 돌배는 "큰 도둑"일 뿐이다.

그러나 장렬한 죽음에 이르기까지 자신의 이야기를 고백하고 세상을 떠나는 자의 목소리를 들려줌으로써 역사를 다시 노래하는 것이다. 그렇다면 돌배는 억울한 죽음으로 전사한 무식한 농군이 아닌, 참수된 머리만으로도 "뿔"을 기억하게 하는 민중의 영웅이자 회복해야 할 인간의 고귀한 성품의 드러냄이다.

경계에 있는 시인은 이 삶으로부터 빠져나가고 싶다. 빠져나가고자 하는 이유는 그 어느 곳에도 희망이나 대책이 없기 때문이다. 지리멸렬한 가난을 생각하면 분노가 올라온다. 분노는 싸움을 낳는다.

싸우지도 못하고 비명 한번 질러보지도 못하고 살아가는 현실에서 싸움은 용기가 필요하다. 용기는 옛이야기 속에 있다. 역사 속에서 봉건적인 시대에 맨몸으로 일어난 민중들이 있었다. 그것은 역사이며 신화가 되어 전해져온다. 분노는 분노의 역사의 한 장면을 회고하고, 그 회고의 역사 속에서 승리의 한순간을 상상하고, 그 상상은 지역의 역사와 결합하며 정체성을 회복하고 지상의 억압으로부터 초월하게 된다.

「새재」는 다섯 개의 장으로 이루어진다. '서장'은 봄 풍경 안에 이름 없는 돌무덤으로부터 시작한다. 뱃사공인 돌배가 살아가는 장은 "이무기"를 품은 삶, 그의 배는 "어기야디야" 흘러 정참판네 곳간 습격을 시작으로 나라 잃은 슬픔을 알게 된다. 드디어 일본 기사를 응징하는 "황소떼"가 되어 새재로 올라가 의병들을 만난다. 의적이 된 돌배는 참형을 당해 "빈 쇠전" 종대에 잘린 목이 걸리며 끝을 맺는다. 돌배를 따라가다 보면 시대와 공동체를 만나게 되고 영웅서사가 완성된다.

돌배가 "이무기"로 상징되는 것은 다음의 성격에서 나타난다.

> 어머니는 내가 두렵다 한다
> 내 이 억센 힘이 두렵다 한다
> 한밤중에 뛰쳐나와
> 강변을 한바퀴씩 휘돌아치는
> 내 미친 짓이 두렵다 한다
> 먼 산을 향해 늑대처럼 짓는
> 내 울음이 두렵다 한다
>
> ― 「새재」 부분(『남한강』, 11~12쪽)

224

그저 장짐을 나루는 사공인 돌배가 "승천 못한 이무기처럼 운다"는 것은 잠재된 영웅임을 보여주며, 돌배의 독백인 "안인심 후하다는 큰 마님/그 웃음이 나는 싫네"를 보면 지배계급에게 당해온 삶 속에서 그들의 위선에 갈등하는 주인공의 모습을 엿보게 된다.

"무기를 버리는 자 살려준다 한다, 투항하는 자 전비를 묻지 않겠다

한다"는 회유에도 그는 영웅성을 견지한다. 그는 죽음으로 이 세상을 떠난다. 그는 떠나고 없지만 그의 노래는 남고, 그의 이야기는 '말씀' 이 된다. 즉, 그는 민중의 가슴에 영웅서사로 쓰이고 기억되며 이어져간다.

2) 영웅의 입문, 지상으로부터의 초월

『남한강』은 옛날부터 단편적으로 전해오는 시편과 이야기를 바탕으로, 아일랜드의 전설적 인물인 어쉰이 초자연 세계의 아름다운 요정 니아브와 더불어 만족의 섬을 찾아 삼백 년 동안 세 섬들—환희의 섬, 공포의 섬, 망각의 섬을 방랑한 끝에 실패하고 결국 현실로 돌아와 생을 마친다는 내용을 다룬 시이다.

시인이자 무사인 영웅 어쉰은 그의 노래와 명성을 듣고 찾아온 니아브를 따라 방랑을 시작한다. 잔치와 사냥과 음악을 즐기며 백 년을 보낸 다음, 괴물과 백 년간의 싸움을 계속하고, 백 년간 잠을 잔 뒤 고향에 대한 그리움으로 니아브와 헤어져 귀환한다. 그러나 말에서 떨어져 흙에 닿는 순간 늙고 초라한 모습으로 변한다. 예이츠는 전설보다 여행지를 세 곳으로 늘려 로맨스의 패턴에 맞추는 등 변용을 통해 탐색의 여정을 보여준다. 어쉰은 니아브와 사랑을 나누고, 괴물과 싸우며 비전을 본다. 이 탐색의 목표는 영원한 이상인 '시인의 세계' 이다.

현실에서 누릴 수 없는 소망을 실현하기 위하여, 주로 인도 등의 이국적이고 낯선 것을 탐색하던 예이츠는 시인 자신이 친숙한 신화

225

와 전설의 고장 슬라이고를 배경으로, 물질문명으로 상실된 타락 이전의 낙원을 복원시키고자 하였다. 그것은 허물지 못하는 경계로 대척하여 고통받는 아일랜드의 통일의 모티프를 발견한 것이라고 말할 수 있다.

슬라이고에는 게일어를 사용하는, 즉 영어를 모르는 문맹의 시골 사람들이 노래 부르던 상상력이 풍부한 이야기들이 있다. 그 이야기들을 교육받은 계층 사이에 유포시키고, 문학과 음악과 언어, 춤과의 결속을 재발견하여 민족적 정체성을 예술로 표현하는 문예부흥 운동을 통해 공동체의 통합을 이루어내려 하였다. 그것은 상상의 세계 속에서 이미 전쟁과 사랑의 영웅, 삶과 죽음의 영웅상을 제시하고 창조해내는 일이다. 그때 그가 사용한 것은 로컬리티에 기반을 둔다. 이를 김주성은 "아니마 문디, 혹은 세계령의 기본이 현세와 과거를 연결해주는 요정과 귀신이 출몰하는 지역에 있는 지역령"[4]이라고 주장하는데 다음과 같은 내용을 바탕으로 한다.

신화적 요소들과 현실과 환상이 공존하는 공간적 배경들, 삶과 죽음의 세계와 그 중간의 세계가 윤회적으로 나타나는 시간적 배경들은 모두 작가와 그의 독자들에게 모두 친숙한 세계이다.[5]

---

4 김주성, 「예이츠의 아니마 문디와 지역령」, 『한국 예이츠 저널』 36, 2011, 207쪽.
5 김주성, 「예이츠의 연극에 나타난 세계영의 사상」, 『한국 예이츠 저널』 19, 2003, 78쪽.

『어쉰의 방랑』 역시 예이츠의 고장으로 통하는 슬라이고를 배경으로 먼 옛이야기를 상상을 통해 재구성했다. 전쟁에서 패배한 어쉰이 부왕 핀과 함께 무사들과 사냥을 나왔다가 당도한 메이브 여왕의 돌무덤이 있는 곳은 녹나레이산이며, 요정 니아브를 만나 환상의 섬으로 떠난 곳은 슬라이고만의 해변이다. 뭍으로 회귀한 늙은 어쉰이 죽는 곳은 불벤산 기슭이다. 어쉰이 요정 니아브와 방랑한 세 섬은 시인이 어린 시절 보았던 섬들의 투영이다. 예이츠는 민요조의 가락에 조상의 고향 이야기를 새롭게 꾸미며, 전통문학의 맥을 잇고 인간성 회복이라는 과업을 수행하였다.

영웅서사는 현실의 갈등에 굴복하기보다는 순수 세계로의 초월을 꿈꾸며 가보지 않은 세상으로 떠나고 싶은 이상향을 보여준다. 「몰래 끌려간 어린애(The Stolen Child)」(*The Collected Poems of W. B. Yeats*, p.14)에서 요정은 "세상이 슬픔만으로 가득하다(the world's more full of weeping)"며 순수의 이상 세계로 가자고 유혹한다. 요정이 데려가는 어린이는 가장 순수하고 젊고 아름다운 존재이기 때문이다. 그런 아름다운 아이는 현실의 세계에서 슬픔을 겪으며 살아서는 안 된다고 설득하는 것이다. 하지만 "더 이상 따뜻한 언덕에서 들려오는 송아지들의 나직한 울음을 듣지 못하게 되리라(He'll hear no more the warm hillside/Of the calves on the warm hillside)"고 하며 지상과의 이별을 암시한다. 그러나 지상으로 회귀해야 할 목적도 새로운 세계의 경험을 하지 않고서는 알 수 없는 일이며 따라서 지상에서 굴복하며 살기보다 자신의 정체성을 찾아가는 것은 영웅의 첫 수행의 시작이다.

지상의 가장 예쁜 아이를 요정의 나라에서 시샘하여 데려가든, '슬픔만이 가득한 곳'을 떠나야 하든, 이 세상의 슬픔을 깨닫고 떠나는 모티프는 영웅신화의 전형이라고 할 수 있다. '돌배'가 뱃사공에 불과한 민중이지만 이무기의 울음을 울던 점에서 영웅성을 갖고 있다고 한다면, '어쉰'은 사슴과 사람 사이에서 태어난 아들로 그 신분부터 특별하게 출발한다. 이세순은 "정신적으로 비슷한 처지에 있었던 어쉰과 니아브의 어울림은 흥미를 잃은 현실을 일탈하려는 시인 자신의 낭만적 행동을 표출하는"[6] 것이라고 한다.

청년 시절부터 지상에 대한 불만족과 초월에 대한 사유, 그리고 다시 지상으로 돌아옴에 대한 고뇌를 하던 예이츠는 『어쉰의 방랑』에서 '지상의 불만 → 초월을 꿈꾸나 지상으로 돌아옴 → 지상에서의 엇갈림' 등의 원형을 시적 변용으로 표현한다. 돌배의 떠남, 돌배 없는 세상에서 살아내는 현실과 돌배를 기억하게 하는 사랑, 비로소 남한강에서 죽은 자와 산자의 만남과 회복의 시간이라는 『남한강』의 서사와도 보편적 서사 패턴이라는 공통점을 찾을 수 있다.

프레인(Michel Frayne)에 의하면 고금의 대시인들은 음악적 언어를 갖춘 민속학자들과 다를 바 없다고 한다. 예이츠의 경우에도 그의 문예 활동은 시와 연극으로 전설과 신화를 재발굴하고 영웅적 세계를 당대에 조명, 내부 갈등을 해결하려는 노력을 보여준다. 신화적 보편성과 원형은 영국계 아일랜드인에게도 그리고 슬라이고라는 작은 고

---

6   이세순, 『W. B. 예이츠 시연구 2 ; 설화시와 극시편』, L.I.E, 2009, 315쪽.

장의 토착 민속문화에도 공통적으로 등장하였으며 이를 바탕으로 이원론적 세계를 통합하는 영웅의 모습을 보여주었고 그 서사를 운문의 형식으로 빛나게 하였다.

『어쉰의 방랑』은 사슴과 사람의 아들인 어쉰에게 요정의 세계 니아브가 나타나며 시작된다. "나의 나라는 아득하고/파도가 용솟음치는 바다 저편에 있습니다(my country far/Beyond the tumbling of this tide)"라고 하며 다가온 그녀는 왜 어쉰을 찾아왔는지를 설명한다.

> 여러 왕으로부터 구혼을 받았지만, 사랑한 남자는 없습니다.
> 그러나, 드디어 다나안의 시인들이 어쉰의
> 명성을 노래하는 시를 나에게 들려주었습니다
> 지금은 생각하고 있는 것만으로 현혹될 것 같습니다.
> 어쉰의 손으로 적을 쳐부순 수많은 싸움의
> 무훈, 그 지혜의 모든 것들을.
> 또한 비가 그친 땅에서 황혼에 춤을 추는[7]

> 'I loved No man, thought kings besought,
> Until the Danaan poets brought
> Rhyme that rhymed upon Osin's name,
> And now I am dizzy with the fame
> Of all that wisdom and the fame
> Of battles broken by his hands,
> Of stories builded by his words

---

7   Yeats, W. B, 『W. B. 예이츠 시전집』, 권의무 역, 한신문화사, 1985, 479쪽.

At evening in their rainless lands.'

— *The Collected Poems of W. B. Yeats*, p.309

어쉰의 명성뿐 아니라 그의 시에 매혹된 요정을 따라 어쉰은 니아브의 나라로 가게 된다. 그의 시에 숙명에 이미 초월을 위한 지상의 몸부림이 묻어 있었던 것이다. 이 영웅이 다시 공동체로 귀환할 것인가는 아직 알 수 없다 하더라도 작품의 시작은 현실의 고통으로부터 탈주하여 떠나는 여정이며 영웅이기에 떠나는 숙명이다. 요정 니아브에게 듣는 '바다 저편'은 지상의 슬픔을 모르는 곳이다. "격정도 증오도 싸움도 모르는 청년 백 사람(a hundred youth, mighty of limb/But knowing nor tumult nor hate nor strife)", "작은 새와 같은 숙녀 백 명(a hundred ladies, marry as birds)"이 있는 곳이다. 요정 니아브는 자신의 신랑 될 자를 위해 그들에게 어쉰을 위로하게 할 것이라고 한다.

초기 예이츠는 가상의 섬나라에 관한 탐구를 통하여 청년기에 꿈꿀 수 있는 여러 미덕의 낭만적 관념 세계를 묘사하려 했다. 바닷가는 이상 세계의 상징이다. 신화가 상상을 꿈꾸는 것이라 한다면 예이츠의 청춘의 고뇌가 고스란히 느껴지는 신화의 세계의 묘사이다. 예이츠는 현실의 억압에서 신화의 세계로 탈주한다. 지상에 존재하지 않는 그는 그곳에서는 행복한 노래만 부른다. 하지만 요정의 세계에서 그가 부르는 지상의 행복한 노래는 슬프게만 들린다. 지상에 대한 그리움은 사랑을 생겨나게 하고, 사랑은 슬픔을 일깨운다. 돌배의 떠남은 돌배를 기다리는 연이의 그리움이 되고, 2부 「남한강」은 그런 지상에서 다시 시작하는 싸움과 사랑의 이야기가 되는 것처럼, 어쉰이 떠나온 천상에도 지상의 경계가 스며들기 시작한다.

3. 영웅서사와 지상과 초월을 뛰어넘는 사랑

영웅이 떠난 지상의 삶을 사는 『남한강』의 연이는 영웅서사의 진정한 주인공으로 역할을 다한다. 예이츠의 또 다른 시극 『캐슬린 백작부인(Countess Cathleen)』은 여성 영웅을 내세워 민중을 위해 희생하는 구원의 이야기로 전형적 영웅서사이다. 그러나 『어쉰의 방랑』의 요정 니아브는 그저 영웅을 교란하는 존재인가?

> 요정 신앙에 대한 현상은 켈트 종족에게만 한정되는 것이 아니다. 전 세계적인 것으로, 그 명칭이 다를 뿐 인간들이 정신적으로 느끼는 것을 물질적으로 표현하고자 하는 시도라고 보면 된다.[8]

요정이란 사람들이 만들어낸 신화이다. 요정은 사람과 친숙하기도 하고 사람에게 심술을 부리기도 하는데, 이는 인간과 소통하고 있다는 것이다. 즉, 어쉰에게는 지상에서 기다리는 사랑은 존재하지 않지만, 반대로 어쉰이 요정의 나라를 떠나며 이별을 고할 때 슬픔을 비로소 알게 되는 요정 니아브가 있다. 니아브는 지상에 간 어쉰이 돌아오

---

8   서혜숙, 『아일랜드 요정의 세계』, 건국대학교 출판부, 2004, 6쪽.

도록 금기를 알려주는 등 그가 영원히 떠나지 못하도록 하며 돌아오기를 기원한다. 연이와 요정 니아브의 역할과 서사를 비교해본다.

1) 본능적 삶의 욕망, 사랑으로 부활하기

『남한강』의 2부 「남한강」은 돌배가 참수된 지 3년 후부터 시작한다. 돌배의 참수된 모습을 보고 투신하려던 연이가 주인공으로 등장하며, 후반부에는 돌배의 분신으로서 앵금 타는 이가 내적 주인공이 된다. 즉, 초월적 존재인 돌배의 지상적 존재로 등장한 '앵금타는 이'는 이제 그 초월적 존재를 기억하고 노래하며 스스로 그 역할이 되어버리는 것이다. 이후 '앵금 타는 이'의 역할은 3부 「쇠무지벌」에서 민중의 집단 의식과 공동체로 확대되어 자연스럽게 놀이와 노래와 신명의 회복을 통해 전수된다.

이러한 서사의 한가운데에 연이가 있다. 그녀는 '남한강'을 살아가고 지켜온 생명력이다. 강한 '생'의 본능과 '돌배'를 향한 사랑의 그리움을 안고 살아간다. 즉 지상의 고통에 맞서 살아내면서 지상에 없는 자를 그리워한다. 그녀의 가슴에서 '돌배'는 영웅이며 삶의 의지와 희망이고 보이지 않는 사랑이다. 그러나 '앵금타는 이'의 등장은 지상을 사는 연이에게 초월의 그리움을 지상에서 만나는 순간이기도 하다. '찌르찌르찌르르'(「귀뚜리가 나를 끌고 간다」) 마음이 열리고 경계를 초월하여 멀리 기억 속으로 가는 시간이다. 이런 자연적인 이끌림으로 인해 돌배를 향하던 연이의 마음이 '앵금타는 이'의 음율로 인하여 현실은 물러나고 사랑의 새로운 순간을 열게 한다.

연이가 애비 모르는 자식을 키워가며 뭇 사내를 술자리에서 희롱하며 저세상으로 보내는 모습은 마치 요정 니아브의 모습으로도 보인다. 이때 나타난 '앵금타는 이'는 그녀에게 새로운 만남, '돌배'를 만나는 체험, 그리고 자신도 연이로 돌아가는 체험, 아니 '돌배'를 그리워하는 한 여자이기 이전에 적극적으로 사랑에 몸을 던지는 새로운 체험을 제공했던 것이다. 죽은 돌배가 보고 있을지도 모른다는 이중 체험도 갖고 있으니 이미 그녀는 지상과 초월의 세상과 소통하며 안팎을 넘는 존재로 변화한 것이다.

연이는 "눈조차 까마귀에게 쪼아 먹인" 돌배의 죽음을 목도하고 꿈에서도 돌배를 그린다. 그럼에도 불구하고 "앵금타는 이"를 만나 곧 육체를 허용한 것이다. "연이의 몸에 그의 손 닿으면/온몸에 불꽃이 일어"서이다. 하지만 연이는 그것을 "원혼"이 "앵금소리 구성진 가락"에 "씌웠"다고 생각했던 것이다.

시인은 연이가 돌배를 지상을 떠도는 초월적 존재로서 갈구하지만, 결국 지상을 벗어날 수 없는 육체적 사랑의 모습을 비춘다. "앵금타는 이"는 지상에서 살아갈 수밖에 없는 모진 고통을 목도하고 이야기로 전해 들으며 또한 그 이야기를 전하는 시인의 모습이거나 지상을 살아가는 민중의 다른 모습일 수도 있다. 그렇다면 지향하는 의지적 실천의 초인뿐 아니라 현실의 고통을 겪으며 육체적 한계 안에서 서로 육체를 부딪히며 위로하는 욕망의 대체물로서의 사랑이자 노래가 주는 위로라고 볼 수 있다. 2부의 목표는 연이가 새로운 삶과 의지를 보여주고 그것을 구현하는 길이다.

연이 이제사 꿈에서 깨어났구나
흐트러진 매무새 바로하고
주막 찾아 술청 일 하고
밤이면 부엌 뒷방에서
속옷 독하게 여미며 새우잠 잤네.

황천길도 서러운데
내 낭군 편히 못 가다니
갚으리다 갚으리다
낭군 원수 갚으리다
이밥도 껄끄럽소
모래처럼 껄끄럽소
불쌍한 내 낭군 두곤
비단옷도 누더기요

— 소나무 「남한강」 부분(『남한강』, 67쪽)

연이는 조각배에 술동이를 싣고 인근 나루를 다니며 술장사를 하기 시작한다. 돌배를 그리워하며 아이를 길러내기 위해 삶을 모질게 살아내던 연이가 어느 날 나타난 사람에게 사랑을 느낀다.

오늘도 목로에서 그이를 보았지.
잡화전 한구석에 고담책 펼쳐놓고
종일 앵금 타는 그이를 보았지.
날 보면 어쩌자고 옆걸음치나.
바람에 붙여서 옆걸음치나.

신경림 시의 연희성 연구

지금쯤 봉놋방에서 새우잠을 자겠지.
키 크고 얼굴 허연
어리석은 사내.

안되지 안되지 안되지
이 문은 못 열어
이 손목이 부러져도 못 열어.
큰 애기 큰 애기 문 열어주소
고리가 높아서 못 열겠네
돋움이 놓고서 못 열겠네
큰애기 큰 애기 문 열어주소
열쇠 없어서 못 열겠네
손도끼로 열어주소
큰올케가 감추었네

문을 열라 사정도 않는 사람
문 앞까지 왔다가도
그냥 가는 사람.
오뉴월 짧은 밤도 마냥 길고
몸이 더욱 뜨거워지면
꾀꼬리 여울 물소리만 야속하구나.

　　　　─ 아기늪에서 「남한강」 부분(『남한강』, 80쪽)

235

　　그러나 그가 독립군의 첩보원이자 활동가였다는 것을 알게 된 이후
이야기는 집단의 투쟁으로, 공동체의 서사로 확산되며 이상향으로의
출발로 나아간다. 즉, 연이는 눈앞에 마주친 사랑을 통해 돌배에 대

한 관념적 사랑이 아닌 실천적 사랑으로 나아가게 된다. 나아가 그의 실천과 함께하는 새로운 인생으로 나아가게 된 것이다. 돌배를 기다리던 연이는 이제 "앵금밖에 모르는 그이"가 어디로 갔을지 찾아다닌다. "보름이 가까운 달"이 "문을 반만 비추"일 때, 연이는 저승의 돌배와 이승의 "앵금타는 이"와의 거리가 멀지 않음을 느낀다.

『남한강』의 본론이라 할 수 있는 2부 「남한강」의 주인공 연이는 돌배와의 사랑을 회상하다 앵금 타는 사내를 사랑하고 다시 그리워하면서 사라진다. 앵금 타는 사내가 떠날 즈음, 월악산 화적들이 읍내 은행을 털어 만주로 돈을 보낸다. 앵금 타는 사내가 그저 장돌뱅이가 아님이 밝혀지고 그의 정체에 대한 신비함이 고조될 무렵, 돌배의 죽음이 겹쳐진다.

아아, 연이가 어이 알랴.
애타게 기다리는 그이
앵금밖에 모르는 그이
앵금 걸머메고 황새걸음
산길 따라 오르고 있는 것을.
월악산 저 험한 골짜기를
오르고 있는 것을.

네 오려무나 네가 오려무나
날 보려거든 네가 오려무나
가시넝쿨 돌바위에 다홍치마 찢긴대도
두렵지 않거들랑 네가 오려무나.

— 다시 싸움 「남한강」 부분(『남한강』, 116~117쪽)

지상은 초월의 세상으로 열린 가운데 연이는 배에서 내려 남한강을 향해 걷고 어느 그늘에 정착해서 일상을 살아가는 노파가 되었을지 모른다. 남한강 가의 작은 돌멩이와 들풀이 밀려나 어디선가 다시 바람과 강의 젖을 먹으며 뿌리내리고 있는 것처럼 낮고 보이지 않는 자리에 살아가고 있을 것이다. 돌배가 이곳을 다시 찾는다면 작은 풀잎의 내음에서 연이를 느끼고 다시 눈물지을 것이다. 돌배의 서술이 연이의 서술로 다시 민중들의 서술로 변화하는 대목에 도깨비들의 노래가 다음 장을 예고하듯 분위기를 만든다.

『어쉰의 방랑』의 요정처럼 도깨비도 사람 사는 곳의 슬픔과 기쁨을 목격하고 같이 울고 웃고 노래하며 세상을 응징하기도 한다. 연이의 지상에도 이미 다른 세상이 스며들고 있다. 반대로 요정의 나라에서 깨어난 어쉰은 지상을 기억하게 된다.

2) 어쉰을 보내며 슬픔에 빠지는 니아브의 세계

선경으로 이동 후 첫 번째 기간 동안 어쉰은 요정 니아브와 지상의 낙원에 거주하는데 이곳의 거주자들은 인간의 걱정에서 너무나 동떨어져 있어서 어쉰이 인간의 즐거움을 노래하는 것조차 그들에게는 극도의 슬픔으로 간주된다. 인간의 삶을 벗어난 두 번째 세기 동안 어쉰은 나흘마다 괴물과 결투를 벌이며, 전투와 향연을 반복하는 영웅적 삶을 영위한다. 두 번째 섬이 인간세상에 환기시키는 것은 승패의 무용성이며 결국 모든 것은 일시적 행동의 결과에 상관없이 영원히 순환한다는 교훈이다. 어쉰이 현실 세계에서 겪은 전투는 그 결과에 따라 정복과 지배의 변화가 수반되는 중대한 전환점이었지만 여기서는 예측할 수 없는 기한 동안 변화 없는 동일한 상황이 되풀이된다. 다음 섬에서는 어쉰이 선경에서의 마지막 백 년을 망각 속에서 보낸다.

이는 상상 세계에서 이상을 실현하려 한 시인의 낭만적 꿈이 허망한 것이었음을 말해주기 위해서이기도 하고, 동시에 어쉰에게 인간적 슬픔과 희비가 교차하는 지상에 대한 동경이 남아 있었기 때문이기도 하다.

나는 절규했다. "니아브여! 핼쑥해진 얼굴이여! 단지 반날이라도 좋다.
핀 왕의 수염을 바라보고, 잔가지로 만든 페니안의 집으로,
늙은이도 젊은이도 장기판을 둘러싸고 승부하는 고향을 걸어 보고 싶다.[9]

I cried, 'O Niamh! O white one! if only a twelve-houred day,
I must gaze on the beard of finn, and move where the old men and young
In the Fenians's dwelling of wattle lean on the chessboards and play...

— *The Collected Poems of W. B. Yeats*, p.330

---

9 『W. B. 예이츠 시전집』, 505쪽.

이에 대한 니아브의 대답을 들으면, 마치 지상의 여인 같은 쓸쓸한 고독이 묻어난다. 요정이란 현실의 슬픔이란 모르는 무책임한 존재이고 마법을 걸어 유희하게 만드는 힘의 창조자일 텐데 지상에서 어쉰을 데려올 때 엄포를 놓았던 그 맹랑함은 간 데 없다. 오히려 어쉰은 천상으로 돌아오지 못할까 봐 두려워하기보다는 지상에 대한 그리움이 더욱 간절해지기만 한다.

> "말을 타고 그 나라를 돌고, 인간이 이룩한 것을 보고 오세요.
> 그리고 파도를 넘어 조용하게 니아브 곁으로 돌아 오세요.
> 하지만, 아아, 어쉰이여, 니아브를 위해 눈물을 흘리고 싶어요.
> 신발이 대지에 건초 생쥐와 같이 가볍게 닿기만 하여도, 이제
> 되돌아올 수가 없게 됩니다.[10]

> 'Then go through the lands in the sanddle and see what the mortals do,
> And softly come to your Niamph over the tide;
> But weep for your Niamh, O Oisin, weep; for if only your shoe
> Brush lightly as haymouse earth's pebbles, you will come no more to my side.

— *The Collected Poems of W. B. Yeats*, p.330

김소월의 시나 아리랑처럼 구슬픈 애원을 하는 니아브로 인해 요

---

10 위의 책, 506쪽.

정의 나라의 영원성은 결핍의 세계로 문이 열린다. 요정 니아브도 이중적인 모습을 보여준다. 인간의 한계 중 하나가 슬픔과 고통이라면, 니아브도 고통스러워보인다. 예이츠는 영웅서사로 민족의 정체성을 가져다주려한 것 이전에 본질적으로는 삶의 정체성, 인간의 본질과 균형의 문제를 상징적으로 보여주려 한 것임을 알 수 있다.

> 가을에 시드는 작은 잎같이 죽어버리고 싶어요. 둘이는 이제 가슴으로 서로 껴안는 일도 시선으로 사랑을 하는 일도 없겠지요.[11]

> 'I would die like a small withered leaf in the autumn, for brest unto breast
> We shall mingle no more, not our gazes their sweetness lone…
>
> — *The Collected Poems of W. B. Yeats*, p.330

요정의 나라 즉 저승은 늙지 않으며 금빛과 은빛의 숲으로 이루어진 지상의 낙원임에도 어쉰은 잠에서 깨어나자 인간세계를 그리워한다. 니아브는 고향을 그리워하고 아일랜드로 회귀하려는 인간세계의 영웅 어쉰을 놓아준다. 사랑을 알게 되고 사랑하므로 이별을 바라보기만 하는 요정 니아브에게 슬픔이 도래한다. 요정의 나라는 더 이상 슬픔을 모르는 세상이 아니다. 슬픔만 가득한 세상으로부터 슬픔이

---

11 앞의 책, 506쪽.

흘러오게 된 것이다. 어쉰으로 인하여 세상은 열리고 지상과 초월은 경계가 허물어진다.

영혼과 자아가 만나는 시간, 그 시간에서 여정에서 깨달은 인지와 세월이 가져다준 지혜와 더불어 잃지 않은 감각의 기억으로 통합된다. 갈등은 지상으로부터 초월을 꿈꾸며 화해하고, 초월의 세상은 지상에 내려와 희생함으로써 만나게 된다. 어쉰은 지상과 초월의 박명에서 깨어난다. 어쉰이 실재 세계에 이르렀을 때, 그가 들은 것은 "위대한 초록색 들풀잎사귀의 노랫소리(the great grass—barnacle calling)"였다.[12] 다시는 들을 수 없을지도 모를 그 일상의 아름다움을, 초월이 투영된 일상의 세계 속에서 느끼게 되는 것은 지혜를 얻음의 상징이다. 일상으로부터 초월을 보는 일은 앞으로 그의 시 세계의 '비전'을 암시하기도 한다. 시인은 일상에서 초월을 노래하는 현자로 눈을 뜨고 귀를 연다.

> 여명과 같은 중간적인 장소나 시간은 혼령들의 세계와 현실 세계가 하나로 섞이는 켈트인들의 교차로이다. 그곳은, 그때는 인간과 요정이 만나는 시간이고 장소이다. 선조들과 후손들이 서로 대화를 나누는 살아 있는 장소이고 시간이다.[13]

---

12 Unterecker, John, *A Reader's Guide to William Butler Yeats*, Thames and Hudson, 1959, p.64.

13 서혜숙, 앞의 책, 129쪽.

현실과 육체를 긍정하며 타고 넘어가는 새로운 인간주의를 볼 수 있다. 이는 『남한강』의 3부 「쇠무지벌」의 마당극 구조와도 연결된다.

4. 결론—만남의 장소, 강과 바다

『남한강』의 3부에 와서는 「쇠무지벌」의 민중 모두가 주인공으로 확산된다. 남한강은 개여울과 실개천으로부터 시작하여 교통과 상업의 중심으로 배가 들고 나던 곳이자 평안한 노랫소리가 흐르던 곳이다. 시대적 아픔 속에서도 강은 강 주변의 사람들을 먹여 살린 젖줄이자 만남과 그리움의 장소였던 꿈마저 훼손하지는 않는다. 그것은 지역의 노래를 되살리는 일이며 고유한 놀이의 마당을 되찾는 일이다.

"집단적 신명은 로컬의 공동체적 삶에 바탕을 둔 로컬인의 원초적 생명력이 발산된 것"[14]이다. 새 세상, 즉 유토피아는 훼손된 과거이며 복원하여 현실에서 진행시킬 한판 신명의 놀이인 것이다. '저 고개 넘'어 있는 '새 세상'에서 만나는 일이다.

근대가 만든 비극의 질곡을 간파하고서 시적 차원에서 근대 부정과 근대 비판을 감행, 근대에 의해 억압받고 밀려난 것들을 찾아다닌다. 근대에 대한 회의와 완전한 삶에 대한 희구는 근대 시인의 공통된 의식 현상이다.

---

14 송지선, 「신경림의 「쇠무지벌」에 나타난 로컬리티 연구」, 『한국문학이론과 비평』 57, 2012, 156쪽.

"열어라 열어라 대문 활짝 열어라" 노래하며 열림굿으로 한판 놀아
보다가 생긴 용기, 다시 불붙는 주체적 의식은 다시 싸움으로 나아가
는 잠자던 의식을 깨운다. 그것은 죽은 영웅의 목소리와 산 자의 목
소리가 겹치고 어우러지는 만남의 시간과 공간에서 새로운 세상을
여는 길이다. 민중의 목소리를 찾아주기 위한 시적 변용은 현실과 상
상의 세계가 만나는 지점에서 시작하고 막을 내린다.

언터렉커는 "예이츠의 이미지는 개인적 기호와 더불어 우주적 상징
을 달성한다"[15]고 하였다. 즉, 예이츠는 일상의 비속성으로 떨어질 때
마다 신화의 인물, 전설 속의 세상으로 몰입하면서 균형을 이루었고
민속 문학으로부터 문학의 기반을 구축하면서 다양한 운율의 문체를
사용하였다.

현실에 지친 아일랜드인들이 선조를 만나 평화를 누리는 "여명(twi-
light)"과 쇠무지벌에서 벌어지는 굿판의 시간은 제3의 세계로서 연결
될 수 있다.

예이츠는 우리가 사는 세상과 우리가 죽어서 가는 세상이 멀지 않
음을 우주의 통합과 지역적 풍경에 연결시킨다.

이렇게 이승에서 저승을 보며, 지역에서 우주를 노래하는 일은 신
경림의 후기 시에 오면 더욱 분명히 확인된다. 신경림은 후기 시 「낙
타」[16]에서 "별과 달과 해와 모래밖에 본 일이 없는 낙타를 타고" 저승
길로 가고자 노래한다. 반면, 예이츠의 관념적 초월의 꿈은 다시 지

---

15 Unterecker, John, 앞의 책, p.65.
16 신경림, 『낙타』, 창비, 2008, 10쪽.

상으로 하강하고 싶어 한다. 신경림이 관조적 삶을 지나는 인식자의 절도적인 모습을 보여준다면 예이츠가 종교성과 비전을 추구하면서도 균형을 지향한다. 『어쉰의 방랑』이 영혼과 자아의 통일을 위한 대화극이라는 점에서 관념의 통일을 향한 여정이라는 공통점을 갖는다. 시인은 자신의 체험과 의지를 민중적 삶과 결합시키려 노력한다. 그것이 이들 영웅서사의 시적 변용의 공통점이다. 즉 갈등과 싸움에서 화해와 초월, 그리고 만남과 통합의 현자의 형이상학이다.

　신경림과 예이츠는 민중 영웅서사를 시적으로 변용하여 개인의 고뇌와 민족의 분열과 아픔을 달래고 현실의 고통을 넘어서 이상의 사회를 추구하려 했다. 이야기를 노래하는 시인은 자신을 들여다보고 또한 세상을 바라보며 세상의 눈으로 자신을 다시 바라보는 삶을 산다. 그들이 욕망하거나 상징으로 보여주려 한 세계는 원형으로서의 이야기를 변용하여 무궁무진하게 그 경계를 열며 흘러간다.

제2장

언어의 춤, 주체의 회복

신경림과 예이츠 비교 연구

1. 서론—신경림과 예이츠의 후기 시를 살펴보며

신경림은 이제는 사라지거나 기억에서조차 잊혀진 이름을 시에 불러낸다. 죽음은 어느새 시인의 눈을 통해 보여지고 부활하는 그 죽음을 쫓다 보면 그들이 실재하였던가 하는 물음으로 돌아가기도 한다. 예이츠 역시 후기 시로 오면서 영혼과 육체의 대화시에서 춤을 통해 죽음에 가까운 시적 화자가 아름다운 육체와의 합일을 통해 영혼의 통일을 이루어낸다.

필자는 신경림과 예이츠의 장시를 비교하면서 민중서사와 영웅서사의 시적 변용을 살펴본 바 있다. '한국의 신경림과 아일랜드의 예이츠(W. B. Yeats)에게서 자국의 민중서사와 영웅 모티프의 시적 변용으로 탈식민지적 정체성을 회복하여 주체적 삶의 본질을 모색한 시

정신을 비교 연구'[1]한 이후, 두 시인의 시에서 고통을 신명으로 승화하려는 점과 슬픔을 반자아와 자아와의 통일로 이끌어내는 것을 발견하게 되었다. 그러한 문제의식을 가지고 두 시인의 언어의 '춤'과 '신명'을 발견하고 탐구하며 읽어가기 시작했다. 나아가 그것은 민족과 역사가 겪은 수난과 슬픔 그리고 인생의 노년과 죽음 앞에서 삶을 바라보는 방식으로도 비교 연구되었다.

신경림과 예이츠의 후기 시들을 통해 노년의 지혜가 경계를 넘어 바라보고 창조한 세계인 부활의 시들을 비교해본다. 그 비교를 통해 주체가 회복되고 분열된 자아가 통일되는 것으로서 예술, 특히 춤에 대해 살펴본다. 언어의 춤으로 감각의 엑스터시 및 깨달음에 도달하는 과정에 대한 객관적 이해와 연구가 될 것이다.

2. 죽음과 경계

1) 신경림 시에 나타나는 죽음

이름 없는 죽음과 알 수 없는 죽음의 원인은 남은 자들의 소리 없는 울음으로 자각되어 시인에게 포착된다. 아름다움과 슬픔이 결합한 시적 자리에는 정치적 역사적 고통이 결합된다. 랑시에르의 미학으로 말하자면 시는 아름다운 서정에서 집단적 무의식인 역사의 고

---

1   이경아, 「영웅서사의 시적 변용—신경림의 『남한강』과 예이츠의 『어쉰의 방랑』 비교」, 『한국예이츠저널』 43, 2014, 262쪽.

통을 이미 말하고 있는 것이다.

시인은 봄이 오고 꽃이 피면, 청춘을 소환한다. 거기엔 사랑과 에로 스가 향기를 타고 자극하며 고통 속에 피어났던 청춘이 부활한다.

한 연인이 마지막으로, 최후로 자신이 사랑하는 자에게 전하고 싶 은 몸짓—말, 몸은 자기 안에 머물러 있지도 않고 자기로 되돌아가지 도 않으며, 다만 외부로 나 있을 뿐, 방향성을 갖는 틀 내에 있을 뿐 이다.[2]

> 내가 멀리서 바라보며 서 있는 학교 마당가에는 하얀 찔레꽃 이 피어 있었다. 찔레꽃 향기는 그 애한테서 바람을 타고 길을 건 넜다.
> 꽃이 지고 찔레가 여물고 빨간 열매가 맺히기 전에 전쟁이 나 고 그 애네 가게는 문이 닫혔다. 그 애가 간 곳을 아는 사람은 없 었다.
> ― 「찔레꽃은 피고」(『사진관집 이층』, 22쪽)

2014년 발표된 시집 『사진관집 이층』은 「찔레꽃은 피고」와 같이 죽 음을 호명하고 기억하여 역사를 다시 쓰려는 기억의 재구성이며 '그 림'의 시공간으로 구성되어 있다. 그리고 그것은 '찔레꽃'이라는 '에로 스'적 향취와 함께 그려진다.

"사랑하는 자는 유일한 존재이기에 고독한 것이 아니라, 외부로 뒤

---

2 박준상, 「에로티시즘과 두 종류의 언어」, 『범한철학』 63, 2011, 215쪽.

집어져 있기에, 몸이기에, 즉 들리지 않는 말을 들리게 하기 위해 견디고 기다리는 몸이기에 고독한 것이다."[3]

한편 죽음에서 삶으로 삶에서 죽음으로 가는 경계에서 흔적은 논리적 사고의 세계가 아닌 술 취한 자의 취기로, 이완되는 신체와 함께 리듬의 춤으로 나타난다. '국수 반 사발에/막걸리 채워진 뱃속/징소리 꽹과리 소리/면장은 곱사춤을 추고'와 같이 춤추고 박수 치며 술동이를 엎기도 한다.

술을 먹는 집단과 그들 너머 보이는 아이들까지 시적 화자는 대상들 사이로 시각을 모으며 감각의 세계로 접근해 들어간다. 그것은 삶의 장면을 마치 그림을 보듯, 그림의 연속을 보듯 지각의 세계로 들어가 감각으로 체험한다. 그리고 그것은 리듬을 갖게 된다. 이어 그것은 자연을 체험하고 자연이 숨 쉬는 것을 체험하며 그들의 노래를 듣는 일이다. 즉, 장면을 재현하되 그것은 묘사가 아닌 시적 화자의 가슴으로 본 양상의 세계이며 보이지 않는 것을 보며, 들리지 않는 리듬에 몸이 움직이는 체험이다. "메를로퐁티는 '풍경이 내 안에서 그자체를 생각하고, 나는 그것의 의식이다' 라고 한 세잔을 설명하면서 세잔은 소진되지 않는 풍부한 저장의 리얼리티로 나타난다고 말했던 것이다."[4]

그의 초기 시의 카타르시스와 신명의 '취기' 어린 '막춤'은 후기 시「낙타」에 이르면 죽음에 가까이 그 빛과 어둠의 경계를 이승과 저승

3 앞의 글, 225쪽.
4 전영백,『세잔의 사과』, 한길아트, 2008, 306쪽.

의 경계를 느리게 걷는 소리와 관조적 리듬으로 전환되어 감지된다.

> 낙타를 타고 가리라, 저승길은
> 별과 달과 해와
> 모래밖에 본 일이 없는 낙타를 타고.
> 세상사 물으면 짐짓, 아무것도 못 본 체
> 손 저어 대답하면서,
> 슬픔도 아픔도 까맣게 잊었다는 듯.
> 누군가 있어 다시 세상에 나가란다면
> 낙타가 되어 가겠다 대답하리라.
>
> ─ 「낙타」 부분(『낙타』, 10쪽)

그가 가는 곳은 '겨울비가 내리는 당숙의 제삿날 밤/울분 속에서 짧은 젊음을 보낸'/'이름을 모르는 당숙'이 사는 곳이며, '낙타'가 그를 태우고 이미 도달한 '저승'으로 가는 길일 것이다. 혹은 '가장 약한 자'를 골라 태운 것이 '당숙'이거나 당숙을 그리운 안타까움으로 불러내는 시적 화자일 수 있다.

'낙타를 타고 가리라, 저승길은 가장 가엾은 사람 골라 길동무되어서'라고 노래하는 신경림 시에서는 '무슨 재미로 세상을 살았는지도 모르는/가장 가엾은 사람'이 이역과 정착할 곳의 경계의 매개물이다.

이때 '떠돌이' 의식의 발견은 가는 길에서 유희, 술, 춤, 노래 등이 빠지지 않고 등장하는 점에서 확인된다. 그가 떠돌게 된 이유는 앞서 눈길의 풍경이 아름다움과 함께 슬픔으로 결합되어 역사적 고통을 연상하게 하듯, 원인이 숨어 있다.

내 이웃 중에는
전쟁에 나가 팔 하나를 잃고 온 젊은이가 있다.
낙반사고로 반신불수가 된 광부가 있다.
땅 임자에게 여편네를 빼앗기고 대들보에 목을 맨 소작인이
있다.
집 나간 아내를 찾아 평생을 떠도는 엿장수가 있다.

이래서 내 친구 중에는
아예 세상을 안 믿는 이가 있다.
낮과 밤없이 강과 산을 헤매이며 이를 가는 이가 있다.
다시는 오지 않으리라 멀리 떠나버리는 이가 있다.

　　　　　　　— 「아아, 내 고장」 부분(『달 넘세』, 100~101쪽)

2) 예이츠의 영혼과 육체

예이츠의 후기 시 「학생들 사이에서(Among School Children)」[5]는
시간의 세계에 관한 명상이라 할 수 있다. 시인은 존경받는 상원의
원으로서 티 없는 어린이들의 학교를 시찰하는 가운데 첫사랑의 늙
은 모습을 참신한 어린이들과 대조해서 명상해본다. 그리고 자기 자
신의 허수아비 같은 몰골을 의식하고 고소를 금치 못한다. 그는 사
람이 늙을 수밖에 없는 현실을 둘러싼 생의 신비에 관해서 의문을 제
기해본다.

5　　W. B. Yeats, 『예이츠 서정시 전집 3』, 김상무 역, 서울대학교 출판문화원, 2014,
　　485~486쪽.

학생을 보면서 모드 곤을 생각한 예이츠는 이제 신화의 세계로 침잠한다. 자신이 늙어간다는 통렬한 인식을 예이츠는 모드 곤의 모습이 제우스의 사랑을 받은 레다로 변하여 나타나는 것으로 상상한다. '결코 레다의 종류는 아니지만/한때 예쁜 깃털을 가졌었다—그것이면 충분하다'고 한다. 어린아이들의 모습을 보면서 레다를 생각하는 것은 현상이 변하더라도 본질은 변하지 않음을 보여준다. 예이츠는 현실과 실재를 구별하여 현상의 배후에 실재가 있다는 입장을 보이고 있다.

아름다움은 사라질 운명이기에 그 자체의 절망에서 태어나는 것이다. 그런데 마지막 연에서 어조의 변화가 생긴다. 화자는 더 이상 자신을 늙고 보기 흉하다고 생각지 않는다. 이제 육체를 인정하고 정신과 육체를 조화시키고 있다.

> 노고가 꽃피우거나 춤을 추고 있다,
> 육신이 영혼을 즐겁게 하기 위해 상하지 않는 곳에,
> 아름다움이 자신의 절망에서 태어나지 않는 곳에,
> 흐릿한 눈의 지혜가 한밤중 기름에서 탄생하지 않는 곳에,
> 오, 마로니에여, 거대한 뿌리로 꽃피우는 나무여,
> 당신은 잎인가, 꽃인가, 줄기인가?
> 오, 음악에 맞춰 흔들리는 육신이여, 오 빛나는 눈빛이여,
> 우리는 춤추는 자와 춤을 어떻게 구별할 수 있겠는가?

— 「학생들 사이에서」 전문
(『예이츠 서정시 전집 3』, 485~486쪽)

Labour is blossoming or dancing where

The body is not bruised to pleasure soul,

Nor beauty born out of its own despair,

Nor blear-eyed wisdom out of midnight oil.

O chestnut-tree, great-rooted blossomer,

Are you the leaf, the blossom or the bole?

O body swayed to music, O brightening glance,

How can we know the dancer from the dance?

— "Among School Children," CP 244~245

이 시는 외적 생활과 내적 생명이 현실, 지혜, 서정적 아름다움, 철학적 명상을 내포하는 통일성 속에서 하나로 묶인다. 인간은 육적 자아와 영적 자아의 통합체이다. 예이츠는 존재의 통합을, 즉 새로운 삶으로 태어나는 것을 재생으로 보았다. 삶을 육체와 영혼이 통합된 삶으로 보아야 한다는 것이다.

영혼이 속하는 천국의 이미지와 지상에 속하는 육체의 이미지 가운데 육체의 이미지가 기쁨에 가득 차 있음을 보게 된다. 영육의 완전한 조화상을 시인은 "꽃피고, 춤춘다"고 표현하고 있다. 더 이상 육체는 수녀들이 숭상하는 이미지로 상정되는 영혼에 의해서 구분되거나 희생되지 않는다.

'모든 생각은 하나의 이미지가 되고/영혼은 하나의 육체가 된다'고 로바티즈의 대화 시에서 이원론이 언급된다. '로바티즈'는 시인의 '마스크', 즉 반자아를 상징하는 인물이다.

예이츠는 여러 상반물의 대화를 통해 댄서와 댄스를 따로 분리할 수 없고, 나무의 뿌리와 줄기를 따로 이해할 수 없듯, 세상은 상반적

모순과 갈등이 존재하고 그들이 투쟁하는 장소이며, 그 상반물들이 어느 한쪽을 부정하는 것이 아니라 서로의 존재를 긍정하고 인정하면서도 대립을 지속한다는 것을 보여주고자 하였다.

「고양이와 달」에서 고양이와 달의 춤은 이원론적 입장에서 조화로운 관계를 나타내는 이미지다. 특히 후기 시로 가면서 초월적 환시를 통한 상상력의 세계를 보여준다.

> 궁중에 유행하는 양식에 질려
> 달은 아마 새로운 춤사위를
> 배울지도 모르지.
> 미너루쉬는 여기저기
> 달빛 어린 풀을 헤치며 기어다니고,
> 저 위의 거룩한 달은
> 새로운 모습을 취했다.
> 미너루쉬는 그의 동공 모양이
> 변하고 또 변하리라는 걸 알고 있을까?
> 둥글다가 초승달 모양으로,
> 초승달에서 둥글어지는 걸 알고 있을까?
> 미너루쉬는 혼자 풀을 헤치고,
> 젠체하며 똑똑한 척 기어간다.
> 그리고 변해가는 달을 향하여
> 변해가는 그의 눈을 치켜든다.[6]

---

6 김상무 역, 151쪽.

Maybe the moon may learn,

Tired of that courtly fashion,

A new dance turn.

Minnaloushe creeps through the grass

From moonlit place to place,

The sacred moon overhead

Has taken a new phase.

Does Minnaloushe know that his pupils

Will pass from change to change,

And that from round to crescent,

From crescent to round they range?

Minnaloushe creeps through the grass

Alone, important and wise,

And lifts to the changing moon

He changing eyes. (SP 144)

　　1917년에 쓴 희곡 〈고양이와 달〉(1926년 애비 극장 초연)의 앞뒤에 붙인 서정시로 연극은 맹인이 절름발이 성인을 업고 다니는 이야기이다. 맹인은 자아(육신), 성인은 반자아(영혼)의 상징으로, 둘은 상반되면서도 통합되는 관계이다. 연극은 자아와 반자아가 하나로 된다는 줄거리이다. 예이츠는 희곡 서문에서 고양이를 보통 사람, 달을 그가 항상 추구하는 반대되는 사람으로 생각하고 이 시를 썼다고 말하였다. 즉, 고양이를 자아 또는 의지, 달을 의지의 동경 대상인 가면의 상징으로 삼았다.[7]

　　희곡 중 등장인물 '첫째 음악가'의 노래인 위의 시를 이해하기 위

해서 이 노래를 부르기 전 그의 대사와 지문을 인용해보면 다음과
같다.

> 첫째 음악가 : 춤을 춰요, 그것이 기적이라오.
> (절름발이 거지가 춤을 추기 시작한다. 처음에는 서툴게 그의
> 지팡이를 들고 움직이다가 지팡이를 버리고 점점 더 빨리 춤을
> 추기 시작한다. 그가 그의 절름발이 발로 강하게 땅을 내리칠 때
> 마다 심벌즈가 울린다. 첫째 음악가의 노래에 맞춰서 그는 춤을
> 춘다.)[8]

또한 이 희곡의 첫 지시문 즉 무대에 대한 설명에서도 그가 원하던
것이 무엇인가를 알 수 있는데, 특별히 정신적인 연극으로 간주한 일
본의 노(能) 극의 영향을 많이 받은 것으로 보인다.

> 무대는 한 면의 벽이 세워져 있는 앞쪽 빈 공간이고, 벽에는
> 무늬가 있는 스크린으로 세워놓는다. 극이 시작하기 전에 드럼,
> 징, 치터가 스크린 가까이에 놓여 있다. 관객이 들어온 후에 제
> 1연주자가 들고 들어올 수도 있다. 제1연주자는 특별 조명이 있
> 으면 조명을 받을 수도 있다. 무대 바깥쪽 구석에 있는 우편물
> 위에 두 개의 등이 있고 여기에는 조명을 밝게 비추지 않았는데,
> 우리는 커다란 샹들리에의 불빛으로 공연을 하는 것이 더 낫다
> 고 판단했다. 사실, 나는 현재까지의 경험상 실제 우리 방에서

7　김상무 역, 148쪽.
8　조미나,『예이츠 희곡선집』, 누멘, 2009, 152쪽.

커놓는 가장 익숙한 조명이 가장 효과적인 조명이라고 생각한다. 가면을 쓴 배우들은 우리와 구별되는 기계적인 의미가 없을 때 낯설게 보일 수 있다. 제1연주자는 접혀 있는 검은 천을 들고 나와 무대 중앙으로 가서 앞으로 나아가 아무런 움직임 없이 서 있다가, 접혀 있던 천을 양손 위에 걸쳐놓는다. 다른 두 연주자가 들어오고, 무대 양쪽에 잠시 서 있다가 제1연주자에게 다가가 천천히 천을 펼치며 노래를 부른다.[9]

예이츠가 '노' 연극을 접한 시기는 1913년 파운드가 번역한 대본으로부터이다. 그는 1916년 시극에 〈일본의 어떤 고상한 연극들〉이라는 제목을 붙인다. 그는 아일랜드의 전설이나 설화를 무대예술화하고 시적으로 전달하는 데 일본에서 오랫동안 민중들에게 사랑받아온 가무극이 효과적이라고 믿었다. 말하자면 간접 경험이었지만, 그 매력에 빠져 희곡에서 '반가면', '춤', '악단' 등 장치와 기법을 사용하였다. 일본 가무극이나 동양 리듬에 관한 지식은 무용극 〈학의 샘에서〉에 특히 나타나는데, 노래가 나오면서 학의 여인이 나타나 잠든 늙은이 앞에서 춤을 춘다. 이 춤을 클라이맥스로 하여 불멸의 물을 마시려던 인간의 노력은 비극으로 끝난다. 학춤은 불멸과 영생을 희구하는 인간 열망의 표현이다.

당시 서구인들에게 생소했던 한자와 한시, 일본의 하이쿠는 새

---

9   권경수, 『예이츠 희곡선집』, 이화여자대학교 출판부, 1993, 129쪽.

로운 시를 찾고 있던 이미지즘 작가들에게 새로운 발견이었다.[10]

　하이쿠를 대본으로 삼아 쓴 시「일본인을 모방해서」에서도 '어른과 아이로 칠십 년을 살았지/그런데 즐거워 춤춰본 일은 없네'라고 하며, 무희의 춤에서 인생의 지혜가 통일되는 경험을 노래한다. 신경림 시인이『사진관집 이층』에 수록된「나의 마흔, 봄」에서 '고단한 현실'의 돌아갈 수 없는 시간을 지우기로 꿈으로의 재구성을 사용하듯, 예이츠는 노년에 목도한 즐거움 속에서 죽음 뒤의 새로운 세상을 찾아 다시 태어나며 주체를 회복하고자 한다.

　「마이클 로바티즈의 이중적 비전(The Double Vision of Michael Robartes)」에서는 신경림의 '낙타'가 당도한 '이역'이 '내가 정착할 땅에 가서 어울릴 사람들만큼이나 익숙'하다는 발견을 하듯, 서구의 스핑크스와 동양의 부처의 경계와 통합의 모색을 하고 있다.

　　나는 캐셜의 회색 바위 위에 갑자기
　　여자의 젖가슴과 사자 발톱을 가진 스핑크스와,
　　한 손은 무릎 위에 얹고 한손은 쳐들어
　　축복하는 부처를 보았다.

　　그리고 바로 이 둘 사이에서 춤추는
　　한 소녀를 보았다. 어쩌면 한평생

257

10　김은성,「미국 시에서의 하이쿠의 수용—E. E. Cummings를 중심으로」,『동서비교문학저널』31, 2014, 113쪽.

춤추며 보냈을 소녀, 왜냐하면 이제 그녀는
죽은 듯 춤추는 꿈을 꾸는 것 같았으니까.[11]

On the grey rock of Cashel I suddenly saw
A Sphinx with woman breast and lion paw,
A buddha, hand at rest,
Hane lifted up that blest;

And right between these two a girl at play
That, it may be, had danced her life away,
For now being dead it seemed
That she of dancing dreamed. (CP 194)

예이츠의 경우 경계의 매개물은 '춤추는 소녀'이다. 신경림의 '낙타'는 시 한 줄에 온몸을 쏟으며 평생을 걸어온 '시인'이라면, 예이츠의 '춤'의 이미지는 시의 이미지화된 통일된 영혼과 육체의 언어를 말하는 것으로, 시의 현현, 언어의 육체화를 말하는 것이다. '마음은 빙빙 도는 팽이처럼/정지한 것 같았'고, '시간이 무너져 죽었지만,/그들은 여전히 살과 뼈로 남아 있도록/그렇게 그 순간을 연장했다'고 한다.

「로바티즈의 이중적 비전」은 대개 그가 쓴 『비전(Vision)』의 맥락에서 분석되고 있다. 유럽과 아시아의 합일의 꿈이 자비를 의미하는 동양의 상징인 부처와 지성을 의미하는 서양의 상징인 스핑크스의 합일

신경림 시의 서정성 연구

---

11 김상무 역, 467쪽.

이라는 형식을 빌려 서서히 드러나기 시작했다. 그리고 그것을 가능하게 하는 것은 댄서이다.

댄서는 지성을 상징하는 스핑크스와 사랑을 상징하는 불상 사이에서 춤을 추며 양자의 균형을 이루는 예술의 이미지로서 "무질서한 세계에서 예술가의 질서의 비전을 위한 상징이 된다." 댄서는 2부에서 보름달일 때 등장하며 스핑크스와 불상 사이에서 춤을 춘다. '회색 바위'에서 보는 환상 속에서 스핑크스와 불상을 보게 되는데 그들은 각기 지성과 사랑을 대표한다. 보름달 아래 둘 사이에서 소녀가 춤을 추고 있다. 춤추는 그녀는 죽은 것 같기도 하고 춤을 꿈꾸고 있는 것 같기도 한 모습이다. 춤은 환상 속에서 나타나고 바람과 물이 아닌 땅 위에서 나타나지만 여전히 달빛 아래서 발생한다. "죽었지만 육체와 골격이 있는" 그녀의 춤은 고독한 미적 행위이다. 이것은 일종의 죽음이면서도 춤추고 있는 것이다.

『비전』에서 그녀는 이 천 년마다 발생하는 계시 이전의 순간에 춤을 춘다. 그 순간은 하나의 문명이 그 상반된 것에 의해 난폭하게 전복되는 때이다. 1916년 더블린 폭동 후 영국에 의해 많은 사람들이 희생당했을 때 예이츠는 서방 세계에 회의를 품고 서방 세계에는 종말이 왔다고 확신했다. 예이츠는 종종 서방에서 찾지 못한 것을 동양의 종교와 사고에서 찾았다. 그때 (댄서의) 춤은 신이 인간 육체 속에서 구현된다는 것을 의미하고 인간의 춤을 인정하며 신성하게 한다. 댄서는 육체와 영혼, 보는 자와 춤추는 자 등 모든 상반되는 동작들을 조화시킨다.

3. 신명과 춤

춤은 육체를 통해 도달하게 되는 정신의 경계이다. 춤을 통해서 도
달하는 '순수 정신'의 경지가 삶의 중심이 숭고하게 전환되고 자아의
중압으로부터 해방되는 특수한 분위기라면 엑스터시는 무아와 망아
그리고 망지를 통해서 만이 얻어질 수 있는 것으로 예술의 요체다.[12]

신경림의 경우 '신명'은 집단 '춤'이다. 그리고 보는 자와 춤추는 자
의 경계가 윤곽이 없는 집단 신명으로 상반된 것의 통일에 포함된다
고 볼 수 있다. 그것은 그가 감각적으로 체득한 경험을 언어의 춤으
로 창조해낸 예술의 세계라고 할 수 있다.

형상이 먼저고 말이 따라오면 형상은 지워지듯, 춤은 형상과 이미
지의 경계를 초월하며 살아내는 언어가 된다. 다음은 '말'과 함께 사
라지는 형상에 대한 시다.

> 내 형상도 지금 서서히 어둠속에서 드러나고 있다. 얼굴과 목
> 과 어깨의 선이 드러나고 팔다리의 윤곽이 나타나고 있다. 그리
> 하여 나는 당신을 향해서 무엇인가를 말하고 있다. 나의 말은 어
> 둠속을 헤엄치면서 천천히 당신을 향해 갈 것이다. 아, 그러나
> 나의 말이 당신에게 이르렀을 때, 이미 내 형상은 서서히 어둠속
> 으로 사라져가고 있을 것이다.
> ― 「말」 부분(『달 넘세』, 72~73쪽)

---

12 한혜리, 『무용사색 사이와 거리』, 한학문화, 2011, 126쪽.

신경림이 시에서 그리고자 한 꿈은 이루지 못한 것에 대한 갈망이라고 설명한다.[13] "끊임없이 나는 사물들을 맴돌며 꿈을 엮는다. 나는 사람들과 사물들을 상상한다"고 한 메를로퐁티와 같이 사물과 꿈의 경계를 넘어 상상하고 초월한다.

예이츠의 후기 시에서 그의 사고는 동방으로 향한다. 도시 비잔티움은 예술과 질서와 조화의 세계로서 예이츠의 시에서는 영원한 예술이나 정신의 세계를 상징한다. 이 시는 대성당의 종소리로 시작한다. 차가운 한밤중에 종이 울리면서 낮의 정화되지 않는 이미지는 죽음으로 묘사된다.

춤은 이 시에서도 중요한 이미지다. 춤처럼 모든 예술은 결코 완성된 생산물이나 결과가 아니고 예술가가 그의 창조물과 연결해야 하는, 전진하는 과정이다. 피로 태어난 영혼은 춤으로 죽어가며 정화되고 움직임은 황홀한 고통이나 정지다. 비잔티움의 "진짜 춤은 언어의 유희 속에서 발생한다." 예이츠는 비잔티움의 세계를 죽음 후의 삶의 상징으로 만들었다. 두 문명이 융합하는 신성의 지점으로서 동양과 서양이 하나로 합쳐지는 곳, 구체적인 것과 추상적인 것, 순간과 영원 등의 요소들을 시 속에서 춤이라는 예술작품을 통해 통합시킴으로써 육체와 영혼, 삶과 죽음, 외면과 내면이라는 갈등을 수반하는 상반된 개념을 융합하여 유기체적 조화의 삶을 나타내고자 한 것이다.

춤추는 여성의 아름다움은 곧 예술을 상징하는 것이다. 극작가로

---

13 한국작가회의, 〈문제작으로 읽는 한국문학〉(신경림 편), 2014. 6. 13. 대학로 강연.

서 예이츠의 활동은 육체에 대한 이미지를 찾는 데 큰 계기가 된다. 극장과 관련된 일과 댄서를 위한 연극을 쓰면서 몸의 중요성을 깨달은 예이츠는 이로 인해 자신의 시에서 육체에 대한 많은 이미지를 만들어냈다. 예이츠는 언어를 댄서의 이미지로 바꾼 것이다. 말을 침묵하게 하고 춤으로 대신한 것이다. 예이츠는 비언어적 이미지의 우월성을 주장한다. 예이츠에 따르면 "상징주의는 어떤 다른 방법에서도 완벽하게 말해질 수 없는 것들을 말하는" 것이며 상징은 "벙어리에게 소리를 육신이 없는 것들에게 몸을 주는" 것이다.

겨울 내내 우리는 봄을 노래했지,
그리고 봄 내내 여름을 기다렸고,
그러다 두툼한 울타리가 울면
누가 뭐래도 겨울이 최고라고 말들을 한다.
그 뒤로는 아무것도 좋은 것이 없다고 말한다
왜냐하면 아직 봄이 오지 않았기에-
우리의 피를 끓게 하는 것은
무덤을 향한 우리의 갈망뿐이라는 것을 모르고 있기에.[14]

Through winter-time we call on spring,
And through the spring on summer call,
Ane when abounding hedges ring
Declare that winter's best of all;
Ane after that there's nothing good

14 김상무 역, 417쪽.

신경림 시의 연희성 연구

Because the spring−time has not come−
Nor know that what disturbs our blood
Is but its longing for the tomb. (CP 179)

「바퀴」는 1921년 9월 13일에 완성되어 1922년에 출판된『일곱 편의 미완성의 시』에 처음 수록되었다.

예이츠의 거대한 수레바퀴와 같은 상징들은 순환적 운동을 암시하며, 역사와 인간의 삶, 자연과 윤회, 감정적, 지적이며 영적인 죽음과 재탄생을 함축하는 것이다.

이러한 상징들에 의해 예술, 죽음, 그리고 삶에서 이율배반은 해소되고 조화가 이뤄지며, 그러한 것들이 순환적 흐름에 의해서 묘사되기는 하지만 이러한 것들은 거대한 수레바퀴의 순수한 주관적인 상인 15상위에 있는 것들이다. 그러므로 이것들은 세계 영과 인간의 영혼, 기억, 지적 상상력, 문화의 통합, 존재의 통합 등의 무한함이나 영원성을 상징하며 어떠한 인간의 성취나 예술의 성취를 함축하는 것이다.[15]

인간은 태어난 지 얼마 안 되는 유년 시절에는 사물을 있는 그대로 볼 수 있는 객관적 시각을 가졌다가 청장년 시절에는 나름대로 주관적 시각을 갖게 되고 노년기에 들어서는 사물을 관조할 수 있는 객관적 상태로 다시 돌아가는 순환의 단계를 거친다. 예이츠는 인간이 다시 태어나기 때문에 죽음은 무가 아니고 새로운 삶의 출발점이라고

---

15 조용해,「예이츠의 시에 나타난 동양철학의 순환체계」,『한국 예이츠저널』19, 1997, 120쪽.

보았다. 따라서 죽음은 두려운 것이 아니며 그것을 극복하려는 영웅적인 노력이 주요함을 강조하였다. 이 영웅적인 모습은 비극적인 즐거움과 비슷해서 지적인 재탄생을 강조하면서, 삶을 비극으로 인식할 때 진정한 삶을 살게 된다고 하였다. 그리고 죽음에 대한 예이츠의 다양한 개념을 이해하려면 시적 창조와 관련지어 이해해야 한다. 즉, 예이츠는 시의 창조를 위해 죽음에 의존한다.

그리고 죽음을 궁극적으로 받아들임으로써 시를 쓸 수 있기에 예이츠는 자신의 존재도 무에 기초를 두고 있다는 것을 이해해야만 한다고 주장하였다. 그는 심지어 글을 쓸 때 시인들은 자신들의 내부에서 스스로 죽음을 선언해야 한다고 말하기도 하였다. 이렇게 예이츠는 죽음을 극복하기보다는 받아들임으로서 시를 쓸 수 있었던 것이다.

예이츠는 말년에 과거의 집착에서 벗어나 결혼을 한 뒤, 신화적인 시간과 오늘의 결합을 살기로 한다. 「탑」에서는 삶과 죽음 사이에서 갈등하며 죽음을 극복하는 방법을 찾으려고 노력한다. 여기에서 시인은 죽어가는 육체와 상관없이 왕성해져가는 상상력을 통하여 재탄생하는 것이다. 노쇠에 따른 죽음에 대한 걱정은 없애기 쉬운 것이 아니어서 또 다른 죽음을 맞이할 수밖에 없다. 그것은 연애시인으로서의 살아 있는 죽음이다. 따라서 예이츠의 시 「탑」은 살아 있지만 죽은 것 같은 상태인 무기력한 삶에 대하여 의문을 가지는 것이다.

그리고 경계로 나아가는 신경림의 시는 예이츠의 '이국'에서 우연히 조우한다.

조그맣게 엎드려 사는 사람들은 말씨도 몸짓도 엇비슷해.

너무 익숙해서 그들 손에 묻은 흙먼지까지 익숙해서.
어쩌면 나 전생에 눈이 파란 이방인이었는지도 몰라.
다음엔 그들 조랑말로 이 세상에 다시 올는지도 몰라.

너무 익숙해서 그들 눈에 어린 눈물까지 익숙해서. 마지막
내가 정착할 땅에 가서 어울릴 사람들만큼이나 익숙해서.

— 「이역」 부분(『낙타』, 11쪽)

신경림이 '이역'에 도착했다면 예이츠는 비잔티움에 도착한다. 그곳은 '성스러운 도시'이다(「비잔티움으로의 항해」). 비잔티움은 기원전 7세기에 그리스의 식민도시로 건설되었고, 330년 콘스탄티누스 대제에 의해 동로마 제국(비잔티움 제국)의 수도가 되면서 콘스탄티노플로 바뀌었다. 현재의 이스탄불이다. 비잔티움은 예이츠가 지상에서 시간과 영원이 한데 어울려 순식간에 춤을 추는 '통합된 문화'의 상징으로 삼은 곳이다.

예이츠의 '비잔티움'과 신경림의 '이역'이 오늘날 터키라는 장소로 동일하다는 것은 우연이다. 하지만 그들은 삶과 죽음의 경계에서 우리 삶과 가장 닮은, 그리고 가장 완벽한 삶과 죽음의 총체에서 보이는 '삶의 예술'을 발견한 것이다. 그것은 신명과 춤으로 통일된 일상적인 삶이며 그 삶을 언어적으로 읽고 감지할 수 있는 예술가의 시선이며 예술가의 예술작품 안에서 부활하여 발견되는 것이다.

4. 결론

예이츠는 '삶과 죽음에 차가운 시선을 던지고 말 탄 자여, 지나가라!'라는 그의 묘비명처럼 결국은 시인의 시보다 더욱 중요한 것은 '삶'이라고 말하고 싶어 한다.

신경림은 기억의 재구성을 위한 상상력이 육체적 감각과 이미지로 되살아나기를 바란다. '이제, 다시 찾아보고 싶다. 나이 서른으로 돌아가, 너와 함께./네 눈을 통해서, 네 입술을 통해서, 네 머리칼을 통해서.'

찾고자 하는 열망으로 바라본 세상은 그대로 아름다운 육체가 되어 나타난다. 예이츠에게서 사람의 대립물인 '달'은 신경림에게는 자신이 찾는 초현실적 기억의 경계의 '달'이 되어 시라는 언어가 일으킨 정서적 육체적 부활과 주체의 회복을 이룩한다.

신경림은 기억에서 사라져간 죽음들을 불러내어 상상력의 시간에서 이루지 못한 삶을 살게 하지만, 반대로 삶 속에서 죽어 있는 것들을 바라본다. 그 속에는 자신의 고달픈 삶도 보인다. 거기엔 자신을 놓지 않는 과거의 죽음들이 망령처럼 나와 춤을 추고 사라지는 꿈으로 나타난다. 삶에서 죽음을 바라보는 노년의 시인들의 직관과 지혜는 이제 현실 속에서 삶의 부분을 이루는 세계가 되는 것이다.

이승과 저승의 경계를 지나가는 '낙타'와 '낙타'에 탄 신경림의 '약한 자'로서의 시인은 예이츠의 삶을 살아가는 '말 탄 자' 즉 나그네일수 있다. 나그네는 이승과 저승의 경계를 떠돌며 초월의 시간을 살고 있는 것이다. 그리고 그것은 시인의 창조력으로 빚어진 세계, 세계를 감지한 순간의 리듬과 춤으로 이룩되는 것이다.

예이츠의 경우 움직임 속의 정지이며, 신경림의 경우 망실된 꿈의 시간으로의 이동이다. 이는 몸과 정신의 이분화가 아닌 감각적 통일의 순간이며, 세계를 체득하게 되는 예술의 본모습이라 할 수 있다.

신경림에게는 '신명'이, 예이츠에게는 '춤'이 죽음과 경계에서 주체를 회복하고 예술을 이루어내는 매개이다. 그리고 그들의 시에는 슬픔의 풍경과 꿈의 소원이, 그리고 죽음과 노년의 지혜와 부활과 젊음의 회복이 '신명'과 '춤'의 리듬을 발견하면서 통일을 이루어낸다. 그것은 이역의 다른 두 시인이 서로 다른 이역을 꿈꾸며 경계를 넘어서는 순간 '언어의 춤'으로 조우하게 된다.

제3장

경계와 초월의 시 정신
신경림의 후기 시를 중심으로

1. 서론—신경림의 지향점은 어디인가

이 장에서는 신경림의 가장 최근 발행된 시집 2008년『낙타』로부터 거슬러가서 2002년『뿔』과 21세기의 경계에서 발행된 1998년의『어머니와 할머니의 실루엣』을 중심으로 살펴본다. 또한 이들 후기 시집과 더불어 시인의 '다시 돌아가기', 즉 '미래'와 '과거'의 오버랩을 살펴보는 절에서는 1975년에 발간된 첫 시집『農舞』에 수록된 시를 살펴볼 것이다.

즉 신경림의 최근작과 최근작의 경향에 이르는 시집을 중심으로 신경림 시의 발전의 현 지점을 살펴보되, 그것을 1990년대 후반, 즉 새로운 세기의 도래라는 시가 놓인 환경의 변화 속에서 살펴보려고 한다. 그것은 '미래'를 향해 나아가는 '현재'의 시이며, 또한 이전 세기의 환경에서 대표적 '현실 참여', '현장'의 시로 자리매김했던 시인의 '과거'의 시간성과의 비교와 변증법적 통일을 찾아보기 위한 방법으로서 첫 시집을 살펴볼 것이다.

신경림에 대한 연구가 서사시, 민중시, 민요시 등으로 범주화되어 이루어져왔다면 이 장에서는 그의 후기 시를 중심으로 시인이 지향하며 도달하고 있는 지점이 어디인지 살펴보려고 한다. 그것은 특히 '경계'에서 '존재'를 발견하는 시인의 고백과 행위의 양상을 '읽'으며 그의 '보행'을 따라 '함께' 그 서정의 울림과 서사의 시간 안에서 '초월'의 순간을 체험해보는 것이 될 것이다.

2. '경계'의 시적 의미

꿈결에서 이곳은 어디인지 헤매다가 깨어난 경험이 있을 것이다. 꿈에서는 뭔가 절실해서 그곳을 갔으나 결국 길을 잃거나 찾으려던 것이 무엇인지조차 잃어버리고 헤매는 것이다. 그곳은 '외진' 곳이다.

> 외진 별정우체국에 무엇인가를 놓고 온 것 같다
> 어느 삭막한 간이역에 누군가를 버리고 온 것 같다
> 그래서 나는 문득 일어나 기차를 타고 가서는
> 눈이 펑펑 쏟아지는 좁은 골목을 서성이고
> 쓰레기들이 지저분하게 널린 저잣거리도 기웃댄다
> 놓고 온 것을 찾겠다고
>
> ― 「떠도는 자의 노래」 부분(『뿔』, 8쪽)

이제껏 살아온 날들에 지쳐서 '잠들었'던 화자는 '문득' 일어난다. 지금이라도 내가 버린 것들을, 잃어버린 줄도 모르고 살아온 것들을 찾아야 한다. 그것이 내게 없었던 것이 아니라 분명히 존재하던 것인데, 그 존재를 기억에서 지우고 있었던 것이다. 그 시간으로, 그 공간으로 간다면 그대로 있을지도 모른다. 기차를 타면 가능하다. 따라잡을 수 있을지도 모른다. 그것이 500년 전의 일이라 하더라도 화자는 떠났을 것이다. 계절은 겨울로 변하기도 하고, 이미 파장한 저잣거리의 을씨년스러운 곳에 당도해서 다시 그곳에서 길을 잃을 것이다.

이 체험은 꿈결에서 겪은 것이 아니라 다음에서 인용하는 시를 미루어 짐작해보면, 실제로 기차를 타고 가다가 일어난 일일 가능성이 크다. 2002년에 발간된 시집『뿔』에는 급속도로 변해버린 21세기에서 다시 방황하기 시작한 시 속의 주인공이 보인다. 세상에게 눈길을 주고 싶어도 속도에 눌려 어디에도 눈길을 주지 못하는 상황에서 할 수 있는 것은 무엇인가. 그 속도로 목적지에 간다고 하여도 지금, 이 순간의 고독과 소외를 이길 수가 없어 기차에서 내린다. 그리고 '소매 잡은 이 있으면 하룻밤쯤 술로 지새면서'(「특급열차를 타고 가다가」) 유유히 보행이 선사하는 프레임의 '반짝이'는 세계로 들어가려 한다.

갈 곳도 없이 버스를 타고 가다가
불현 듯 내리니 이곳은 소읍, 짙은 복사꽃 내음
언제 한 번 살았던 곳일까
눈에 익은 골목, 소음들도 낯설지 않고,
무엇이었을까, 내가 찾아 헤매던 것이.
낯익은 얼굴들은 내가 불러도

내 목소릴 듣지 못하고.

— 「봄날」 부분(『뿔』, 14쪽)

'낯익은 얼굴들'이 '내 목소릴 듣지 못'한다. 이곳은 어디인가. 현실인가 가상인가, 꿈인가 미래인가. 기차나 버스에 타서 왜 가야 하는지도 모르고 살 수가 없어서 그 밖으로 '나와'(초월) 걷기 시작했을 때 비로소 세상을 바라볼 수가 있다. 하지만 세상은 '나'를 듣지 못한다. 여기는 떠나온 곳에서 그리 멀지 않은 곳인지도 모른다. 다만 보이지 않던 세상을 보게 된 것인지도 모른다. 하지만 그들이 '내 목소릴 듣지 못'한다. 나는 그들의 세계에 아직은 들어가지 못한 것이 아닐까. 이곳은 '경계'이다. 나의 존재를 알게 해준 출발의 지점이다. 그렇다면 '나는 누구인가?' 어디선가 '나'를 알아봐주는 존재가 다가오는 소리가 들린다. 그의 발걸음이 천천히, 조금 빠르게 마치 춤추듯 들려온다.

레비나스는 내면보다는 초월을 내세운다. 나를 알기 위해서 나의 이웃의 얼굴을 보라는 것이다. 그 관계 속에서 과연 우리는 다음 절의 질문에 대한 답을 얻을 것인가.

낙타는 사막을 횡단하되, 짐을 싣고 가는 존재이다. 예수가 예루살렘에 입성할 때, 나귀는 나귀 주인의 간단한 허락으로 예수를 태운다. 그렇게 사용된 것으로 그는 영광을 받는다. 그러므로 낙타는 타인의 짐을 싣고 가는 것을 겸허히 수용하고 그것으로 영광받는, 즉 자신의 존재와 주체를 비로소 증명하게 되는 존재이다. 낮은 자, 타인의 짐을 싣는 수행을 받아들이는 자, 그리고 저 너머를 동행하는 자이다.

신경림 시의 영화성 연구

낙타를 타고 가리라, 저승길은
별과 달과 해와
모래밖에 본 일이 없는 낙타를 타고,
세상사 물으면 짐짓, 아무것도 못 본 체
손 저어 대답하면서,
슬픔도 아픔도 까맣게 잊었다는 듯.
누군가 있어 다시 세상에 나가란다면
낙타가 되어 가겠다 대답하리라.
별과 달과 해와
모래만 보고 살다가,
돌아올 때는 세상에서 가장
어리석은 사람 하나 등에 업고 오겠노라고.
무슨 재미로 세상을 살았는지도 모르는
가장 가엾은 사람 하나 골라
길동무 되어서.

— 「낙타」 전문(『낙타』, 10쪽)

　　인간은 '나는 누구인가'라는 지각을 통해서가 아니라 '나에게 다가
온 타자'를 맞이함으로써 즉, 관계 속에서 '나'를 찾게 되는 것이다.
타인의 짐을 기꺼이 지고 싶어하는 낙타가 된 시적 화자는 시인의 수
행이 그렇게 타인의 고통을 그저 지나칠 수 없어 낮은 자의 짐을 대
신 짊어지고 함께 '걷는' 자임을 알게 되는 것이다. "제가 여기 있습니
다(Here I am). 저를 보내십시오"라는 성경 구절처럼 귀뚜리 소리는
기억에 묻어둔 자신을 일깨우고 대답하게 하고 일어나게 한다. 그리
고 그 시간의 자신을 받아들이게 된다. 그 시간에는 '나'가 기꺼이 마
음을 열고 몸을 부끄러워하지 않고 내보였던 '타자'가 있다. 겨울밤

에 눈길을 걸으며 약 심부름으로 술값을 벌던 시절의 이야기, 남편을 잃고 신세 한탄을 하는 여인과 화투를 하다가 술을 먹다 왜인지도 모르게 낄낄대며 농을 하며 지새웠던 순간의 풍경, 그 시간에 생생하게 열려 있던 자신의 주체의 기억을 그린 「눈길」이란 시를 떠올리면 고독의 순간에 타자를 향한 발걸음이 있었고, 그 발걸음에서 깊이 느끼는 고독을 떠올리게 된다.

타자의 고통에 대해 주체가 응답하고 책임을 떠안는 행위가 레비나스의 윤리이다. 레비나스의 주체는 타자를 라캉적 의미의 타자로 승화시킬 때 윤리적이 된다. 레비나스의 윤리는 정의가 완벽하게 실현될 때 '그늘진 곳에서 남몰래 흐르는 눈물'에 대한 반응에서 시작한다. 레비나스는 이성으로 세워진 질서가 필연적으로 타자의 눈물을 초래한다는 점을 간과하지 않는다.[1]

레비나스에게 윤리적 절박감은 하이데거처럼 존재 투쟁이 아니라, 내가 타자에게 빚진 것이 많은 비대칭성, 불균형으로부터 발생한다. 그는 서구 철학의 모든 존재 논의가 철저히 타자적 요소를 배제하고 타자와의 관계를 존재 일반에 대한 관계에 종속시켜왔다고 주장한다. 타자성은 과잉의 장소이다. 주체가 감당해낼 수 없을 만큼 넘치는 초월성이 이름 없는 타자에 나를 구속시키고 급기야 그 타자에게 고유명을 지어주게 된다.

1   김정순, 『이언 매큐언 서사연구』, 동인, 2012, 11쪽.

3. '경계'를 넘는 방법

1) 담화와 노래하기

신경림의 서정시에서 시적 화자는 말하기보다 듣고 그 속으로 들어간다. 그리하여 그는 '타자'의 이야기를 듣거나 그 이야기의 시간에 함께함으로써 자신의 불안과 슬픔을 만난다. 그가 민요를 따라 전국을 기행한 것은 사람을 만나 이야기를 들으려고 했던 것이다. 그가 노래를 좋아하는 것도 사람을 만나는 것이 좋아서였다. 이야기는 서사이고, 노래는 서정으로 터져나오는 동질감의 표명이다. 그것은 내가 아닌 '타자'의 이야기와 만나는 시간이며 그 안에서 자신을 발견하게 되는 것이다. 노래가 가슴에 남는 이유와 중독성은 마치 알 수 없는 시간 안에서 자신을 열고 그 시간을 받아들였던 기억에 대한 인식 때문이다. 타인의 이야기를 같이 노래함으로써 자신도 노래의 시간으로 들어간다. 이것은 '놀이'하는 것이며 이야기를 듣기 위해 잠시 멈췄다가 노래를 하면서 노래의 세계의 리듬으로 보행하는 것을 의미한다. 그 길은 현실의 길이지만 노래를 통해 현실과 꿈의 가장자리를 걷고 있는 것과 같다. 그 길은 멀고 고통스러워도 신명을 낼 수 있다.

"열림은 그들 사이의 경계 위에 선다. 거기서는 더 이상 주체도, 객체도 없고, 단지 그들의 어우러짐이 있을 뿐이다."[2]

그러나 그 신명은 슬픔이 배제되거나 독립된 주체가 사라지는 신

---

2   박상진, 『열림의 이론과 실제』, 소명출판, 2004, 113쪽.

명이 아니다. 여전히 타자와의 어우러짐으로 존재감을 회복하지만, 온전한 자신의 회복을 위해 돌아갈 곳을 기억하게 된다. 즉 기억에서 잊혀진, 지금은 '아닌' 존재인 그러나 역시 자신의 일부인 그 시간을 그리워하게 된다. 신경림 시의 출발인 농민시에서 확인 가능하다.

놀이는 역시 '놀기로 하'고 자신을 여는 현실과는 다른 체험의 순간일 뿐, 그의 현실은 여전히 그와 함께 하고 있다. 시인은 '경계'에 있으며, '밖'에 존재하는, 초월을 시작한다. 끊임없이 그를 이끌고 가는 동기는 거부할 수 없는 감각의 자극이고 그 자극에 대한 반응으로서의 행동이다. '귀뚜리' 소리가 그를 시간에서 잠자고 있는 자신으로 데리고 간다. 하지만 찾아가는 시간의 풍경에 있던 타자는 '나'를 기억할 것인지는 미지수여서 초조하다. 즉 주체는 수동적이다. 필연적으로 초월은 현재인 나를 과거나 미래로 가게 하는데, 과거는 기억 속의 풍경이지만 미래는 한 번도 보지 못한 낯선 풍경이다. 그런데 미래의 어느 곳에 도착했을 때 그것이 낯설지 않다. 미래는 와본 곳인가, 혹은 과거의 시간들이 도착할 그곳에 나는 미처 늦게 도착했거나 그 시간이 이미 존재하는데 보지 못한 것일 뿐인가.

블랑쇼는 "한 번에 여러 번" 말하기를 제안한다. 논리적 담론과 글쓰기의 언어가 동시에 있어야 한다는 것이다. 논리적 담론이 이미 지배적 언어의 위치를 차지한 세계에서 그것은 글쓰기의 언어를 통해 "중성적 공간"을 회복하려는 끊임없는 저항, 혹은 재탄생의 필요를 강조하는 말이다. 생산성이 표어가 되고 의미가 물샐 틈 없이 포위하고 있을 때 의미의 비확정성과 무위의 공간을 향한 글쓰기의 움직임은 부인할 바 없는 열림의 몸짓이다.[3]

〈농무〉에서 시작된, 황홀한 춤으로 넘는 '경계' 넘기는 신경림의 최근 시집에서 다시 시작된다. 그것은 '낙타'의 보행으로, 혹은 그보다는 날렵하고 상큼하며 일상의 우리 안에서도 보여지는 평범한 사람들의 모습으로 재현된다. '나'는 몽골에서 발견되고, 사람이 아닌 '노는 조랑말'의 모습으로 나타난다.

조랑말들이 돌아다닌다 탁자와 탁자 사이를
양손에 500cc짜리 맥주잔을 들고서
젖은 풀냄새 마른 흙냄새를 풍기며
조랑말이 돌아다닌다 자본주의의 악취 사이를
맑은 미소로 음흉한 눈길을 차단하면서
날렵한 다리로 춤을 추듯 돌아다닌다
새파란 하늘 작은 풀꽃들을 불러들이며
말떼 양떼까지 친구로 불러들이며
자욱한 소음을 청명한 새울음으로 바꾸면서
조랑말이 돌아다닌다 탁자와 탁자 사이를
탁한 매연을 시원한 흙바람으로 바꾸면서
야크떼 소떼까지 휘파람으로 불러들이며
주점을 온통 새파란 초원으로 바꾸면서
마침내 자본주의의 시큼한 악취까지
향긋하고 상큼한 풀냄새로 바꾸면서

— 「조랑말 몽골에서」 전문(『낙타』, 2008)

---

3   고재정, 「모리스 블랑쇼와 공동체의 사유」, 『한국프랑스학논집』 제49집, 2005, 181~200쪽.

차라리 낙타의 보행으로, 조랑말의 춤으로 돌아가려 한 것은 늙은 악사의 부자유를 깨닫고부터일 수도 있다. 시대에 뒤처진 악사의 '놀이'는 계속되지만 처연해 보인다면, 몽골은 시간성에 구애되지 않고 여전히 자유롭다. 늙은 악사에게서 시인 자신의 초라함을 엿보았다면, 조랑말에게서 다시 찾고 싶은 자신을 본 것이다. 시인 자신을 알레고리로 표현한 장터의 「늙은 악사」를 읽어보자.

처음 그를 본 것은 황강 장터에서였다. 강이 내려다보이는 언덕에 벌여진 장바닥 한모퉁이에서 그는 기타를 치고, 윗입술에 커다란 사마귀가 달린 처녀애가 약을 팔았다. 다음 그를 본 것은 중앙선 밤차 속에서였다. 어느 승객의 트랜지스터에서는 질 낮은 코미디언의 객담과 함께 흘러간 노래가 빽빽대는데, 그는 기타동에 턱을 괴고 반쯤 잠이 들어 있었다. 나는 그가 슬펐다.

얼마 뒤 집으로 돌아오는 골목에서였다. 누군가가 뒤따르는 기척이 있어 뒤를 돌아보았다. 아무도 없었다. 몇 발자국 떼어놓다가 다시 뒤돌아보았다. 보일 듯 말 듯 먼발치에서 그가 서 있는 것이 보였다. 달려갔지만 그는 슬그머니 모습을 감추었다. 그 뒤 그는 매일밤처럼 나를 뒤따랐고, 돌아보면 보일 듯 말 듯 먼발치에 서있다가 슬그머니 사라졌다. 나는 그가 두려웠다.

어느덧 그는 곳곳에서 내 앞에 나타나게 되었다. 버스에서 찻집에서 바둑집에서 그는 보일 듯 말 듯 내 앞에 나타났다가 아는 체 할라치면 슬그머니 사라졌다. 마침내 나는 내가 그와 함께 살고 있음을 알았으며 내가 그로부터 헤어날 수 없음을 알았다. 내 몸짓 손짓 그 하나하나가 그에 의해 조종되고 있음을 알았다. 나는 그가 미웠다.

그러나 어느날 나는 문득 나 자신이 시골 장바닥에서 기타를 치며 약을 파는 몸이 되어 있음을 깨달았다. 갑자기 눈을 떠보면 밤 늦은 차창에 이마를 대고 잠이 들어 있기도 했다. 또는 그 누군가를 보일 듯 말 듯 먼발치에서 뒤쫓고, 그 몸짓 손짓 하나하나를 음흉하게 조종하기도 하고, 이른 새벽 찾아서 슬그머니 창 너머로 들여다보는 나 자신을 발견하기도 했다. 어느새 내가 그 늙은 악사가 되어 있는 것이었다. 나는 그가 가엾었다.

— 「늙은 악사」 전문(『달 넘세』, 70~71쪽)

'가엾었다'는 것은 자유를 잃은 시인의 모습이 투사된 때문이다. 한편, 다시 레비나스로 돌아간다면, 이러한 '부자유'가 다시 '내가 모르는 곳'으로의 지향으로 나아간다. 나를 영원히 혼돈의 상태로 남겨두고 의심의 진리를 통해 나를 고통스럽게 한다. 레비나스에게 있어서 '무한'은 내 "앞"에 있지 않다. 나를 구속하는 질서는 '존재 너머'의 제3인칭 "그"이다. 이 삼인칭성은 객관성이 스스로 관여하며 배반하는 존재 타자성의 근원이 되는 것과 동시에, 존재에 적절한 내면과 초월의 대립 국면을 피할 수 있는 제3의 방향을 제시한다.

2) '낯설지 않은 풍경'으로

메를로퐁티의 주체는 가시적인 것 내의 공백, 가시적이지 않지만 볼 수는 있는 공백에, 세계의 살과 교류하고 연합하는 살의 신체를 가져온다. 주체가 세계의 광경 속으로 들어가게 된 것이다. 봄은 더 이상 가시적인 것과 분리된 눈에 의해 형성되지 않는다. 이제 봄은

"우리가 들어가 사는 몸의 윤곽을 타자들이 보듯이 외계에서 보는 것이 아니라, 특히 외계에 의해 보여지는 것, 외계 속에서 생존하는 것, 외계 속에 이주해 가는 것, 환영에 의해 유혹되고 사로잡히고 소외되는 것이며, 그리하여 보는 자와 가시적인 것은 서로 역전하여, 누가 보는지 누가 보여지는지 알 수 없게 되어버리는 것이다."[4]

즉, 주체는 더 이상 자아에서 머물지 않고, 주체가 세계의 광경 속으로 들어가며, 타자들에 의해 유혹되어 누가 보는지 보여지는지 역전된다는 것이다. 여기에서 타자와 연합하게 되는 것으로 '책임'을 강조한 레비나스를 주목하지 않을 수 없다.

레비나스에 따르면 나의 책임은 "내가 모르는 곳"으로부터 비롯한다. "있다"의 세계는 의심의 진리를 통해 나를 고통스럽게 한다. 절대적인 그를 향하는 것은 흔적 속에 있는 타자를 지향하는 것이다.

김종삼 시인이 낯선 이국어의 언어와 고유명사로 마치 성화를 묘사하듯 시를 쓰는 이유는 절대적인 것을 향한 갈망이지만, 결국 그것에 닿지 못하므로 계속 시를 쓰는 시인으로 남게 되는 것과 같은 것으로 이해된다면 신경림 시인도 마찬가지이다. 시인으로서 그가 시를 계속 쓰는 이유는, 즉 시인인 이유는 궁극의 시간을 기억하기 때문일 것이다. 그곳은 '저 너머'로 늘 경계에서 '떠돌았'던 이유이기도 하다. 그런데, 그는 그 낯선 곳에서 '낯설지 않은' 사람을 만난다. 그러나 먼 길을 돌아오지 않았다면, 낯선 곳에 도착하지 않았다면, 그는 '낯익

---

4 정지은, 「라깡의 응시에 비추어 본 메를로-퐁띠의 가시적인 것의 깊이」, 『라깡과 현대심리학 저널』 12권, 2010, 73~94쪽.

다'는 체험도 하지 못했을 것이다.

저 굵은 주름투성이 늙은이는 필시 내 이웃이었을 게다.
눈에 웃음을 단 아낙은 내가 한번 안아본 여인인지도 모르고,
햇살 환한 골목은 한철 내가 정들어 살던 곳이 아니었을까.
문앞 화분의 팬지도 벽 타고 올라간 나팔꽃도 낯설지 않아.

조그맣게 엎드려 사는 사람들은 말씨도 몸짓도 엇비슷해.
너무 익숙해서 그들 손에 묻은 흙먼지까지 익숙해서.
어쩌면 나 전생에 눈이 파란 이방인이었는지도 모르지.
다음엔 그들 조랑말로 이 세상에 다시 올는지도 몰라.

너무 익숙해서 그들 눈에 어린 눈물까지 익숙해서, 마지막
내가 정착할 땅에 가서 어울릴 사람들만큼이나 익숙해서.
　　　　　　　　　　　　— 「이역(異域)」 전문(『낙타』, 11쪽)

　자신과 전혀 상관없는 제3의 지역에서 마치 자신의 고향집에 온 느
낌, 지금은 존재하지 않는 가족들과 시골의 소읍을 본 느낌을 받았다
면 그는 어디로 가야 하는가.
　인간이라는 단어가 이미 인간들 사이의 존재임을 의미하듯이 존재
역시 바깥에 서게 됨, 즉 탈존을 뜻한다. 그런 점에서 탈존은 존재의
진실에 가까운 상태이며, 문학 언어는 우리에게 존재의 진실은 존재
바깥에 있음을 말하는 '바깥의 진실'을 환기시킨다.
　우리가 의미와 가능성, 주체와 단일성에 갇혀 '바깥의 진실'로부터
분리되지 않도록 의미와 무의미 사이의 수문을 열린 상태로 유지하

는 일, 이것이 문학 혹은 글쓰기의 역할이다. 유배의 진실이 소중한
것은 떠남으로써 우리는 낯선 것과 만나고 그 체험을 통해서 마침내
"말하는 것을 배울 수 있을 것이기 때문이다."[5]

　찾던 곳은 폐허가 되고, 고향은 이미 고향이 아니고, 이역은 낯설
고 상관없는 타자의 집단이지만, 그곳에서 맥주라도 얻어 마시고 화
투라도 치면서 시간을 보냈던 자신의 슬픔과 신명이 겉고 취하고 냄
새로 기억되는 여자의 품에서 잠들던 풍경으로 가게 된다. 그것은 다
시, 끊임없이 길을 잃는 일이다.

> 이쯤에서 길을 잃어야겠다.
> 돌아갈 길 단념하고 낯선 처마 밑에 쪼그려 앉자
> 들리는 말 뜻 몰라 얼마나 자유스러우냐
> 지나는 행인에게 두 손 벌려 구걸도 하마
> 동전 몇 닢 떨어질 검은 손바닥
> 그 손바닥에 그어진 굵은 손금
> 그 뜻을 모른들 무슨 상관이랴
>
> ──「내가 살고 싶은 땅에 가서」 전문(『뿔』, 24쪽)

　길을 잃고 발견하는 곳은 과거 고향의 집일 수도 있고, 가보지 못한
미래의 어느 지점에서 다시 보는 나의 모습일 수도 있다. 지금은 존
재하지 않는 과거 역시 가보지 않은 미래와 같기에 낯선 풍경이다.

5　　고재정, 「모리스 블랑쇼와 언어의 문제」, 『인문학연구』42, 2009, 7~22쪽.

그러는 사이 어언 예순을 넘겨, 이제
지치고 지쳐서 내 안에서 제 각각 살아 있는
할아버지와 할아버지의 할아버지와
할머니와 할머니의 할머니를 멀거니 바라보다가,

멀거니 바라보다가 그들 사이에서 찾아낸다,
먼먼 할아버지를 좇아 조랑말을 타고 고개를 넘는
한 오백년 전의 나를.
내가 그 안에 들어가 살 한 오백년 뒤의,
나를 몰아내기 위해 안간힘을 다해 싸우고
나로부터 도망치려고 힘껏 뜀박질을 하는
한 오백년 뒤의 나를.

— 「한 오백년 뒤의」 부분(『뿔』, 56~57쪽)

  강을 바라보기만 하다가 갈대의 울음이 갈대를 흔들리게 하는 것이라는 것을 노래하며 웅크리던 젊은 날의 모습이 아니라, 강 저편으로 언젠가 가게 된다는 것을 받아들이고 지금이라도 떠나기를 바라는 마음으로 '저승'을 꿈꾸기도 한다. "저승인들 무어 다르랴 아옹다옹 얽혀 살던/내가족 내 이웃이 다 거기 살고 있는데."(「강 저편」)

283

4. '경계'를 넘는 초월

1) 자아에서 세계로

블랑쇼는 자아의 상실이 글쓰기의 요건이자 불가피한 좌절이라고 본다. 작가는 '나'라고 말하기를 포기하는 사람이다. 카프카는 '나'를 '그'로 대체할 수 있었던 순간부터 문학에 돌입했다고 놀라움과 황홀한 기쁨 속에서 말했다.[6]

신경림은 '우리'라는 시적 화자의 도입으로 그리고 다양한 목소리가 등장하는 서사시로 자아를 지우고 세계로 향한 시를 지향하였다. 즉, 목적을 위한 시 쓰기가 우세했다고 볼 수도 있을 것이다. 하지만 다음 같은 시를 보면, 그의 '자아'의 위치는 어디 있는지, 세계 속에 존재하던 '자아'는 어떤 자리이며 세계와의 관계는 무엇인지를 짐작할 수 있게 된다.

> 나는 늘 사진기를 들고 다닌다
> 보이는 것은 모두 찍어
> 내가 보기를 바라는 것도 찍히고 바라지 않는 것도 찍힌다
> 현상해보면 늘 바라던 것만이 나와 있어 나는 안심한다
> 바라지 않던 것이 보인 것은 환시였다고
>
> 나는 너무 오랫동안 알지 못했다 내 사진기는
> 내가 바라는 것만을 찍어주는 고장난 사진기였음을
> 한동안 당황하고 주저하지만
> 그래도 그 사진기를 나는 버리지 못하고 들고 다닌다

---

6   유기환, 「글쓰기의 은유로서의 〈마담 에드와르다〉」, 『외국문학연구』 제37호, 2010, 249~268쪽.

고장난 사진기여서 오히려 안심하면서

— 「고장난 사진기」 전문(『어머니와 할머니의 실루엣』, 56쪽)

　신경림은 1970~90년대 대표적 민중시인이자 농촌시인으로 살아오면서 특별히 민중의 일상에 스며 있는 이야기와 가락 즉 민요시를 발굴하려 애쓰기도 한다. 이는 사람이 좋아 사람을 만나러 다니고 떠돌기 위해 떠도는 기행하는 시인의 삶이라고 시인은 말한다. 시인은 세계와의 관계 속에 살아온 주체이자 세계를 향한 시선과 그들의 삶을 놓지 않으려는 마음으로 살아왔다. 그 안에 시인은 있기도 하고 없기도 하였다. 시인은 객관성을 위해 사진기 밖에 있던 적이 더 많을 것이다. 하지만 풍경과 기행과 민요시와 민중시에는 그가 있었다. 시적 화자로 진술할 때뿐 아니라 농촌을 묘사하거나 '사람들'의 이야기를 전달할 때도 말이다. 자신에게 들어온 타자를, 그로 인한 충격을 담아낸 사진에는 오롯이 자신이 담겨 있어 '고장난' 사진기였음을 알게 된다. 그것은 늘 경계에 서서 귀향을 꿈꾸는 시인처럼 '다르나 같은' 풍경처럼 보여진다.

　시인의 메소드인 사진기를 시인은 버리지 않기로 한다. 고물이어서 희망적인 것만 보는 사진기를 버리지 않는다. '낮달'이 밝음 속 어두움을 흐릿하게나마 비추듯이, 아픈 사람(시인)은 아픔이 보여 사람들의 상처의 흔적(시)을 담아낸다. 즉, 타인의 아픔에 문을 여는 순간, 즉 레비나스가 말하는 '관계'가 형성되고, '우리'가 되는 순간이다.

　　된장에 고추장에 산나물을 섞어

진한 화냥기까지 두러 섞어
썩썩 비비는 아낙의 손에는
낮달처럼 바랜 지난날의
얘기가 묻어 있다

　　　　　—「낮달」 부분(『어머니와 할머니의 실루엣』, 69쪽)

　보이지 않는 것을 보기 위해서는 버려야 한다. 그러나 한편 너무 버려서는 안 된다. 성탄절은 무엇을 버려야 하는지, 무엇을 버리지 말아야 하는지 생래적으로 알게 해준다.

살아오면서 나는 너무 많은 것을 얻었나보다
가슴과 등과 팔에 새겨진
이 현란한 무늬들이 제법 휘황한 걸 보니
하지만 나는 답답해온다 이내
몸에 걸친 화려한 옷과 값진 장신구들이 무거워지면서

마룻장 밑에 감추어 놓았던
갖가지 색깔의 사금파리들은 어떻게 되었을까
교정의 플라타너스 나무에
무딘 주머니칼로 새겨넣은 내 이름은 남아 있을까
성탄절 가까운
교회에서 들리는 풍금소리가
노을에 감기는 저녁
살아오면서 나는 너무 많은 것을 버렸나보다

　　　　　—「성탄절 가까운」 전문(『어머니와 할머니의 실루엣』, 39쪽)

너무 많은 것을 얻었지만 너무 많은 것을 버린 것이 아닌가 묻는다. 성탄절에 산산이 부서지려고 태어난 존재를 떠올리며 너무 얻었으나 진실을 버린 것이 아닌지 묻는다. 사진기는 시인에게 '희생'이라는 도구일지도 모른다. '고장난 사진기'는 버려서는 안 되는 품목이 되는 것이다. 시는 버려서는 안 되는 것이다. 시는 어렵게 탄생되어야 하고 시는 힘겹게 죽어야 한다. 그리고 그 죽음과 탄생을 잊어서는 안 된다.

공동체는 주체가 포함할 수 없는 존재의 외부가 펼쳐지는 공간이고 이것은 죽음과 불가능성의 공간이다. 그곳은 미지의 존재로서의 나를 발견하는 공간이며 우리가 홀로는 깨닫지 못하는 우리 자신의 고독을 만나는 공간이다.[7]

시인은 자서전에서 젊은 시절 고향으로 도망쳐와서도 이곳저곳을 방황하며 평화롭지 못했고, 고향에서 술 마시다 벌인 객기로 쫓겨다녔을 때도 소심하여 그저 아는 곳만 배회했다고 했었다. 시인의 현재는 어떠한가. 그의 최근 시집의 지향은 천천히 멀리 걷는 '보행'이다.

> 이렇게 서둘러 달려갈 일이 무언가
> 환한 봄 햇살 꽃그늘 속의 설렘도 보지 못하고
> 날아가듯 달려가 내가 할 일이 무언가
> 예순에 더 몇 해를 보아온 같은 풍경과 말들
> 종착역에서도 그것들이 기다리겠지

---

7   고재정, 「모리스 블랑쇼와 공동체의 사유」, 『한국프랑스학논집』 제49집, 2005, 181~200쪽.

들판이 내려다보이는 산역에서 차를 버리자
그리고 걷자 발이 부르틀 때까지
복사꽃숲 나오면 들어가 낮잠도 자고
소매 잡는 이 있으면 하룻밤쯤 술로 지새면서

이르지 못한들 어떠랴 이르고자 한 곳에
풀씨들 날아가다 떨어져 몸을 묻은
산은 파랗고 강물은 저리 반짝이는데

　　　　　　　　— 「특급열차를 타고 가다가」 부분(『뿔』, 9쪽)

　이르지 못하면 어떠하리 노래하며 떠나는 곳이 미지의 곳이거나
저승이라 하더라도 친밀하게 느껴지는 '보행'의 길이다. 목적을 버린
즉, 나 아닌 것으로 향한 길이다.
　가까움의 목적은 어떤 것이 끝나는 목적이 아니다. 내가 응답하면
할수록, 나는 점점 더 많은 책임을 지게 된다. 내가 배려해야만 하는
이웃에게 접근해가면 갈수록, 나는 나 자신으로부터 멀어짐을 느낀
다. 타자에게로 가까워짐이란 사유될 수 없는 과거에로의 무한한 접
근을 의미한다. 이 접근은 모든 시간적인 시작과 기원의 밖에 존재하
며, 나의 시간으로서 동시적 시간의 현재에서 결코 종합될 수 없는
것이기도 하다.[8]

8　김종엽, 「레비나스 그리고 가까움의 현상학」, 『철학과 현상학 연구』, 2012, 1~
26쪽.

2) 일상에서 초월로

노년에 자서전을 쓰거나 고백록을 쓰는 이유는 자유함 속에서 과거의 욕망이나 허망한 꿈으로 인해 초래한 인생의 결과를 돌아보며 오히려 덤덤하게 삶을 고백할 여유와 자아의 객관적 진술이 가능해지기 때문이다. 이 고백하는 자유는 산문의 형태로 나타나게 된다. 대표적인 산문의 리듬인 '고백의 진술'에는 자유하고자 하는 시인의 마음이 투영된다. 풍경도 예술적 자유가 빚어내면 초월한다.

달이 시원스레 옷을 벗었다 첨벙첨벙 수로 속에 들어간다 희뿌연 젖가슴을
　드러낸 채 몀을 감는다 가없는 옥수수밭에 바람이 인다
　수로에서 나왔지만 옷이 없다 내놓을 수 없는 곳만 손으로 가리고 초가집을
　찾아 들어가 숨는다
　달이 초가집 속에 갇혔다 초가집이 환하게 밝다

　　　　　　　　　　　　　　—「달—平安鄕에서」 전문
　　　　　　　　　　　　　（『어머니와 할머니의 실루엣』, 78쪽）

풍경을 객관적으로 묘사한 것 같은 느낌을 주는 종결어미 '~다'의 선택은 탁월한 감각의 소산이 아닐 수 없다. 이로 인해 풍경은 온전히 독자들의 시선 속으로 신속하게 빨려들어간다.[9]

9　이병훈, 「'자연스러움'의 미학」, 『신경림 시전집 2』, 창비, 2004.

폐허가 된 곳에서 아름다운 꽃을 창조해내는 일이 '아름다운 집'을
본 것보다 '아름다운' 일이고, 거기에는 그 일을 수행할 '나'를 기다리
는 '선생님'이 집을 지키고 있다. 폐허가 되도록, 다시 창조되도록 그는
'나'를 기다리고 있었던 것이다. 폐허는 '시'를 기다린다. 폐허를 보고
망각 속에서 기억해내고 아파하는 '시인'을 기다렸다. 내가 존경하던
선생님은 이제 내가 찾고 창조해야 할 대상이고 내 안으로 들어와야할
나 자신이다. 이제 선생은 나이다. 폐허는 나의 기억이자 내 모습이다.

> 돌아오는 차 속에서 그 집은 재생된다.
> 사랑방과 대문 안으로 들여다보이던 우물과 그 앞이 살구나무
> 가 되살아나고, 집 뒤로 늘어섰던 대추나무들이 되살아난다.
> 그는 모시 중의 차림이다.
> 개망초와 젊은 넋들이 묵밭을 허옇게 덮고 있지만,
> 그 집이 아름답다, 그가 이룬 것이 없어 아름답고 그의 꿈이
> 이루어질 수 없는 것이어서 더욱 아름답다.
> 아무것도 남아 있지 않아 아름답고 아무것도 남길 것이 없어
> 아름답다.
> 그 집이 아름답다, 구름처럼 가벼워서 아름답다.
> 내 젊은 날의 꿈처럼 허망해서 아름답다.
>
> ― 「그 집이 아름답다」 부분(『낙타』, 33쪽)

「늙은 악사」가 기쁨에서 슬픔의 시였다면, 위의 시는 슬픔에서 기
쁨과 아름다움을 찾아내려는 시이다. 우리가 가진 소유는 없지만, 함
께 한 허망한 시간의 '기억'이 존재한다. 그것이 이뤄지지 않아서 우

신경림 시의 연희성 연구

리의 기억만으로 존재한다면 그것은 더욱 소중하다. 주체가 열어보려 했던 시간은 이제 타자(선생님)의 침묵 속에서 존재하며, 보이지 않는 시간을 그의 기억과 나의 진술이, 우리가 함께 다시 만났던 그 공간을 초월하여 재창조되고 있기 때문이다.

> 스승 : 우리는 가까이에 이르렀으며 동시에 멀리 머무르게 되
> 었 …(중략)… 이러한 머무름은 되돌아옴이겠지요.
> 학자 : 따라서 초연한 내맡김 가운데 내존하면서 기다려야겠지요.[10]

이렇게 만나는 일상에서 '너무 오래되'어버려 보게 되는 '초월'은 한편, 초월을 향해 찾아나선 떠남에서보다 오히려 돌아오는 차 안에서 문득 졸다가 내 안으로 불쑥 들어오는 사소하지만 짙은 향기에서 만나게 된다. 향기가 아닌 악취였다 하더라도 이 순간이 초월만큼 강렬하고 아름답다고 고백한다.

> 광양 매화밭으로 매화를 보러 갔다가
> 매화는 덜 피어 보지 못하고.
> 그래도 섬진강 거슬러 올라오는 밤차는 좋아
> 산허리와 들판에 묻은 달빛에 취해 조는데. 차 안을 가득 메우
> 는 짙은 매화향기 있어
> 둘러보니 차 안에는 반쯤 잠든 사람들뿐
> 살면서 사람들이 만드는 소음과 악취가

---

10 마르틴 하이데거, 『동일성과 차이』, 강영문 역, 민음사, 2000, 119~194쪽.

꿈과 달빛에 섞여 때로 만개한 매화보다도

더 짙은 향내가 되기도 하는 건지.

— 「매화를 찾아서」 부분(『낙타』, 44쪽)

출구를 잃어버린 자에게 시는 출구이다. 갇힌 자신을 열어 민중과 대화하며 시를 노래했던 시인은 이제 속박됨 없이 슬픔과 고통의 과거와 무기력한 오늘과 반드시 낯설지는 않을 내일을 그리며 시를 살아간다.

그가 소음과 악취에서 더 짙은 향내를 맡는 것은 타자에게서 발견한 오히려 자아의 악취였다. 잠결에 졸던 사이 찾아온 싱싱한 생명력으로 조용히 스며드는 깨달음의 서경은 참회하는 순간이기도 하다. 참회는 타자에게로 열릴 때 들리는 현현(顯現)으로 이끌려가는 것이다.

5. 결론—낙타가 되고 조랑말이 되어

시인은 최근작인 시집 『낙타』의 뒤편에 「나는 왜 시를 쓰는가」라는 산문을 포함시키고 있다.

어쩌면 시는 언젠가는 버려질 방언 같은 것일는지도 모른다.
그러나 빠른 흐름 속에서, 또 세계의 말이 온통 하나로 통일되어
가는 세계화 속에서 느린 걸음, 방언은 비단 무의미한 것은 아닐

터이다. 그 느림과 방 언에서 오늘의 우리 삶이 안고 잇는 갈등과 고통을 덜어줄 빛을 찾을 수도 있고, 병과 죽음을 몰아낼 생명수를 찾을 수도 있는 것이다. 나는 근래 두리번거리면서 느릿느릿 걸어간다는 생각으로 시를 쓴다, 많은 사람들이 알아듣지 못하는 방언을 중얼거리면서.

시인은 누구보다도 '알아듣는 시'를 강조하였었다. 그러나 최근 시집에서는 오히려 빠른 세상에 맞서 버려지고 잊혀지는 방언을 버리지 않겠다고 한다. 그 방언을 중얼거리며 그가 넘으려는 것은 빨리 달리는 차 안에서 내려 세상이 '몰라주는' 공간을 걸어가겠다는 것이며, 가장 약한 자 '낙타'가 되거나, 사람들 사이를 춤추듯 본능적 생명력으로 돌아다니는 '조랑말'처럼 다시 놀아보고 싶어 하는 것이다. 그것은 신경림 시인의 본래적 특성인 담화와 노래하기를 통한 '경계 넘기'이며 그 힘으로 '낯설지 않은 풍경'으로 들어가려는 것이다. 그것은 그가 민요를 통해 사람과 만나려는 노력과 맞닿아 있지만, 민요를 발굴하여 발전시키겠다는 목적과는 다르다. '세계화는 나를 가난하게 만든'다고 '가난하던 마을로 되돌아가고 싶'다(「세계화는 나를 가난하게 만들고」)는 고백을 고려해볼 때, 신경림은 속도에도 멀미를 낸다. 그러나 그는 한편으로 낯선 고장에서 낯설지 않은 풍경을 발견하며 보편성으로 나아간다. 즉, 민요가 사람을 만나기 위한 방법이었듯이 언제나 그의 방법은 탈주를 통해 존재한다.

그리하여 이제 그는 자아에서 세계로, 일상에서 초월로 가는 여정에서 대화하려 하고 시를 노래하며, 그 안에서 자신을 고백하며 산문

(이야기)을 시에 담아 그의 시는 다시 「목계장터」로 돌아가 '알레고리'
가 강화되어 발전하고 있다.

경계와 초월의 시 정신은 후기시 를 중심으로 뚜렷이 발견된다. 그
방법과 세계를 논고를 넘어 또한 발전되어갈 것이다.

1. 논문

강정구, 「신경림 시의 서사성연구」, 경희대학교 박사학위 논문, 2003.

고재정, 「모리스 블랑쇼와 공동체의 사유」, 『한국프랑스학논집』 제49집, 2005.

─────, 「모리스 블랑쇼와 언어의 문제」, 『인문학연구』 42, 2009.

김란희, 「한국 민중시의 언어적 실천 연구 : 1970~80년대 민중시에 나타 난 '부정성'의 의미화 양상을 중심으로」, 서강대학교 박사학위 논문, 2011.

김미림, 「신경림 시와 민중제의의 공간」, 『한중인문학연구』 14권, 2005.

김은성, 「미국 시에서의 하이쿠의 수용—E. E. Cummings를 중심으로」, 『동 서비교문학저널』 31, 2014.

김종엽, 「레비나스 그리고 가까움의 현상학」, 『철학과 현상학 연구』, 2012.

김주성, 「예이츠의 연극에 나타난 세계영의 사상」, 『한국 예이츠 저널』 19, 2003.

─────, 「예이츠의 아니마 문디와 지역령」, 『한국 예이츠 저널』 36, 2011.

박준상, 「에로티시즘과 두 종류의 언어」, 『범한철학』 63, 2011.

박치완, 「레비나스의 "얼굴", 윤리학적 해석이 가능한가?」, 『범한철학』 64, 2012.

박혜숙, 「신경림 시의 구조와 담론 연구」, 『문학한글』 제13호, 한글학회, 1999.

배도식, 「옛주점의 민속적 고찰」, 『한국민속학』 15, 한국민속학회, 1982.

송지선, 「신경림의 「쇠무지벌」에 나타난 로컬리티 연구」, 『한국문학이론과 비평』 57, 2012.

오민석, 「카니발의 정치성」, 『현대영미어문학』 33, 2015.

유기환, 「글쓰기의 은유로서의 〈마담 에드와르다〉」, 『외국문학연구』 제37호, 2010.

유성호, 「신경림론 : 서사시적 상상력의 서정적 수용」, 『한국 현대시의 형상과 논리』, 국학자료원, 1997.

이경아, 「영웅서사의 시적 변용—신경림의 『남한강』과 예이츠의 『어쉰의 방랑』 비교」, 『한국예이츠저널』 43, 2014.

이득재, 「바흐친, 축제, 놀이」, 『영남대학교 인문과학연구소 학술대회』, 영남대학교 인문과학연구소, 2008.

이병훈, 「민중성의 진화 : 신경림의 장시 『남한강』과 80년대 시집을 중심으로」, 『한국현대문학연구』 44집, 2014.

이시영, 「목계장터의 음악적 구조」, 『곧 수풀은 베어지리라』, 한양출판, 1995.

이영남, 「릴케의 공간의 시학」, 『외국문학연구』 제47호, 한국외국어대학교 외국문학연구소, 2012.

이재복, 「놀이, 신명, 몸—한국문화의 정체성을 찾아서」, 『한국언어문화』 제47집, 한국언어문화학회, 2012.

정윤길, 「제임슨과 무의식」, 『현대사상』 11, 대구대학교 현대사상연구소, 2013.

정지은, 「라깡의 응시에 비추어 본 메를로-퐁띠의 가시적인 것의 깊이」, 『라깡과 현대심리학 저널』 12권, 2010.

정현경, 「웃음에 관한 몇 가지 성찰—해체와 새로운 인식」, 『카프카연구』 21집, 한국카프카학회, 2009.

조용해, 「예이츠의 시에 나타난 동양철학의 순환체계」, 『한국 예이츠저널』 19, 1997.

조찬호, 「신경림 시 연구」, 우석대학교 박사학위 논문, 2008.

주성혜, 「열린 개념의 음악 : 개인에게의 '음악'과 사회에서의 '음악'」, 『낭만음악』, 통권20호, 낭만음악사, 1993.

최윤영, 「진오기굿과 잔혹연극에 나타난 제의적 연극성 비교 연구」, 『사회과학연구』 제18호, 2010.

최진석, 「생성, 또는 인간을 넘어선 민중—미하일 바흐친의 비인간주의 존재론」, 『러시아연구』 제24권 제2호, 2014.

홍명희, 「바슐라르의 리듬 개념」, 『프랑스문화예술연구』 제47집, 2014.

홍준기, 「슬라보이 지젝의 포스트모던 문화 분석—문화적·정치적 무의식과 행위(환상을 통과하기)」, 『철학과 현상학 연구』 22권, 한국현상학회, 2004.

테리 이글턴, 「실재계의 이론가 슬라보예 지젝」, 『오늘의 문예비평』 50호, 2003.

2. 단행본

구중서 · 백낙청 · 염무웅 편, 『신경림 문학의 세계』, 창작과비평사, 1995.

권경수, 『예이츠 희곡선집』, 이화여자대학교 출판부, 1993.

김　현, 『분석과 해석/보이는 심연과 안 보이는 역사 전망』, 문학과지성사, 1992.

김광선, 『디오니소스 제전에서 뮤지컬까지 서양음악극의 역사』, 연극과인간, 2009.

김규종, 『소련 초기 보드빌 연구』, 고려대학교 출판부, 2011.

김욱동, 『대화적 상상력』, 문학과지성사, 1988.

김정순, 『이언 매큐언 서사연구』, 동인, 2012.

김중효 외, 『공연예술의 이해』, 계명대학교 출판부, 2015.

노수환, 『상쇠』, 학민사, 2008.

류정아, 『축제이론』, 커뮤니케이션북스, 2013.

박상진, 『열림의 이론과 실제』, 소명출판, 2004.

박준상, 『떨림과 열림 : 몸―음악 · 언어에 대한 시론』, 자음과모음, 2015.

백낙청 회화록 간행위원회, 『백낙청 회화록 1』, 창비, 2007.

서혜숙, 『아일랜드 요정의 세계』, 건국대학교 출판부, 2004.

신경림, 『문학과 민중』, 민음사, 1977.

―――, 『민요기행』, 한길사, 1985.

―――, 『바람의 풍경』, 문이당, 2000.

윤재근, 『동양의 본래미학』, 나들목, 2006.

이상섭, 『아리스토텔레스의 「시학」 연구』, 문학과지성사, 2002.

이세순, 『W. B. 예이츠 시연구 2 ; 설화시와 극시편』, L.I.E, 2009.

이정재 외, 『남한강과 문학』, 한국학술정보, 2007.

이희원,『페미니즘 차이와 사이』, 문학동네, 2011.

일   연,『삼국유사』, 김원중 역, 민음사, 2008.

장선우,『장선우시나리오선집』, 학민사, 1990.

전영백,『세잔의 사과』, 한길아트, 2008

전은경 외,『조이스 문학의 길잡이―더블린 사람들』, 동인, 2005.

정정호,『탈근대 인식론과 생태학적 상상력―섞음의 미학롸 퍼뜨림의 정치
　　　학에 관한 에세이』, 한신문화사, 1997.

정화열,『몸의 정치』, 민음사, 1999.

조미나,『예이츠 희곡선집』, 누멘, 2009.

조복행,『뮤지컬의 상호매체성과 혼종의 미학』, 경인문화사, 2014.

주성혜,『음악학』, 루덴스, 2013.

최동호,『디지털코드와 극서정시』, 서정시학, 2012.

한국민속학회 편,『민속놀이, 축제, 세시풍속, 통과의례』, 민속원, 2008.

한병철,『에로스의 종말』, 김태환 역, 문학과지성사, 2015.

한혜리,『무용사색 사이와 거리』, 한학문화, 2011.

가스통 바슐라르,『물과 꿈』, 이가림 역, 문예출판사, 1998.

─────────,『촛불의 미학』, 이가림 역, 문예출판사, 2010.

노엘 맥아피,『경계에 선 줄리아크리스테바』, 이부순 역, 앨피, 2007.

레비-스트로스,『신화학 1―날것과 익힌 것』, 임봉길 역, 한길사.

로제 카이와,『놀이와 인간』, 이상률 역, 문예출판사, 1994.

마르틴 하이데거,『동일성과 차이』, 강영문 역, 민음사, 2000.

멀치아 엘리아데,『성과 속』, 이동하 역, 학민사, 1983.

미하일 바흐친,『바흐찐의 소설미학』, 이득재 역, 열린책들, 1988.

─────────,『프랑수아 라블레의 작품과 중세 및 르네상스의 민중문화』,
　　　이덕형 역, 아카넷, 2001.

볼프강 카이저, 『미술과 문학에 나타난 그로테스크』, 이지혜 역, 아모르문디, 2011.

엠마누엘 레비나스, 『시간과 타자』, 강영안 역, 문예출판사, 2004.

옥타비오 파스, 『멕시코의 세 얼굴』, 황의승 · 조명원 역, 세창미디어, 2011.

요한 호이징하, 『호모루덴스』, 김윤수 역, 까치, 1981.

움베르트 에코, 『장미의 이름 작가노트』, 이윤이 역, 1992.

질 들뢰즈 · 펠릭스 가타리, 『천개의 고원』, 김재인 역, 새물결, 2001.

질베르 뒤랑, 『상상계의 인류학적 구조들』, 진형준 역, 문학동네, 2007.

헬렌 길버트 · 조앤 톰킨스, 『포스트 콜로니얼 드라마』, 문경연 역, 소명출판, 2006.

C. G. 융, 『인격과 전이』, 한국융연구원 역, 솔, 2004.

Unterecker, John, *A Reader's Guide to William Butler Yeats*, Thames and Hudson, 1959.

Yeats, W. B, 『W. B. 예이츠 시전집』, 권의무 역, 한신문화사, 1985.

───────, *The Collected Poems of W. B. Yeats*, Wordsworth Editions, 1994.

───────, 『예이츠 서정시 전집』, 김상무 역, 서울대학교 출판문화원, 2014.

3. 기타

한국작가회의, 〈문제작으로 읽는 한국문학〉(신경림 편), 2014. 6. 13. 대학로 강연.

신경림 시의 연희성 연구

이경아 李京雅

이화여자대학교와 한국예술종합학교를 졸업하고 단국대학교에서 문학박사 학위를 받았다.

주요 연구로 「지브리 애니메이션의 최근작 〈코쿠리코 언덕에서〉 분석」 「경계와 초월의 시 정신」 「영웅서사의 시적 변용—신경림의 『남한강』과 예이츠의 『어쉰의 방랑』 비교」 「언어의 춤, 주체의 회복 : 신경림과 예이츠 비교 연구」 등이 있다. 방송과 영화 프로덕션 등에서 시나리오 작가로 활동하며 디지털서울문화예술대학 등에서 강의했다. 현재 뮤지컬 연극 극단 〈드림키21〉의 대표로 있으며 단국대학교 문예창작학과에서 강의하고 있다.

신경림 시의 연희성 연구

초판 인쇄 · 2016년 10월 12일
초판 발행 · 2016년 10월 22일

지은이 · 이경아
펴낸이 · 한봉숙
펴낸곳 · 푸른사상사

주간 · 맹문재 | 편집 · 지순이, 김선도 | 교정 · 김수란
등록 · 1999년 7월 8일 제2-2876호
주소 · 경기도 파주시 회동길 337-16 푸른사상사
대표전화 · 031) 955-9111(2) | 팩시밀리 · 031) 955-9114
이메일 · prun21c@hanmail.net / prunsasang@naver.com
홈페이지 · http://www.prun21c.com

ⓒ 이경아, 2016
ISBN 979-11-308-1052-2   93810
값 24,000원

이 도서의 국립중앙도서관 출판예정도서목록(CIP)은 서지정보유통지원시스템 홈페이지
(http://seoji.nl.go.kr)와 국가자료공동목록시스템(http://www.nl.go.kr/kolisnet)에서 이용하실
수 있습니다.(CIP제어번호: CIP2016024374)

현대문학연구총서 **46**

신경림 시의 연희성 연구

현대문학연구총서 46

신경림 시의 연희성 연구